语/文/新/课/标/必/读/经/典/文/库

羊 脂 球

【法国】莫泊桑 著

丛书主编：梓 育
副 主 编：朱晓东（中国教育学会会员，全国语文试题研究中心研究员）
本册主编：孟 勋 杜小宁

名师全解版

吉林人民出版社

8大栏目
帮你解决名著阅读难题

① **名师导航**：全面掌握作者情况、作品情节、思想内涵、艺术特色及人物形象等知识点。

② **随文边栏**：准确理解正文，扫清阅读障碍，汲取名著养分，全方位提升阅读水平。

③ **阅读小悟**：深度了解本章内容、主题内涵及艺术特色，获得更多的阅读体验与感悟。

④ **阅读思考**：通过提问的形式引发深度思考，领悟名著精髓。

⑤ **写作加油站**：积累写作材料，解决写作文时"无米之炊"的难题。

⑥ **相关知识链接**：开阔视野，扩大知识面，增长见识。

⑦ **我和名著的故事**：学习他人名著阅读感悟，培养勤于思考的习惯，写读后感不再难。

⑧ **电子版考试手册**：知识点全面，覆盖中考范围；演练历年中考真题及模拟题，轻松备考。

目录
Contents

名师导航 …………………… 1

第1篇　羊脂球…………… 3

第2篇　我的叔叔于勒…… 53

第3篇　项　链…………… 66

第4篇　福楼拜家的星期天

　　　　………………… 81

第5篇　月　色…………… 86

第6篇　两个朋友………… 95

第7篇　骑　马………… 108

第8篇　小狗皮埃罗…… 119

第9篇　雨　伞………… 129

第10篇　修软椅的女人

　　　　………………… 143

第11篇　绳　子………… 155

第12篇 幸 福 ………………… 168

第13篇 西蒙的爸爸 ………………… 180

第14篇 在一个春天的夜晚 ………… 195

第15篇 戴奥菊尔·萨波的忏悔 ………… 204

我和名著的故事 … 215
名著过关 ………… 217

名师导航

作者小传

莫泊桑（1850—1893），法国作家，与契诃夫和欧·亨利并称"世界三大短篇小说巨匠"。

坎坷经历带来创作源泉 普法战争爆发，莫泊桑被征入伍。他耳闻目睹了法军可耻的溃败、当权者的卑劣以及人民的爱国热情与英勇抗敌的事迹，这些成为他文学创作的重要源泉。

四位老师引领文学之路 引领莫泊桑走上文学之路的老师不光有他的母亲和中学时的老师路易·布耶，还有著名作家福楼拜和屠格涅夫。

笔耕不辍成就文学大师 莫泊桑共创作了300多篇中短篇小说、6部长篇小说、1部诗集、3部游记。勤奋努力使莫泊桑硕果累累。

作品介绍

莫泊桑在文学史上的重要地位主要是由他短篇小说的成就所奠定的。本书选取了《羊脂球》《我的叔叔于勒》《项链》《福楼拜家的星期天》《月色》《两个朋友》《骑马》《小狗皮埃罗》《雨伞》《修软椅的女人》《绳子》《幸福》《西蒙的爸爸》《在一个春天的夜晚》《戴奥菊尔·萨波的忏悔》等15篇极具代表性的作品。

这些作品有着丰富的主题：有的是讽刺虚荣心和拜金主义，如：《项链》《我的叔叔于勒》；有的是描写劳动人民的悲惨遭遇，赞颂其正直、淳朴、宽厚的品格，如：《西蒙的爸爸》；有的是描写普法战争，反映法国人民的爱国情绪，如：《羊脂球》《两个朋友》；有的是赞扬忠贞不渝的爱情，如：《幸福》《修软椅的女人》。从莫泊桑的小说中我们可以看到他借助于各种各样的生活场景，刻画了处于各个社会阶层、从事各种职业的人物形象，从不同的角度和侧面反映了当时法国社会生活的状况。他善于叙述，寓喜怒与意蕴于场景描写之中，拓展和深化了19世纪短篇小说的创作，为短篇小说这一体裁在20世纪的蓬勃发展奠定了基础。这些文章布局精巧，有着敏锐的洞察力，用现实生活中的典型人物、事件、生活片段作为透视点，以小见大、由点及面地反映社会现象，用朴实的语言表达深刻的思想感情，于平凡中见真谛，用灵活的细节描写、鲜明的语言打动读者。虽然时过百年，如今读来，这些作品依然会引人深思，使人产生共鸣。

艺术特色

以小见大，由点及面　在短篇小说的艺术构思上，莫泊桑善于从现实生活中选取有典型意义的人物、事件和生活片段作为透视点来窥视大千世界，以小见大、由点及面地反映普遍的社会现实。例如：他从一把伞的小洞看到了市民利己主义哲学；不见了一串项链，引人寻找小资产阶级丢失的诚信。

题材多样，表现丰富　在莫泊桑的作品里，形形色色的社会生活，各阶级各阶层的人物，从巴黎闹市到外省城镇以及偏远乡村的风土人情，都有生动的写照。

多样化的叙述形式　莫泊桑作品的叙事形式多样化：或平铺直叙，或一波三折；或白描，或心理剖析；或正面描写，或侧面烘托……

形象鲜明，思想深刻　莫泊桑短篇小说的思想意义主要是通过对个性鲜明的各种人物形象的刻画体现出来的。这些生动的人物形象从不同的侧面、不同的角度较为深刻地揭示了作品的主题思想，正确、广泛而深刻地反映了19世纪70年代前后法国的现实生活。

第 1 篇

羊 脂 球

在人们的观念中,妓女与贵妇人,一个低贱,一个高贵。而在战争的背景下,一群所谓高贵的人却在牺牲一个妓女的尊严之后又无情地弃她于不顾。这个被人叫作"羊脂球"的女子,她的勇敢、善良、为他人着想,都与那些"正派人"的丑恶嘴脸形成了鲜明的对比。

接连数日,大量溃败下来的散兵游勇从城里穿行而过,那根本不能算是军队,简直就是乌合之众。一个个胡子拉碴、破衣烂衫的,既没有军旗,也看不到部队番号,迈着沉重的脚步,仿佛都是重伤在身,脑袋里没有一点儿想法,甚至都不愿意去想,只是本能地、惯性地向前走着,似乎只要一停下来就会彻底崩溃,可能再也站不起来了。看上去,这些应征入伍的人大多数以前只是与世无争、生性平和、安分守己、赚钱过日子的老百姓,如今却都被沉重的枪支压弯了脊背;还有一部分是国民卫队的成员,他们极容易受到鼓动,也习惯惊慌失措,一声令下就能奋勇冲锋,而一个炮弹就可以让他们仓皇逃命。夹杂在他们之中的还有零星几个穿红军裤的步兵,是某个师团在上次

【语句理解】
贴切地表现了一群败兵的颓废之态。

恶战中被打败后逃回来的，还有一些垂头丧气的炮兵也混在人群当中，偶尔还能看到一个头戴闪亮军盔的龙骑兵迟缓地跟在轻装简行的步兵后面。

一些游击队员也紧随其后，他们自封的名号都十分响亮：复仇军、公民团、敢死队。听着煞有介事，但是这些人看上去却是一脸的匪气。

游击队的头目，多数曾经都是商人，卖呢绒的、卖粮食的、卖油脂的，甚至卖肥皂的都有。战争爆发以后，他们暂时当了兵，凭借着手中的金钱或者英气勃勃的胡须，摇身一变，成了长官。一个个穿着法兰绒军服，佩挂着武器，戴着军衔。他们高谈阔论，筹划作战部署，自认为这危难中的法国完全凭着他们这些夸夸其谈的家伙在苦苦支撑。有些时候他们却很惧怕自己的手下，因为那些人才是真正的亡命之徒，虽然战斗很勇猛，但是打家劫舍也从来都不含糊。

普鲁士军队快要攻占市区的传闻开始流散。

两个月以来，驻扎在这里的国民卫队已经仔细地在附近各隐蔽处布置好了侦察点，因为过于敏感，甚至击伤了自己的哨兵。稍有一点儿风吹草动，他们就可能全面出击。当传闻流散开来，他们全都退缩了。装备和器械，以及一切用来御敌的装置甚至是吓唬人的工具都统统不见了。

法国最后一批正规军已经渡过了塞纳河，准备从圣塞威尔和阿夏尔镇方向退守奥德梅桥。殿后的是位将军，两个副官陪着他缓慢地前行着。面对这些散沙一般的残兵败将，他也无力回天。眼看着一向能征善战的民族惨败至此，几近崩溃的边缘，他万念俱灰。

【语句理解】
描写这些游击队员的神情，突出了这些游击队员的真实面貌：趁火打劫的匪类。

【语句理解】
作者用无情的笔触揭露了法国战败的原因之一。

【知识链接】
十九世纪中期，德国还处于四分五裂状态，几十个邦国各自为政。普鲁士是德国的一个重要邦国。

【语句理解】
"甚至是吓唬人的工具都统统不见了"这句话足可以看出这些国民卫队的胆怯。

Chapter 1 第1篇 羊脂球

空寂的城市被一种沉闷的气氛所笼罩，在恐怖的寂寥中，人们等待着即将发生的事。很多大腹便便的生意人惴惴不安地候着占领者的出现，早就被生活折磨得疲惫不堪的他们正担心如果自己的烤肉叉和切菜刀被当作武器的话会怎么样，不由得浑身发抖。

生活好像被暂停了，店铺全部关门歇业，街上没有一丝声响，偶尔出现一个窘迫的居民也会顺着墙根一溜烟地逃掉。

人们反而希望占领者快点到来，好结束这沉闷的等待。

在法国军队撤走的第二天下午，几个普鲁士骑兵迅速穿过市区，过了一会儿，大队人马黑压压地从圣卡特琳山坡上席卷而来，与此同时，去往达尔内塔尔和布瓦纪约姆的大路上也出现了两股人马。三支部队的前锋如约在市政广场上会师。稍后，德国的主力部队四面八方地从街道中集中过来，一队挨着一队，坚定一致的步伐踏着地面的路石，发出有节奏的铿锵之声。

陌生而坚毅的口令传出，萦绕着死寂的房屋，缓缓升入空中。此时，无数恐惧的眼神正在紧闭的百叶窗后窥视着获胜的占领者，根据"战时法"，占领者才是这座城市的真正拥有者，可以随意处置城市的财富甚至是市民的生命。人们躲在阴暗的屋子里茫然而不知所措，仿佛正经历着洪水猛兽、天崩地裂的灾难。在这无法抗拒的灾祸面前，一切的智慧和努力都是无用的，一切秩序变得混乱，一切安全无法保障，一切有约束力的行为都被暴力和恐怖所代替，一种恐惧感

【做铺垫】
渲染了凄凉、肃杀的气氛，为下文悲惨的情节做铺垫。

【语句理解】
战争将平静的生活完全打乱了，人们陷入了恐慌之中。

【注释】
由于当时普鲁士属于德国，所以这篇小说中有的地方将普鲁士说成德国。

【场面描写】
运用场面描写，写出了侵略者德国军队的耀武扬威，反衬了法国人民的悲惨命运。

【比喻】
将敌人带来的战乱比喻成天灾，既说明了伤害的巨大程度，也说明了人们的恐惧之深。

油然而生。地震可以让所有的人死在倾倒的屋舍下，洪水可以卷着人和牲畜的尸首，伴着冲毁的屋梁一起漂流，胜利者可以俘虏甚至屠杀那些只剩下自卫能力的人，还可以以战刀的名义四处劫掠并用隆隆的炮声来表达对神灵的感谢。同是不可抗拒的灾祸，同样将心中的真理撕得粉碎，上天的庇佑与人类的理智已经不再像人们传颂的那样真实了。

终于，每家每户的房门都被几个人组成的小分队敲开了，于是这些人理所当然地住了下来，在失败者面前，这是胜利者理应受到的优待。

一段时间后，起初的那种恐惧感烟消云散，城市又回归到宁静祥和的氛围中。在许多人家里，普鲁士军官与主人一同吃饭，甚至一些教养良好的军官还表示出歉意与同情，说自己根本不情愿参加这场战争。他们能有这样的情感，大家都是很感激的，更何况说不准什么时候还需要这些军人的庇护呢，索性好生招待着他们，也许还可以少负担几个士兵也说不定——既然会有求于他，为什么还要得罪他呢？如果真的要冒犯他，那至多算是鲁莽，而非英勇。虽然多年前的那次鲁莽行为让这个城市名垂史册，但今日不同往日，鲁昂人不会再犯同样的错误了。于是大家从法国人特有的处世哲学中总结出一条"真理"：只要不在公共场合里与外国占领者过分亲昵，回到家里热情一些是无伤大雅的。所以在街上，彼此之间形同陌路，在家中则相谈甚欢。慢慢地，敌人每晚都和大家围坐在壁炉前，久久不散。

城市里开始慢慢恢复原有的生气，虽然法国人不

【类比】
运用类比把胜利者同地震和洪水相比，表现了法国大众逆来顺受的心态。

【语句理解】
表象的和谐宁静中渗透出人们的无奈、麻木和悲哀。

【注释】
指的是十五世纪鲁昂人反抗英王亨利五世的统治。鲁昂是地名，位于法国西北部。

【伏笔】
写多数人对待入侵者的态度，为下文羊脂球与众不同的表现埋下伏笔。

太愿意出门，但普鲁士士兵却在街区里往来穿梭，还有好些戎装在身的轻骑兵军官进出咖啡馆，但对平民流露出的轻蔑态度远不及去年在这里游荡的法国军人。

然而，空气中似乎掺杂进了一些什么，一种飘忽不定、让人捉摸不透的东西，一种让人无法忍受的异样氛围，弥漫开来，无孔不入，在私人宅邸，在公共场所。它甚至改变了饮食的味道，让人感觉是离家远行，来到了一个蛮荒而且危险的地方。

占领者开始索要钱财，虽然数额巨大，但是居民们还是足额缴纳了，所幸人们还算是富裕的。不过，诺曼底的买卖人越是有钱越变得吝啬，哪怕交一点儿钱给别人也会撕心裂肺般难过。

城市外河流下游几法里靠近克鲁瓦塞、迪耶普达尔或比萨尔一带的河道中，人们时常能打捞到德国兵的尸首。他们被河水浸泡得腐烂发胀，看伤口，有被人一刀戳死或者踢死的，也有被人砸破脑袋或者砸蒙推下河的。河底的污泥掩盖了这类残暴又合理的复仇行为。隐秘的刺杀，无声的偷袭，这些远比光天化日下面对面拼杀更为艰险的战斗却无法换来好的名声与荣耀。对于外来入侵者的仇恨，促使本就英勇的人们更加强大，他们团结在一起，视死如归。

虽然占领者在城里实施了冷酷的铁腕统治，但传闻中那些进军之路上所发生的骇人听闻的暴行并没有在城里出现，于是人们的胆子渐渐大了起来，继续做生意的想法在商人中间出现。他们其中的几位都在勒阿弗尔港有很多投资，目前那个城市还在法军的控制之下，所以他们想取道迪耶普，再转走水路到达那里。

【读读想想】

"空气中"到底掺杂了什么？（可以从下文中"让人感觉是离家远行"得到启示，人们逐渐意识到过上了"亡国奴"的生活。）

【语句理解】

此处表现出诺曼底商人的吝啬程度。

【语句理解】

作者对勇于抵抗的人民抒发了热烈的赞扬之情。

【做铺垫】

交代了故事发生的直接原因，为下文羊脂球的出场做了铺垫。

被好生优待的军官们终于派上了用场,有人通过他们搞到了由占领军总司令签发的通行许可证。

于是,一驾四匹马拉的大车被人租下整装待发。去车行预订座位的有十位旅客,他们决定在星期二还没天亮的时候就出发,以免被人当热闹看而引来不必要的麻烦。

【环境描写】
通过对环境的描述,交代了当时的气候条件。

接连几天,寒冷使地面冻得结结实实,星期一下午三点左右,漫天的黑云裹挟着雪片从北方飞来,一直下到深夜都没有停。

凌晨四点半的时候,此行的旅客们都到了诺曼底旅馆的天井里,这就是他们旅途的起点。

睡意侵袭着旅客们,他们的身体在衣服里瑟瑟发抖。黑暗中谁也看不清谁;厚重的冬衣将他们的身体包裹得就像穿着长袍的肥胖传道士。终于,其中两个人相互认出了对方,另外一个人也凑向他们身边,开始攀谈起来。其中一个说:"我妻子跟我一起去。"另一个说:"我也是。"又一个也说:"我也一样。"第一个又接着说:"我们不打算回鲁昂了,如果普鲁士军队攻到勒阿弗尔,我们就去英国。"一样的想法,如出一辙的计划,他们还真是投机得很。

【语言描写】
敌人攻到哪里,他就从哪里逃走,甚至逃离祖国,这表现了战争时有些人的胆小和不爱国。

时间慢慢过去,却不见有人来套车。手提风灯的车夫在几间黑漆漆的房间来回进出,接着听到一阵马蹄踢踏地面的声音,可能是因为地面铺着草料,所以声音不是很响亮。屋子里传出一阵训斥牲口的叫骂声,紧接着传来了马铃轻微的响声,有人似乎在整理着马具。不一会儿,铃声从轻微变得清晰起来,随着牲口的动作,一时猛响,忽又静止,接着又一阵猛响,伴

【细节描写】
从听觉的角度细致地刻画了套马车的过程,表现了当时人们即将出发时激动、紧张的复杂心情。

着马蹄踢踏地面的声音一道传了出来。

门猛地关上了。一切声音都消失了。旅客们好像冻僵了一样，没人动，也没人说话。

闪亮的雪片纷飞着，如帷幕一般盖在漆黑的大地上，将所有的东西都掩埋在一层"泡沫"之下。在这被寂静与寒冷淹没的城市里，似乎只能听到那纷乱的雪片在相互摩擦，或许那只是种感觉，是一种充斥着天空又覆盖了大地的感觉吧。

【环境描写】
对雪夜的详细描绘，表现了天气的寒冷。

带着风灯的车夫终于又出现了，牵着一匹垂头丧气又可怜兮兮的马儿。他将牲口赶到车辕前，用没有提灯的手将马匹捆扎好，又仔细检查了一遍各种马具。他去牵第二匹马的时候才注意到那些瑟瑟发抖的旅客们，他们好像雪人一般站在那里，他于是说道："你们怎么不上车去等？起码车上有篷啊！"

【比喻】
把旅客们比作"雪人"，写出了当时的天气恶劣，雪很大，天气很冷，又写出了人们紧张的心态。

旅客们似乎从来没想到过这件事，于是他们赶忙围拢过来。三个男人将他们的妻子都安排坐在最前面的位子上，然后自己也跟着坐下；其他几个模糊的人影什么都没说也跟着爬上了车子，他们坐在剩下的位子上。

车子里铺着麦秸，旅客们都把脚藏在下面避寒。坐在前面的女客们都随身带着取暖的炭火炉，一边点燃一边低声地炫耀着它的好处，相互谈着早已过时的消息。

终于，马车准备停当了，因为车重路滑，在原有四匹马的基础上又多套了两匹。车外有人问道："旅客们都上车了吧？"车内回话道："没错！"马匹挪着小步，缓缓拉起车子，车轮陷在雪中，车身吱呀地呻吟

【动作描写】
马匹的动作，说明了在风雪中行车的困难。

9

着。马匹老是打滑,喘着粗气,被蒸腾起的汗气包裹着。车夫手中的长鞭不住地噼啪作响,调动着每个方向的马匹。长鞭像细蛇一般刚卷成一个结子又迅速伸展开来,猛然抽在一匹马的屁股上,挨打的马匹加速奔跑起来。

天色渐亮,那场被一个鲁昂本地旅客说成是棉花雨的大雪已经停了。密密的云层透出了些许的光芒,让那些忽然出现的雪树银屋更加耀眼夺目。

车子里,旅客们借着黎明暗淡的光线,仔细地打量着同车的旅伴。

车厢前面最好的位子上,鸟先生夫妇俩正面对面地打着瞌睡,他俩是大桥街一家葡萄酒行的老板。

鸟先生原本给一个老板当伙计,后来趁老板生意破产,盘了老板的店,赚到了第一桶金,他经常以低价将极其劣质的酒卖给乡下的酒贩子来赚钱。因此,在了解他底细的朋友眼中,他是个十足的奸商,一个当面一套背地一套的纯正的诺曼底商人。

他奸商的名声是人尽皆知的,以至于在省政府的某次宴会上,他被人笑话了一通,情况是这样的:图奈尔先生是本地知名的作家,擅长编写寓言和戏剧,笔法辛辣细腻,是当地的明星。在那次宴会上,他看到女宾们无聊得快要打瞌睡了,就高调提议大家来玩"鸟骗跹"的游戏,很快有人发觉他说的就是"鸟骗钱",自此这个笑话流传开去,让当地的百姓足足笑了一个多月。

此外,鸟先生喜欢开玩笑那是出了名的,文雅的也好,粗鄙的也好,他都不在乎,于是每每有人提到

【引领下文】
引领下文,说明接下来要逐一介绍车内的乘客。

【语句理解】
直言不讳地展现了一个彻头彻尾的奸商形象。

【解词】
骗跹(pián xiān),形容旋转舞蹈。

鸟先生的时候总是要加上一句："这鸟人，真是个活宝。"

鸟先生的身材不高，却腆着一个气球般的大肚子，一张赤红的脸庞被夹在两片灰白的颊髯中间。

而他的妻子正相反，高大、强壮、沉着且嗓门儿大，处事果断，在店里她就像个老板，而鸟先生则像是负责活跃气氛的。

在他俩身边坐着一个真正有身份的人：卡雷—拉马东先生，他的出身更高贵些，靠着棉纺业起家，拥有三个纺织厂，还获得过"荣誉骑士"勋章，现任省议会议员。在第二帝国统治时期，他始终是温和反对派的领袖人物。不过按照他自己的说法，他只是不露锋芒地向目标挑起事端，再随声附和，以博得更高的声望。卡雷—拉马东太太则比她丈夫年轻得多，鲁昂驻军中身份显赫的军官似乎都和她有撇不清的关系。

她和丈夫相对而坐，包裹在皮衣里的她显得那么娇小、那么漂亮，她用颓废的目光凝望着车外凄凉的景象。

坐在他俩旁边的是于贝尔·德·布雷维尔伯爵夫妇。他们来自诺曼底最古老的也是最高贵的一个家族。伯爵是个雍容气派的老绅士，他尽量装扮自己，好让人猜想他与亨利四世之间是否有血缘关系。按照他家里的一段传说，亨利四世曾经让布雷维尔家族的一位夫人怀孕，因此她的丈夫被册封为伯爵，并荣任了本省的总督。

于贝尔伯爵和卡雷—拉马东先生一样是当地的参议员，属于奥尔良党。于贝尔伯爵的太太却是一个小

【外貌描写】
寥寥数笔就描绘出了鸟先生独具特点的滑稽样子。

【前后呼应】
这样特殊的身份，呼应了前文中"一个真正有身份的人"，与后文中妓女羊脂球形成对比。

【语句理解】
看似一语带过，却直接地讽刺了所谓贵族令人不齿的一面。

【语句理解】
讽刺了统治阶级的荒淫无道。

【注释】

路易·菲力普：法国七月王朝的国王。

【语句理解】

说明了这六位旅客都是"高贵"的上流社会的人物。

【引领下文】

引起读者注意，突出了下文即将出现的人物的重要性。

【语句理解】

"火红色大胡子"是科尔尼代的外部特征，同时也诙谐地写出了他酷爱喝啤酒的特点。

【注释】

9月4日：1870年9月4日，巴黎革命，法兰西第二帝国被推翻，法兰西第三共和国成立。

船长家的女儿，他为什么娶她一直是个让人琢磨不透的迷。别看出身不高，但伯爵夫人气度非凡，待人接物比谁都强，有传言她和路易·菲力普的一个王子曾经交往过，因此贵族阶层格外地看重她，而她举办的沙龙是当地首屈一指的，也是唯一还保持着传统风情的地方，要想参加可不是件容易的事。

布雷维尔家族的收入都来自不动产，听说每年能收入五十万法郎。

这六个人是本次旅程的重要旅客，都拥有稳固的社会地位和稳定的收入，具有一定的社会影响力；也都有着宗教信仰，并且坚持一定的原则，而且有权有势。

巧合的是，车里一侧的长椅上全是女客，挨着伯爵夫人的是两位修道院里的修女，她们一面拨着长串的念珠，一面向上天祷告。其中一位年长的修女脸上长满麻子，就像近距离被霰弹击中了一般；另一位则很美丽，却瘦弱不堪，她的胸部似乎被那制造殉难者和宗教狂人的信仰所吞噬，看上去像得了病。在两个修女对面坐着的一男一女却吸引了全部人的目光。

男人很有名气，是被称为"民主斗士"的科尔尼代，很多上流社会的人却当他是眼中钉，二十多年来，他的火红色大胡子被每一家民主派咖啡馆里的啤酒浸染过。他的父亲本来有一间糖果店，留给他的遗产也是相当可观，可是他却和兄弟、朋友们将遗产挥霍得一干二净，而后开始焦急地等待着共和国的到来，以便获得与他为革命所消灭的啤酒数量相等的身份、地位。9月4日，也许他被人狠狠地开了个玩笑，他以为自己已经受命成为省长，当他准备走马上任的时候，发现曾经是管理者的公务员们依然是机关的管理者，他们根本不承认这个省长，他只好不情愿地退位让贤了。即便如此，他依旧是个善良的人，毫无恶意而且助人为乐。此次，他就以无与伦比的热情投入到城区防御工事建设中，他组织人手在平原上挖了无数的坑，把临近的树林全部砍倒，在每一条大路上都布置了很多陷阱。他十分满意自己做的一切，当敌人临近的时候，他马上退回到了城里。现在他认为自己应该去新的城市，遭受普军威胁的地方会更需要这些防御设施。

而那个女人则被人称为尤物，因年少发福而闻名遐迩，"羊脂球"这个外号当真名副其实。矮小的身材，全身上下都圆滚滚的，丰满至极，就连手指也胖出了圈，好像一节节的短香肠。她的皮肤细腻，胸脯大得好像要从衣服里爆出来。即使如此丰满，她依然给人无限的遐想，追求者甚多。那鲜艳润泽的外表是那么养眼，脸蛋像熟透的苹果，又似含苞待放的花朵，上面一双闪亮的眼睛，浓密的睫毛衬托出美丽的眼睛，下面有着妩媚的皓齿朱唇，温润得让人直想凑上去亲吻。

据说，羊脂球还有一些优点是你想说也说不明白的……

当羊脂球被人认出来之后，这些上流社会的贵妇们便开始窃窃私语，慢慢地，"妓女""羞耻"之类的字眼被她们堂而皇之地说出口来。她抬起头，以挑衅的眼神大胆地扫视着车内其他的乘客，于是，深沉的寂静再次降临到车厢内，每个人垂下目光，只有鸟先生例外，他正贪婪地窥视着这个丰满的女人。可是没

【前后呼应】
直接点出了科尔尼代的性格特点，也照应了前文中的"民主斗士"这一称号。

【语句理解】
这句话极大地讽刺了"民主斗士"科尔尼代的胆小和他的防御工事的无用。

【外貌描写】
细致的描写，活灵活现地写出了羊脂球的样子。

【语句理解】
通过人们的窃窃私语，点出了羊脂球的身份，也因此她成了众人嘲讽的对象。

【语句理解】
身份让这些"贵妇人"成为一个整体，折射出当时社会人与人之间的冷漠和隔阂。

【语句理解】
在困境中，还不忘记要表现自己的富有，虚荣心可见一斑。

【动作描写】
仅仅一个默契的眼神，就写出了这三个人亲热的程度，能够促使他们走在一起的基础就是"都是有钱人"。

【做铺垫】
人们又冷又饿，食物在此时是至关重要的，为下文羊脂球为大家分食物做好了铺垫。

过多久，三个贵妇又开始聊起来，好像只要这个女人在场，她们就像同一阵线的亲密战友一般。她们认为在这种无耻的下贱女人面前，更应该显示出合法妻子的尊贵，因为合法的爱情远远高于自由的激情。

前面那三个男人看到科尔尼代之后，出于保守派的本能，马上钻进了同一座堡垒。他们谈论起财富时满眼都是对穷人的蔑视，于贝尔伯爵说起普鲁士军队让他遭受的损失——牲畜被抢以及庄稼歉收，但转眼就表示这些损失对于像他这种富甲天下的人来说只是九牛一毛而已。卡雷—拉马东先生也诉说着自己在棉纺业中遭受的困境，已经向美国方面汇出六十万法郎以备不时之需。至于鸟先生，他早已和法国当局的采购部门沟通过了，将库存的所有廉价葡萄酒全部卖给政府，这样他就成了政府的大债主，此次旅程就是去取钱的。

随后，三个男人默契地交换了一下眼神。虽然各自都有不同的状况发生，但归根结底他们都是有钱人，都是上流社会的一员，都是那种随便晃晃裤袋就能听到金币撞击之声的人，他们感觉彼此像兄弟一般亲近。

车子缓缓地前行，已经上午十点了，才走了四法里路。因为路滑，有三段坡路男人们不得不下来步行。原定要在托特吃午饭，按照现在的速度估计天黑时也到不了。所以，当大家得知车子陷进积雪中要两个多小时才能拖出来的时候，纷纷下车去看路上有没有饭店。

饥饿感一阵阵袭来，让每个人都惶惶不安，然而却没有人找到饭店或者酒馆。这里的人知道普鲁士人即将打来,他们曾经还接待过饥饿的法军,所以没人敢继续做生意,早就逃跑了。

绅士们跑进路边的农庄里想找些食物,可是连面包都没找到一个。为了防止饥饿的军队来抢夺食物,农民们早就把所有东西藏起来了。

马上到下午一点了,鸟先生叫嚷着自己已经饿得前心贴后背了,其他人也已经饿得不行了,步步紧逼的饥饿感终于让他们关上了话匣子。

一旦有人开始打哈欠,旁边的人仿佛被传染一样也哈欠连天,但每个人的身世背景不同,所以哈欠也天差地别,有撑开嘴巴放开喉咙的,有微微张嘴以手遮面的。这时,羊脂球好几次弯下身子,仿佛在裙子底下寻找着什么。她犹豫了一会儿,抬头看着同车的人们,随即若无其事地直起身子,每个人的脸上只剩下苍白和无奈了。鸟先生发誓自己愿意用一千法郎去换一个大肘子,他的妻子给出一个强烈反对的手势,他随后便沉默下来。一说起乱花钱,她向来是心疼的,哪怕是玩笑话也会被她当真。伯爵说:"感觉真的很难受,我们怎么就没想到要带些东西在路上吃呢?"于是每个人都开始埋怨自己。

科尔尼代倒是带了一大瓶朗姆酒,他主动邀请大家一起喝,可是除了鸟老板,大家都冷冷地回绝了。鸟先生喝了两口,交还酒瓶的时候顺便道谢:"酒倒是挺不错,起码能暖和一些,权当充饥吧。"朗姆酒让他兴奋起来,建议应该像歌谣中唱的那样,船难时把最胖的旅客分着吃了。这明显是在拿羊脂球说笑,那些有良好教养的人听后十分反感,所以并没有人附和他,

【语句理解】
　　强调了人们的饥饿程度。

【读读想想】
　　羊脂球在找什么?(当时人们都处于饥饿状态,结合下文可以知道她在找自己带的食物。)

【语句理解】
　　通过伯爵的话及大家的反应,可以看出这是一群养尊处优的贵族,毫无生活经验可谈。

【语句理解】
　　鸟先生随便开着羊脂球的玩笑,可以看出他对羊脂球的不屑、反感和嘲讽。

只有科尔尼代勉强挤出点儿笑容。那两个修女已经不再捏着念珠祷告，双手放在大袖子里一动不动，坚定地低垂着双目，仿佛在感谢上天降下的苦难。

三点钟，车子来到一片无边无际的平原中央，视野里一个村镇都没有，羊脂球愉快地弯下身子，从长凳下面拉出一个盖着白布的大提篮。

羊脂球先从提篮里拿出一个陶瓷盆子，一个精致的银杯，随后是一个很大的瓦罐，里面装着的两只切好的鸡裹满了结冻的汤汁。其他人瞥见篮子里还有好多打好包的食物，蛋糕、水果、甜品等等，即使不在饭店里买东西也足够吃三天的。在食物的中间甚至还插着四个酒瓶。她取下一个鸡翅膀，就着面包文雅地吃起来，那是被诺曼底人称为"摄政"的面包。

【语句理解】
直接详细描写了羊脂球所带的食物，这在一群饥肠辘辘的人面前是最大的诱惑。

所有的目光都向羊脂球投来，食物的香气慢慢散开，让人垂涎欲滴。贵妇们对这个女人的蔑视达到了顶点，嫉妒得恨不得杀了她，或者把她连同这些杯盘碟碗一道丢进车下的雪堆里。

【读读想想】
羊脂球面对着这些瞧不起自己的人是不是真心实意地想要分给大家食物呢？（根据下文中羊脂球的表现分析，她是美丽善良的，当然愿意帮助大家。）

可是鸟先生却死死盯着那只装着鸡的瓦罐，他说："太好了，这位夫人比我们有先见之明啊。有些人天生就比别人考虑得周全。"羊脂球抬头对他说："这位先生是不是也想来点儿？从早上饿到现在也够难受的。"他往前凑了凑说："说真的，我可不客气了，实在是太难受了。战争时期哪管得了那么多？您说对不对，这位夫人？"然后，他扫视了一遍其他人，接着说："现在这节骨眼儿上，能有人愿意帮你可再好不过了。"他拿出先前带着的报纸，摊开在裤子上，然后从口袋里拿出一把总是随身携带的小刀，用刀尖挑起一个裹着

【动作描写】
鸟先生享受美餐的动作无疑刺激了车上饥饿的人们。

汁的鸡腿，狠狠咬了一口，大快朵颐起来。这时，车子里响起一声无奈的长叹……

　　羊脂球以甜美的话语恭顺地邀请两位修女一起来分享这些美味。她俩丝毫没有犹豫，含混地道谢之后，低着头快速地吃起来。科尔尼代对羊脂球邀请他分享美食并没有表示拒绝。他与两个修女一起把报纸全部展开摊在膝上，看上去就像一张餐桌。

　　这几张嘴不断地张开、闭合，咀嚼着、吞咽着，如风卷残云。鸟先生坐在角落里一边痛快地吃着，一边劝自己的妻子也一道吃点儿。她本来是很抗拒的，但饥饿感不断攀升的肚子最终说服了她。这时，鸟先生和颜悦色地向那位"最佳旅伴"征求是否可以拿一块给自己的妻子吃。她带着微笑，和蔼地说道："当然可以，这位先生。"接着她就把那个瓦罐递了过去。

　　这时有人拔开了一瓶葡萄酒的塞子，但尴尬的是竟然只有一只杯子，无奈之下，只能是一个人喝完将杯子擦拭干净再给第二个人用。只有科尔尼代总是拿过羊脂球的杯子，故意对着唇印喝，这个献媚的举动实在是太明显了。德·布雷维尔伯爵夫妇和卡雷—拉马东夫妇被这些弥漫开来的食物香气弄得呼吸困难，对于他们来说这简直是难以忍受的酷刑。纺织厂老板那年轻的妻子忽然叹出一口气，众人寻声望去，她脸色白得像车外的雪，双眼紧闭，额头低垂，已经昏过去了，她丈夫急得像发了疯一般，恳求大家施以援手。旅客们一阵慌张，关键时刻，那个年长的修女扶起病人的头，将羊脂球那杯葡萄酒喂了病人一点儿，只见那漂亮的贵妇动了一下，睁开双眼笑了笑，有气无力

【动作描写】
　　细腻地描写人们的吃相，可以看出大家确实饿坏了，在饥饿面前，人们投降了，放下了自己高贵的身份，达到了极好的讽刺效果。

【动作描写】
　　羊脂球的话表现了她处处为他人着想，丝毫不会计较。

【语句理解】
　　在饥肠辘辘的状态下，食物的诱惑更加让人难以抗拒。

【引起下文】
　　关键时刻是羊脂球的一杯葡萄酒救了"漂亮的贵妇"，顺理成章地引出下文共享美食的情节。

地说她感觉好多了。不过为了防止她再次晕过去,修女又强迫她喝了满满一杯葡萄酒,说道:"你就是因为太饿而已,不碍事的。"

羊脂球听了修女的话后一阵脸红,有些不知所措,她看着这四个饥渴难耐的老爷太太们,羞涩地说道:"上帝啊,我是真心想邀请您几位……可是……"她有些怯懦,不敢说下去,怕被当成自作多情反而遭到羞辱。鸟先生插话道:"多说无益,就目前的情况,大家都是兄弟姐妹,就应该相互帮助,快点儿吧,几位,这时候还讲什么礼数?一起吃吧。还不知道能不能找到地方过夜呢!就这个走法明天中午之前能不能到托特都成问题呀。"几个人有些迟疑,竟然谁也不敢说一声"行"。最终还是伯爵打破了僵局,他转身面对着这个羞涩的女人,像一个施恩的人那样说道:"我们十分荣幸接受您的邀请,夫人。"

只要迈出艰难的第一步,接下来的事情就顺理成章了。篮子里的东西全都被拿了出来,有鹅肝酱、肥云雀酱、熏牛舌、好几个克拉桑产的梨、一大块甜面包,还有好些小甜点以及整整一坛醋泡小黄瓜和圆葱头——羊脂球也像其他普通女人一样喜欢生吃蔬菜瓜果。

既然吃了这个"贱人"的东西,自然不得不和她讲话。当大家开始聊天时,起初还是有些尴尬的,但是她很热情,于是大家也就随意起来。德·布雷维尔太太和卡雷—拉马东太太深谙社交之道,都尽量展现出既高贵又平易近人的样子,尤其是伯爵夫人,显得那样的超凡脱俗,又不失妩媚。但是那个人高马大的

【语言描写】
羊脂球在担心自己的身份,因为即使是好心帮助他人也可能会被人瞧不起。

【神态描写】
人们迟疑的态度说明他们内心中的社会等级制度根深蒂固,碍于面子谁也不愿意放低身段。

【语句理解】
羊脂球和其他普通女人一样,透着一股心酸,命运的捉弄让她沦为妓女,这是她的悲哀,也是社会的悲哀。

【用词准确】
这些贵妇的本意是不和羊脂球说话的,只是出于"吃人嘴短"的原因才和她交谈罢了。

鸟夫人却一直心存芥蒂，只顾埋头吃东西，并不怎么插嘴。

　　说着说着，大家就把话题扯到了战争上。每每讲到普鲁士军队的种种恐怖与法国人的种种英勇事迹时，这些逃难中的男女都会相互佩服彼此的勇气。慢慢地，大家开始谈论自己的切身经历。说到自己，羊脂球真的动怒了，掺杂着大量的脏话把她为什么离开鲁昂讲述了一遍："开始我以为自己能继续混下去，当时家里有的是吃的东西，就是白养几个兵也不想背井离乡去别的地方，不过那些兵真的进城时，我实在不能忍了，气死我了，太丢人了，因为这我哭了一天，我要是个男人，高低上前线去！我看到窗子外面那些头戴尖铁盔的肥猪们，气就不打一处来，要不是女佣拦着我，我一准用桌椅砸断他们的脊骨！后来还真有几个兵来我家住宿，那天我一下就掐住了一个家伙的脖子，要不是被人揪住头发，怎么也能弄死一个，整死他们也没那么费事。可是后来我不得不到处躲避他们的抓捕。最后终于等到机会离开那里，所以，现在我在这儿了。"

　　大家开始赞扬她，其他人都没有她这么大胆的经历，在赞扬声中，她的地位显著提高。科尔尼代安静地听着，微笑着，显得那么心悦诚服，就好像一位传教士听到一个虔诚的信徒在赞颂着上帝。对于宣扬爱国主义来说大胡子朋友是专业的，正如那些穿着神袍的男人们搞宗教一样。轮到他讲，他就像个专家一样，用那些从贴在墙上的宣传标语里抄录下来的词句高谈阔论了一通，结尾还不忘记用庄严的态度数落了一通

【语句理解】
　　虽然各自的境遇和地位不尽相同，但是面对列强的侵略，大家能够同仇敌忾。

【语言描写】
　　羊脂球爱憎分明，从她过激的言辞中可以体会出她的爱国之心。

【对比】
　　相对于前文中那些对敌人热情招待的人们，羊脂球实在是勇敢、值得赞扬的。

【神态描写】
　　写出了科尔尼代对羊脂球的认可，也从侧面表现了羊脂球的爱国热情。

【注释】

巴丹盖：原为法国一泥瓦匠。拿破仑三世（路易·波拿巴）逃亡时借用此名。后来他当皇帝时，人们以此作为他的绰号。

波拿巴：指拿破仑·波拿巴，法兰西第一共和国执政、法兰西第一帝国皇帝，被称为拿破仑一世。

【神态描写】

大家都能看出科尔尼代内心的愤怒，可是他表面上却保持着微笑，可见他城府很深，衬托了羊脂球的思虑单纯。

【前后照应】

表现了羊脂球的慷慨和众人的贪婪，与后文再次踏上旅途时用餐的情景相照应。

【细节描写】

风灯的点燃暗示了天已经很晚，已经走了整整一天了，而到达目的地还是遥遥无期。

那个"流氓巴丹盖"。

听到这里，羊脂球大怒，她是波拿巴的拥护者，她的脸比樱桃还红，撅着嘴愤愤道："你们这些人，我真想看看你们在那个位置上能干出什么事情来。对了，这次就是你们出卖了他，就说你呢！如果被你们这样胡作非为的人管着，那我还不如离开法国算啦！"科尔尼代神情自若，始终保持着高傲而又轻蔑的笑容，但是大家看得出来，骂街的话已经到了他的嘴边，忽然，伯爵打断了那个怒火中烧的"贱人"，用一种不容置疑的姿态宣称一切真诚的意见都是值得尊重的。伯爵夫人和厂长夫人满脑子都是那种上流社会对共和制度的厌恶以及对封建专制的爱慕，不知不觉从心底里支持这个凤毛麟角的"贱人"，她们终于找到了共同点。

篮子干净了，十个人很轻易就吃空了它，都在想着当初应该选一个更大的篮子来装多好。吃完东西后谈话又继续了一会儿，但是热情越来越低。

夜幕降临，黑暗变得更为深沉，消化食物的时候人更容易感觉到寒冷。尽管羊脂球足够胖，也被这寒冷的天气搞得瑟瑟发抖。于是德·布雷维尔夫人把自己的小手炉借给她用。里面的炭已经换了几次。羊脂球立马接过了手炉，因为她感觉到脚已经有些麻木了。卡雷—拉马东夫人和鸟夫人的手炉则借给了那两个修女。

车夫点着了挂在车外的风灯，灯火明亮又闪烁。刚好照在车辕边两匹马的屁股上，那蒸腾的汗气好似云雾一般。路旁的雪地仿佛在摇曳的灯光中无限延伸到远方。

车子里什么都看不清，但鸟先生却发现羊脂球和科尔尼代之间好像发生了冲突，他仔细地窥探着，发现那个大胡子猛地向旁边一歪，好像被狠狠地打了一下，却又听不到任何声音。

远处慢慢浮现出点点灯火，那就是托特镇了。他们走了十一个小时，马匹四次休息和吃草料又用去两个小时，他们用了整整十三个小时才来到镇上。车子到旅馆门口终于停下来了。

车门打开，一种熟悉的声音让所有的旅客变得惊恐万分，那正是刀鞘撞击地面的声音。马上，一个德国人叫嚷起来。

马车虽然停住了，但是谁也不敢下车，仿佛有人正提着刀子等在门口杀人。这时候驾车的人出现了。他取下风灯往马车里一照，车里忽然出现两排神色慌乱的面孔。因为过分惊惧，每个人都睁大了眼睛，合不拢嘴。

大家看到在赶车人旁边站着一个德国军官。一个干瘦干瘦的高个子青年，头发金黄，军服十分贴身，仿佛是女人们的束身衣。平顶的漆皮军帽歪戴在一边，给人的感觉就像是英国旅馆里的杂役。他那两撇浓密的胡须倔强地翘着，越往边上越细，尖端收成一根金黄色的毫毛，不注意都看不见，好像一道皱纹压在他的嘴唇上，压着他的嘴角，拉扯着他的面颊。

他操着生硬的阿尔萨斯口音的法语要求旅客们下车："先生们，女士们，各位可以下来吗？"

两位修女用那种能承受一切挫折考验的姿态表示了服从。接着走下来的是伯爵夫妇，而卡雷—拉马东

【用词准确】
"窥探"一词说明鸟先生是个喜欢在暗处偷看别人的人，他的这一性格也为下文他的所作所为做好了铺垫。

【承上启下】
在结构上起到了承上启下的作用；内容上点出了德国人的存在，更是为下文情节的展开做铺垫。

【外貌描写】
细致地勾勒出了一个吊儿郎当的军官形象。

夫妇则跟在他们后面，随后鸟先生躲在夫人身后将她推下了车。鸟先生的脚刚着地，就用一种恭顺的语调向军官说了一声"长官好"，对方却像一个统治者般望着鸟先生——只是望着。

羊脂球和科尔尼代本来是坐在门边的，但是却最后下车，而且在德国人面前显得既沉稳又高傲。胖姐极力想让自己镇定下来，尽量表现得若无其事。民主斗士则用一直不停颤抖、略显悲壮的手捻着自己的火红色大胡子。两人都懂得，在这种情况下，每个人都或多或少地代表着祖国，所以希望尽量保持着庄重的态度，同时也都因为同伴们那低三下四的样子而感到羞愧。因此羊脂球极力展示出那种超越同行女伴们的自尊，而科尔尼代的言谈举止都要坚持自挖坑时就开始的抵抗精神。

一行人被带到旅馆宽敞的厨房里，德国人要求他们出示那张重要的通行许可证。那上面有每一个旅行者的姓名、相貌、职业。他仔细地观察着这一行人，逐个与许可证上的资料进行比对。随后他突然说道："没错。"转身便离开了。

于是，每个人都松了一口气，因为大家还没有吃饱，所以让人安排夜宵。做这顿饭要一段时间，于是大家都趁着女佣忙着做饭的时候去看了各自的房间。屋子都在一条长走廊里。走廊尽头的玻璃门上写着人尽皆知的字"厕所"。

终于到开饭的时间了，大家正要入座。这时，旅馆老板亲自出来招呼客人，他是一个得了哮喘病的胖子，马贩子出身。他的嗓子里始终不能安静，总像是

【对比】
与上文中其他人们的恭顺和无可奈何对比，表现了羊脂球和科尔尼代的勇敢和民族自尊心。

【语句理解】
即使是在面对危险的时候，羊脂球依然保持着尊严，而并不像那些"高贵"的同伴那样谄媚。

【语句理解】
抓住了旅馆老板的特点，几句话就勾勒出他的形象。

有痰一样。他继承了父亲的姓氏"佛郎维"。

他问道:"哪位是伊丽莎白·鲁塞尔小姐?"

羊脂球吃惊地转过头回答:"是我。"

"小姐,你们下车时见到的那位军官现在想和您聊聊。"

"和我吗?"

"当然了,如果您的确是伊丽莎白·鲁塞尔小姐。"

她有些摸不着头脑,想了一会儿便爽快地说道:"即便如此,我是不会去的。"

她的周围开始骚动,每个人都在猜测着这道命令是什么意思。伯爵走到她跟前说:"您这样不对,女士。因为您这样拒绝了邀请可能会引发更大的麻烦,不仅仅对于您本身,甚至会波及与您一同到此的其他人。做人不应该与强权硬抗。他邀请您应该不会有什么别的事情,只是为了补足遗漏的手续也说不定。"

其他人也是跟伯爵一个意思,在一片央求和催促下,她终于被说服了,因为每个人都害怕某个冒失的举动可能带来不堪设想的后果,最后她说道:"如果不是为了在座的各位,我是不会去的。"

伯爵夫人抓住她的手:"真的,我们很感谢您。"

她离开了。

大家没有吃饭,一直等着她。

每个人都有些遗憾,因为被召见的是这个女人而不是自己,并且都在准备着大段阿谀奉承的话,准备在召见的时候派上用场。

但是,十分钟之后她就回来了,脸颊绯红。她气得连话都说不清,结巴着说:"混蛋,真是个混蛋!"

【语言描写】
伯爵的话虽然委婉,但是也可以看出他不想因为羊脂球的拒绝而连累了自己,自私自利的嘴脸一览无遗。

【语言描写】
表现了羊脂球为他人着想,宁可选择违背自己的意愿。

【语言描写】
羊脂球气愤的语言可以想象出她受到了极大的侮辱,设置悬念,引起读者的阅读兴趣。

在座的人急于要知道发生了什么。不过她一句多余的话都没有说。经过伯爵再三的盘问，她才郑重地回答："不能说，这事和你们没有任何关系，不能告诉你们。"

　　于是大家围着一大盆汤坐了下来。有一股包心菜的香味散发出来，虽然他们惊魂未定，但这顿夜宵吃得却很愉快。为了省钱，鸟夫妇和两个修女喝的都是苹果酒，味道还真不错。其他人多数点的是葡萄酒。科尔尼代则依旧是啤酒，他有一套特别的开瓶方式，能让啤酒产生大量的泡沫，再斜着托起酒杯放在灯前，仔细观察酒的颜色。他的大胡子与他钟爱的美酒的颜色竟然这么相似，喝酒的时候那胡子竟然在欢快地颤动。他专注地盯着啤酒杯，仿佛这就是他终其一生的职责。他这辈子只有两个嗜好：一个是淡色啤酒，一个就是革命。在他心中这两件事简直是水乳交融、不可分割的。所以无论他在享受哪一个的时候都不会忘记另一个。

　　佛郎维夫妇坐在桌子另一边吃着东西，男的像个破火车头般喘着粗气，以至于不敢在吃饭的时候说话，可他的女人却在不停地说话，她告诉在座的人对普鲁士军队的最初印象，说起他们干过的坏事、说过的恶语，她憎恨他们——首先是他们害她浪费很多钱，其次是她的两个儿子参军上了前线。她倒是更喜欢和伯爵夫人聊天，因为这能让自己显得更高贵。

　　接着，她压低声音说了一些敏感的话题，她丈夫总是想阻止她："佛郎维太太，你最好闭上嘴！"不过她却毫不在意，仍然继续说着："没错，夫人。那些人就知道吃土豆炖猪肉，要么就是猪肉炖土豆。你千万

【悬念】
　　设下了悬念，让人揣测：到底是什么事情？

【细节描写】
　　这一段不惜笔墨刻画了科尔尼代的形象，把这个"民主战士"刻画得淋漓尽致。

【语句理解】
　　选择谈话对象的原因不是思想、内容，而是地位，可见人们对于身份是多么看重。

【语句理解】
表达了普通百姓对战争强烈的厌恶之情。

【语言描写】
借着佛郎维太太的口,控诉了侵略者丑恶的嘴脸,同时也表现了一个普通公民的爱国热情。

【语言描写】
佛郎维太太的语言直击战争的要害,控诉了统治阶级的好斗和腐朽,不顾人民死活的罪行。

【心理描写】
卡雷—拉马东先生的思索代表了许多人对战争的看法。

别以为他们有多爱干净,哼!根本不是!毫不客气地说,如果您见过他们整天整天连续操练的话,还能看到他们随地大小便呢。他们就在田地里操练,向前走,向后退,这边转,那边转。假如在他们自己国家起码还能种种地、修修路吧,偏偏不那样,夫人,你说这些当兵的对谁有好处!老百姓辛辛苦苦掏钱养活他们就是为了让他们学着怎么去杀人吗?没错,我只是个没文化的老太婆,每次看到他们在那块地上费劲操练的时候,我总是对自己说,这世上有那么多人为了别人的幸福发明了好多东西,却有这么一群人发奋努力是为了害别人。真是的,无论是普鲁士人、英国人、波兰人或者法国人,难道他们杀人不是一件罪恶的事吗?如果有人伤害到你,你去报复他,你就错了,因为法律会惩罚你,可是如果有一群人把你我的孩子当作猎物一样去剿杀的时候,却要给那个杀得最多的人颁发奖章,这就是对的,这是什么说法呢?您说这到底是怎么回事呢?我真搞不懂。"

科尔尼代提高了声调说道:"如果是侵略一个热爱和平的国家,那就是一种野蛮行径。如果只是为了保卫自己的国家,那就是一种神圣的职责。"

老妇人低着头说:"没错,保卫国家是另一回事,但是那些以发动战争为乐的君主就不应该被杀掉吗?"

科尔尼代的眼睛里迸射出了火花:"对极了,女公民!"

卡雷—拉马东先生陷入深深的思考之中,他虽然非常崇拜那些出名的将领,但是这个老妇人的见识却引起了他的思索:这么多的劳动力闲置不用,白白浪费粮食,如果能投入到那些百年大业当中,那会是怎样的情景呢?

这时鸟先生离开座位,走到旅馆老板身边用很低的声音和他交谈着,那胖子一边笑一边咳嗽吐痰。他的大肚子因为身边这个幽默的人而不断起伏。最后他向鸟先生订购了六大桶葡萄酒,明年春天如果普鲁士人走了就可以交货。

当夜宵吃完的时候,大家都困乏得不像样了,随即离席去休息。然而鸟先生却看出了一些问题,他让妻子先上床睡觉,自己却从门上的洞里向外张望,一会儿又把耳朵贴在门上仔细听着外面的动静。他不停地这样做就是为了证实自己所猜测出的秘密。

【动作描写】
表现出鸟先生的偷偷摸摸,与前文他窥探别人的秘密相照应,也为下文他嘲笑科尔尼代设下伏笔。

大概一个小时之后,他听到了一阵窸窸窣窣的声音。于是连忙看过去,果然看到了羊脂球,她披着一件缀着白花边的蓝色羊毛睡衣,看上去比白天更丰满。她拿着一支蜡烛,往过道尽头的厕所走去。这时旁边一扇门轻轻地打开了一条缝,几分钟后等羊脂球往回走时科尔尼代跟了出来,他只穿条背带裤就出来了。他们正低声交谈着,随后又站住不动,羊脂球好像坚定地拒绝了科尔尼代进她的房间。可怜的鸟先生根本听不到他们在说什么。不过最后,他们提高了声调,他才依稀听到了几句。科尔尼代激烈地坚持着:"看看,您怎么想不明白呢?这对于您来说是问题吗?"

她好像有些生气:"不行!亲爱的!这种事情不是什么时候都可以做,而且在这儿,绝对是耻辱!"

【语言描写】
羊脂球时时都在注意着维护尊严,尤其是在有敌人的地方。

科尔尼代明显没听明白,追问到底是为什么。于是她更生气了,干脆更大声地说道:"为什么?您不懂为什么？现在，有很多普鲁士人在这家旅馆里，也许就在隔壁的屋子，不懂吗？"

他不说话了。她是不想在敌人的眼皮底下与人亲热的，她的羞耻心似乎唤醒了科尔尼代那消失殆尽的自尊，因为他仅仅是拥抱了她之后就悄悄地回到了自己的房间。

【伏笔】
羊脂球虽然是个妓女，但是她的民族自尊心感染了那个"民主斗士"，为下文羊脂球拒绝德国军官的无耻要求埋下伏笔。

鸟先生看得浑身冒火，离开门边后在屋子里轻轻蹦跳了一下，带上棉睡帽，掀开盖在她老婆粗壮身躯上的被子，用一个热吻将她弄醒，小声说道："宝贝儿，你爱我吗？"

这时候，整个旅馆彻底安静了下来。没过一会儿，也许是地下室，也许是阁楼，总之在旅馆的某处，又响起了一阵铿锵有力的打鼾声，粗犷悠长且带着剧烈震颤，原来是佛郎维先生睡着了。

【暗示】
只有马车，而没有马和车夫暗示着可能出现意料之外的状况。

旅客们原本决定在第二天早上八点起程，所以都准时集合在厨房里，可是马车却孤零零地停在天井里，盖满了积雪。没有马匹，也没有车夫。有人去马房里、草料仓库还有车库找他，可是白费力气。于是男人们决定分头去镇上找找看。来到小镇的广场上，他们望见教堂就在广场的尽头，两旁都是些低矮的房子，那里有很多普鲁士士兵，其中一个正在削土豆皮，而稍远的那个正在帮理发店打扫店面。另一个留着络腮胡子的正把一个婴孩抱在膝盖上，摇摆着、亲吻着，好让他安静下来。那些粗壮的农妇们的丈夫参军打仗去了。她们正用手势指点那些比较友好的侵略者帮忙，比如劈柴、磨咖啡之类的，有一个甚至在帮孱弱的房东老太太洗衣服。

【语句理解】
通过人们的行为展现了一个奇怪的侵略者与被侵略者"友好相处"的场面。

伯爵有些诧异，刚好碰到一位神职人员从神父的房子里走出来，就上前打听。那个靠教堂糊口的人回答道："那些人并不怎么凶，听说他们不是普鲁士人，他们来自更远的地方，我不知道是哪里，他们也是撇家舍业，他们认为战争并不是什么好事。你信不信他们家里也有人为这些男人哭泣？战争对于他们和咱们都是一样的，也是一种苦难。就目前来看，这里还有没遭殃，因为他们并不作恶，而且就像在自己家乡一样劳作。您看，这位先生，穷苦老百姓是会相互帮助的……只有那些大人物才希望打仗！"

【语言描写】
写出了很多人对于战争的看法。

看到这种战争双方和平共处的样子，科尔尼代很是生气，他宁愿回到旅馆去干坐着，所以转身就离开了。鸟先生挖苦道："他们正准备制造新人口。"卡雷—拉马东则郑重地说："他们正在弥补。"

他们在广场附近没有发现赶车的人，最后在镇子上的咖啡馆里找到了他，他正和一个普鲁士军官的勤务兵像亲兄弟般坐在一起。

【反衬】
赶车人跟侵略者"普鲁士军官的勤务兵"像亲兄弟一样，何等讽刺啊！也反衬了羊脂球的自尊、自爱。

伯爵上前质问道："不是吩咐过您要在八点出发吗？"

"一点儿都没错，不过又有人吩咐了我！"

"吩咐你什么？"

"不用套车。"

"谁吩咐您这么干的？"

"上帝啊！当然是你们见过的那个军官啊！"

"为什么？"

【语言描写】
表现出车夫的无奈。

"我可什么都不知道，您直接问他去吧，反正不让我套车，我呢，也不敢套车，就是这么回事儿。"

"是他本人跟您说的吗?"

"不是,先生,是那个旅馆老板转告给我的。"

"什么时候的事儿?"

"昨晚睡觉之前。"

【读读想想】
为什么三个人这么忧心忡忡?(根据上文的内容可以知道,是普鲁士军官阻止他们前行,大家弄不清原因,所以以为自己的前途担忧。)

三个人忧心忡忡地回到旅馆。

他们想要找佛郎维先生,但是女佣的回答是他因为哮喘病的原因,从来不在十点钟以前起床——除非发生火灾,不然谁也不许十点钟之前叫他。

他们又想直接去找那个军官,虽然他就住在旅馆里,但显然他们是见不到的。只有佛郎维先生才有权在发生民事纠纷的时候去找他。这样一来,大家只好干等着,女人们则回到各自的房间去打发无聊的时间。

【引领下文】
点出了"烟斗"这一标志性物品,引出下文中对"烟斗"的描写。

科尔尼代在厨房里那个炉火正旺的大壁炉前坐下,他让人从旅馆咖啡室搬来一张小桌子,又点了一罐啤酒。他还抽起了烟斗。在民主主义者眼中那个烟斗绝对是标志性的玩意儿,甚至和科尔尼代拥有同样的知名度。仿佛它为科尔尼代服务就等同于为这个国家服务一样。这是一只极棒的海泡石烟斗,那浓重的烟熏色如同它主人的牙齿一样黑亮。它略带香气,弯弯的,光彩夺目,和它主人的手紧密地结合着,也让主人显得更加有魅力。他一动不动,目光有时落在壁炉里的火苗上,有时又落在那酒杯中泛起的泡沫上;他每每喝过一口之后就会吸两下沾在大胡子上的泡沫,同时抬起那瘦弱的手指,悠闲地搔一搔那略显油腻的头发。

【语句理解】
什么时候都不忘做生意,鸟先生的行为证明了自己的商人本性。

鸟先生借着舒活筋骨的名义,跑到镇子上向卖酒小贩兜售一些葡萄酒。伯爵和纺织厂老板则开始谈论起政治。他们在预测法国的未来,一个坚信要依靠奥尔良党，另一个却希望在崩溃之际能有位无名英雄出来力挽狂澜，或许像杜·盖克兰，或许像贞德，要么再来个拿破仑一世也行，假如皇太子不这么年轻该多好……科尔尼代在旁边静静地听着，像个先知一样微笑着，他的香烟让整个厨房都变得香气扑鼻。

十点的钟声敲过。佛郎维先生出现了。马上就有人问他是怎么回事儿，他说："军官跟我说：'佛郎维先生，您明天一定要阻止车夫套车，没有我的允许那些旅客谁也不许走，您听明白了吗？就这样吧！'"

这样一来，他们就只能去见军官了。伯爵让人把名片转交给他，卡雷—拉马东先生则把自己的姓名和所有头衔都一道写在了伯爵的名片上。军官让人回话，他同意接见这两位先生，不过要等他吃过午餐才行，起码要下午一点之后。女人们听说之后也都出来了，尽管大家都心神不宁，却也都多少吃了一些东西。而羊脂球好像生病一样，又显得十分慌张。

大家喝完咖啡时，军官的勤务兵刚好来找那两位先生。

鸟先生打算与他俩一起去。为了让声势更盛一些，他们甚至打算让科尔尼代也一道去。不过科尔尼代郑重声明自己不想和德国人有任何瓜葛，然后他拿着新点的一罐啤酒回到壁炉旁边。

三个人都上了楼，被引领到旅馆里那间最考究的屋子里，那正是军官准备接见他们的地方，他正躺在一张安乐椅中，双脚高高地搭在壁炉上，嘴里叼着一个长烟斗，身上穿着一件睡袍，那睡袍一定是从哪个逃跑的暴发户家里偷来的。他并没有站起来，也没有

【注释】
　　杜·盖克兰：法国民族英雄，曾抗击英军的入侵。　贞德：法国女英雄。　皇太子：指拿破仑三世的儿子。

【解词】
　　宗教中指受神启示而传达神的意旨或预言未来的人。

【神态描写】
　　羊脂球的神态表现出内心的担忧，暗示事情可能与她有关。

【人物描写】
　　运用动作、肖像、神态描写，一个趾高气扬、飞扬跋扈的侵略者形象跃然纸上。

主动跟他们打招呼，甚至连看都没看他们一眼。他算得上是狂妄自大者的典范了。

终于，他开始问话了："你们有什么话要说？"

"我们想动身离开，先生。"伯爵说道。

"不行！"

"能否告知我们其中的缘由？"

"因为我不同意。"

"先生，我恭敬地恳请您看一下，贵军总司令签发给我们的通行许可证，那上面明白地写着允许我们前往迪耶普，我不明白我们做错了什么事情，您会这样处置我们。"

"我不愿意……没什么理由……你们可以下楼了。"

三个人躬身行礼后退身出来。

下午实在太难熬了。谁也摸不准这个军官的脾气。各种猜测搅得他们晕头转向，所有人都坐在厨房里，为了几个想出来的拒绝理由而争论不休。他这是要把他们当人质，但是目的何在？他们也不能算俘虏，难道是想要狠狠地敲竹杠？想到这里，一阵莫名的惊恐让他们失去了理智。越是有钱就越害怕，他们甚至想到为了赎身而将一袋袋满是金币的包裹送到这个军官手上。于是他们挖空心思来编造各种谎话，隐瞒自己的财产，装成穷人，穷困潦倒。鸟先生已经摘下金表链藏进了口袋。恐惧感伴随着夜色不断加深，掌灯的时候，距离吃饭还有两个小时，鸟夫人提议来一局三十一点打发时间。大家都赞同。科尔尼代也参加进来，出于礼貌，他熄灭了烟斗。

伯爵负责洗牌、发牌，羊脂球一上来就拿到了三

【动作描写】
表现了三个人卑躬屈膝的形象。

【语句理解】
说明众人心中忐忑不安，生出种种揣测。

【语句理解】
摘表链的细节表现出鸟先生为了保全财物，要将自己伪装成一个穷人。

十一点，不一会儿，打牌的兴致就高过了恐惧感，不过科尔尼代却发现鸟夫妇在配合着耍诈。

快到吃饭的时间，佛郎维先生又出现了，他拖着带痰的嗓音高声问道："军官让我问问伊丽莎白·鲁塞尔小姐有没有改变主意。"

羊脂球站着没动，脸色变得苍白，突然又变得深红，她在盛怒之下呼吸变得急促，以至于说不出话来。最后她才叫嚷道："你去告诉那个下流的臭无赖、狗东西、死鬼，就说我永远也不愿意！听明白没有？永远不！永远！永远！"

【神态、语言描写】
羊脂球气愤至极，坚决地拒绝敌人的无理要求。

旅馆老板离开了，羊脂球马上被人围了起来，所有人都想知道那个军官跟她谈了什么事儿。

起初她根本不说，但是没过多久，怒气冲冲的她叫嚷道："他要什么？要什么？要跟我睡觉！"

大家非常愤怒。科尔尼代猛地拿酒杯在桌子上一顿，杯子竟然炸开了。那是一种愤怒、一种仇恨、一种抗争的体现，仿佛那个军官不只欺辱了她一个人，而是侮辱了所有人。

【语句理解】
运用几个短语增强语气，把科尔尼代的怒气表现得淋漓尽致。

伯爵轻慢地表示那个军官简直就是原始人，那些妇人更是对羊脂球百般安抚，那两个修女只是在吃饭的时候才出来，现在则低着头什么也没说。

第一波愤怒稍稍平息，他们照常吃了晚饭，不过席间没怎么交谈，他们在筹划着。

【语句理解】
人们各怀心事，没有心思再去高谈阔论了。

女人们早早地回房间去了，男人们抽着雪茄，玩儿起了纸牌，他们邀请佛郎维先生一道参加，他们以为这样就可以容易地从旅店老板那里找到军官的弱点，不过老板只关注自己的牌，其他什么话也不听，什么问题都不回答,反而叨咕着:"好好玩儿牌,先生们,玩儿牌。"

他的专注让他忘记了吐痰,胸腔里的声音被拖得很长,他的肺在呼啸着,似乎能发出哮喘病人所能发出的所有声响,从低沉的声音到小公鸡尖锐沙哑的高音无所不能。

【细节描写】
将佛郎维先生犯哮喘病时变化无常的声音描写得惟妙惟肖,可见作者平时观察的细致。

老板娘困得不行,来找他去睡觉时,他甚至拒绝上楼。于是她独自离开了,没办法,她是"值早班"的,向来和太阳一个作息时间。而老板则是"值夜班"的,向来喜欢和伙伴们熬夜。

他向老婆高声叫道:"你去把我的蛋黄奶羹搁在火炉边。"然后继续打牌。大家发现从他这里根本打探不到任何消息的时候,纷纷散去,回到自己的房间。

【语句理解】
大家叫旅馆老板打牌,根本就是醉翁之意不在酒,眼看目的达不到,自然就提不起兴趣了。

第二天,大家依旧起得很早,心里始终存着一丝希望,想离开的愿望也越来越迫切,因为待在这个小镇旅馆里实在是让人寝食难安。

糟糕的是,牲口还拴在马棚里,车夫依旧不见踪影。大家都无事可做,只能绕着车子转圈儿。

午饭时也很糟糕,好像大家都开始冷落羊脂球了,原来宁静的深夜是可以让人改变一些原有想法的,他们似乎开始怨恨这个"贱人"了:她怎么没悄悄去找那个军官?如果去了,那么一觉醒来大家就会有一个大大的惊喜。还能有比那更简单的办法吗?而且不会有人知道。她只需要跟军官说自己是为了可怜同伴才来的,那是一个多么好的"台阶"啊。那种事在她看来应该是司空见惯的吧。

【语句理解】
人们的想法卑鄙、无情,在他们看来那种事不过是羊脂球的职业行为,没有人考虑到她的尊严。

不过这种事谁也说不出口。

下午，他们无聊得要命，伯爵提议到镇外去逛逛，散散心。

每个人都仔细地拾掇一通，于是这个小团队出发了。科尔尼代没有去，他宁愿待在壁炉旁边，而那两个修女，不是待在教堂里就是在神父家里。

温度一天比一天冷，冷风像钢针一样扎着人们的鼻子、耳朵，双脚冻得有些僵硬，几乎每走一步都要疼一下。等到了镇外，他们看到田野白茫茫的一片，荒凉得吓人，赶快往回走，越走心底越凉。

四个女人走在前面，三个男人跟在后面，只稍稍落后几步。

鸟先生十分清楚现在的状况，忽然问这个"贱人"会让他们在这里耽搁多久。而伯爵一直是斯斯文文的，说不能让一个女人来做出这么严重的牺牲，她要是自愿又另当别论了。

卡雷—拉马东先生认为，如果法国军队像大家预想的那样进行反攻，那么托特将会变成战场。这个说法立刻让另外两个人害怕起来。

"我们步行逃跑怎么样？"鸟先生问道。伯爵则耸耸肩说："这么大的雪，大家拖家带口的，不能这么办，因为用不上十分钟就会被人抓回去，还会被当成俘虏看待。"事实如此，谁也无法反驳。

贵妇们谈论着衣服，不过某方面的担忧令她们心不在焉。

那个军官忽然出现在街路的尽头，一望无际的白雪映出他被军服勾勒出的纤细腰身，他以军人特有的姿态，迈着"八"字步迎面走来。这样可以有效地保

【比喻】

通过人们的感受，写出了天气的奇寒，同时也衬托了人们内心的焦急与苦闷。

【语句理解】

伯爵看起来似乎还有些正义感，但实际上更显得虚伪、道貌岸然。

【语句理解】

又一次描写了那个军官傲慢而有些可笑的样子。

护那双被仔细打理过的马靴不会被弄脏。

经过贵妇们身边的时候,他微微弯腰,却用一种蔑视的目光看了看那几个男人,而他们倒也能绷得住,甚至都没有摘帽子,只有鸟先生下意识地想去摘帽子。

羊脂球连耳朵都泛红了。那三个有夫之妇觉得自己跟这个"婊子"走在一起已经很丢人了,又碰到了想跟她睡觉的男人,简直是奇耻大辱。

既然碰到他了,大家就谈论起他的身材和面貌,卡雷—拉马东夫人认识很多年轻的军官,品评起来很在行。

【语句理解】以卡雷—拉马东夫人的想法揭露了这些表面高贵纯洁的贵妇们内心的龌龊。

卡雷—拉马东夫人认为这个人很不错,甚至对于他不是法国人而感到惋惜,否则他肯定会成为一名英俊的轻骑兵军官,所有的妇人都会为之神魂颠倒。

一回到旅馆,大家又不知道该做些什么了,甚至遇到一些鸡毛蒜皮的事情也会冷嘲热讽起来。

晚餐安静而简短,之后每个人只能回房间用睡觉来消磨时间。

【语句理解】人们对待羊脂球的态度越来越冷淡。

第二天早晨,人们显得既疲惫又焦躁,妇人们也不怎么和羊脂球说话了。

一阵钟声响起。那是一场洗礼仪式。那个"贱人"本来有一个孩子寄养在依弗多的某个农民家里。一年也见不上一次面,她也从不想念他。现在听说不远处有一个孩子要受洗礼,她的心里猛地泛起了一股慈爱,于是她决定去洗礼仪式的现场观礼。

【神态、动作描写】众人已经结成了一个"联盟",将羊脂球视为对立面。

她刚出去,大家就相互使个眼色,随后把椅子聚拢在一起。大家都认为这件事该做个了断了。

鸟先生来了灵感,他说:"应该主动去找军官,让

第1篇 | 羊脂球

他只扣留羊脂球而把其他人放走。"佛郎维先生又被派去与军官交涉。

不过他几乎是马上就回来了,那个军官是知道人的丑恶嘴脸的,他把佛郎维赶出了房间,并且宣称他在达成目的之前是不会放走任何人的。

这么一来,鸟夫人的流氓习气爆发了:"我们可不想在这里等死,既然这贱货的工作就是跟所有男人睡觉,那么她有啥权力挑肥拣瘦的。我就想问,在鲁昂的时候,她跟谁都行,哪怕是那些赶车的贱种。你说对不对,夫人?给省督府赶车的那人就是其中一个,我很了解他,他经常来店里买酒。现如今需要她帮我们摆脱困境,她倒开始装清高了,这个肮脏的贱货!至于那个军官倒是个很懂规矩的人,也许他很久没有消遣了,虽然我们三个都可以成为他的目标,但他没那么做,而是选择了这个公共的女人。他还是很尊重有夫之妇的,你们想想看,这里他说了算,只要他说想要,是可以带着大兵来强迫我们的。"

听到这些话,那两个妇人多少都有些颤抖。漂亮的卡雷—拉马东夫人眼睛放光。她的脸色有点儿苍白,如同已经被那军官强暴了一般。

男人们本都在另一边谈论,现在也都凑了过来,鸟先生愤愤地想要把这个"贱货"的手脚捆起来打包送出去,但伯爵出身于三代做过大使的家族,具有充分的外交家素质,他主张施展一些手段,"让她自己决定。"他说。

既然如此,他们开始筹备起来。

女人们压低声音交头接耳,讨论了很多,每一个

【伏笔】

为下文羊脂球的遭遇埋下伏笔。

【语言描写】

鸟夫人觉得羊脂球是低贱的,而那个军官居然是懂规矩的。多么无耻扭曲的逻辑!

【读读想想】

如何评价男人们的做法?(答题思路:从男人的做法可看出他们自私、冷漠的丑恶嘴脸。)

【语句理解】
女人们的做法显示出了她们的虚伪。

人都发表了符合自己身份的看法，为了将这些不光彩的事情讲得漂亮一些，女人们真是煞费了苦心。语言上的谨慎让外人一点儿也听不出来她们在谈什么。不过那层给上流贵妇们准备的遮羞布又能盖住什么呢？她们是那么热衷于讨论冒险的情感，如痴如醉，把爱情和欲望掺杂在一起，如同一个馋嘴的厨子正在做一锅美味的肉汤。

这群人觉得这件事情越来越有趣，所以心情越发地好了起来。

伯爵说了一些粗鄙的玩笑话，但说得不漏声色，大家都很满意。

【语言描写】
鸟夫人的话揭露了大家的心声，表现了大家对妓女羊脂球的蔑视。

轮到鸟先生，他来了几段十分露骨的下流话，大家也不以为然，最后他的妻子直言不讳地说出了大家的心声："她既然就是干这个的，凭啥拒绝这个而不拒绝别的呢？"

温顺的卡雷—拉马东夫人则想如果她是羊脂球，那么宁肯拒绝别人，也不会拒绝这个人。

【语句理解】
众人将对羊脂球的劝说看成了一场战斗，显然，他们在此时异常团结，处于一个阵营之中。他们忘记了羊脂球对他们的恩惠，更没有尊重她。

他们如同编排战斗计划一般筹划着，每个人扮演什么样的角色，都找到了支持自己言论的依据，都接受了需要完成的任务，他们选择如何去进攻，何时使用奇袭或者冲锋，已经设计好如何让这个坚固的堡垒被敌人摧毁了。

然而科尔尼代只是待在一边，似乎完全和这件事无关。大家完全投入到这场阴谋中，完全没有注意到羊脂球正在走近。

细心的伯爵轻轻地嘘了一声，大家的眼睛才重新抬起来。

这时她已经走到跟前，人们突然停住了话语，甚至因为心虚而没有人敢和她说话。

伯爵夫人是比其他女人更懂得社交辞令的，向羊脂球问道："那场洗礼有意思吗？"

胖姐还沉浸在感动之中，她从头到尾说了一遍，甚至连在场的人长什么样子以及教堂的格局都一一说了，接着她说道："有时候，祷告真是很必要。"

一直到吃午饭的时候，那些贵妇们还都表现得很和蔼可亲，目的就是提高信任度，增加说服力。

一上餐桌，大家都开始主动亲近起来，开始说一些关于献身精神的故事，列举了好些古代的典故：最先说的是犹滴和霍洛菲纳，然后生拉硬拽地把卢克雷蒂娅与塞克斯图斯也算上了，再就是克娄巴特拉，说她将敌军将领一个个地睡成了供自己驱使的奴隶，最后说的竟然是几个不学无术的有钱人编造出来的故事，说的是罗马女人们纷纷跑去加布城，把汉尼拔和他的手下以及雇佣兵抱在怀里睡觉。

这几个人甚至将他们知道的所有放弃肉体来阻挡征服者的女人统统说了一遍。

他们甚至婉转地述说了一个英国的大家闺秀故意染上一种可怕的传染病，想去传染给拿破仑，谁知关键时刻拿破仑突然虚弱无力，奇迹般地躲过了一劫。

这一切都被恰当地用言辞所掩盖，还时不时地加入一些慨叹，就希望在座的那个人能效仿一二。

最后，连他们自己都相信了，女人面对强横之时唯一需要做的就是牺牲自我，放弃贞洁。

那两个修女就像什么都没有听到一样，完全沉浸

【读读想想】

为什么人们没有人敢和羊脂球说话？（根据前文大家在背后议论可以知道答案，人们为那样背后中伤羊脂球而感到心虚。）

【读读想想】

为什么大家要主动亲近羊脂球？（大家费尽唇舌举了很多例子就是为了劝说羊脂球能改变心意，表现了大家的自私和虚伪。）

【注释】

犹滴：古犹太女英雄，她以美貌迷住敌军统帅，趁他酒醉将他杀死，拯救了古犹太居民。

在自我的世界当中。羊脂球不置可否。

接下来的时间,人们放任羊脂球自己去思考。本来大家一直称呼她为"夫人",但是现在却只是叫她"小姐",谁也不说为什么,仿佛希望把她从自封的地位上拉回到现实中,让她明白自己所处的位置并不光彩。

【对比】
从称呼的变化上表现了人们的自私与冷漠。

到了晚饭开始的时候,佛郎维先生如约而至,口中重复着昨天的那句老话:"军官让我问问伊丽莎白·鲁塞尔小姐有没有改变主意。"

羊脂球干脆地回答:"没有,先生!"

【语言描写】
"没有"一词,显示了羊脂球的决心,表现了她的自尊。

饭桌上,同盟自己瓦解了。鸟先生说了几句话,不着边际,每个人又开始寻找新鲜的例子,然而该说的都已经说过了。

忽然,伯爵夫人想到可以借宗教的名义试试看,虽然不一定奏效,于是问那个年长的修女圣徒们有没有一些伟大的事迹。

殊不知很多圣徒做过的事情按照普通人来看那都是犯了重罪的,可只要是以上帝的名义或是为了人类幸福,最终都会被教会赦免。这一点成为很有力的理由,伯爵夫人打算利用一下。如此一来,老修女也被扯进了阴谋当中。无论是有心还是无意,或者干脆就是神袍下掩盖的讨好,总之她是帮了大忙的。曾经,人们以为她很怯懦,但是现在,她展示出了另一面:胆大、善说且言辞激烈。她对神的信仰从来没有过质疑,奉行的原则像铁一样坚固。她认为亚伯拉罕要以子祭神既正常又简单,如果她本人接到了来自上苍的旨意,她会毫不留恋地立刻杀掉父母。在她的认知里,

【埋下伏笔】
此句点出了老修女的特点:勇敢、坚持原则。为下文情节的发展埋下伏笔。

只要目标是光鲜美丽的，那么主是不会怪罪于她的。伯爵夫人利用这个意外支持者的神权力量，不忘追加一句："结局是衡量事情的唯一标准。"

随后她继续问修女："嬷嬷，您确定只要初衷是纯洁的，那么无论用什么方法上帝都是不会怪罪的吗？"

"谁会质疑这一点，夫人？就算是某种可耻的行为，也会因为它高尚的初衷而被人赞颂。"

她俩就用这种方式，讨论着上帝的种种意愿，猜测他的想法，甚至让他去决断根本不用他打理的事情。这一切的一切都是那么含蓄、那么巧妙、那么谨慎。这个手挂念珠的修女的每一句话，都在削弱那个风尘女子的愤怒的抵抗力。

接着，话锋略转，修女开始讲述她的修道院，她的院长，还有她自己，甚至还讲到了她那个弱不禁风的同伴圣尼塞福尔修女。她们奉命前往勒阿弗尔，去照管几百个出天花的士兵。她描述着那些可怜的人们，详细地说明他们的症状。

可是这个节骨眼儿上她们偏偏被那个讨厌的军官扣住了，而耽误的这几天时间就可能会有很多人离开这个世界。照顾伤员她是专业的，克里米亚、意大利、奥地利都曾留下过她的身影。说起往昔的那些经历，她立时变得神采奕奕，似乎战场才是她的修道院，而她天生就是为了拯救战争中苦难的士兵。若论起掌控顽劣的士兵，那她的本事真是比长官还要大，军队真的是不能缺少她啊，看那满是麻子的小脸，简直就是一幅战争画面的缩影。

没有人接她的话茬儿，大家感觉到威力已经足够

【语言描写】
所有人都能听出来，她们的对话很明显就是说给羊脂球听的，目的就是让她改变初衷。

【排比】
写出了当时修女用尽了心思，劝说羊脂球改变主意，放弃自尊救大家。

【语句理解】
修女的理由是充分的，不可反驳的，因此她自然而然地认为羊脂球的牺牲是理所应当的。

【比喻】
把"麻子的小脸"比作"一幅战争画面的缩影"，生动形象地写出了修女描述当时场面的投入。

了。一吃完饭，大家马上回到自己的房间，第二天上午大家很晚才出现。

午餐很平静，人们期望着昨晚播下的种子能尽快发芽、结果。

伯爵夫人提议下午去散步，于是伯爵按照事先商量好的计划，挽着羊脂球的胳膊，缓缓地随在其他人的后面。他对她讲话的语调是那么亲切，颇有长辈的慈爱，又略带些傲慢，正像一个地位崇高的人对着妓女讲话一样。他称她为"我亲爱的孩子"，用自己那坚实的社会地位以及崇高的名望来胁迫她，他直接切入主题："看来您是真的打算让我们滞留在这个小镇了，如果普鲁士军队在战场上稍有失利，一定会用种种残酷的手段来报复我们的，您就不能屈尊一次吗？反正都是您平时最擅长不过的事而已。"

羊脂球一个字也没有回答。

他拿出雍容的气质、理性的推断甚至是亲切感来希望打动她。他很善于维护"伯爵先生"的身份，但必要时他也会屈尊降贵来大献殷勤，去讨好，去褒奖，总之是讨人欢心的。他激动地称赞他希望发生的事情，表现出同伴们对她的感恩戴德，乃至用"你"来称呼对方："你知道吗，我亲爱的？那个可恶的军官将来都可以吹嘘自己曾经拥有过一个多么标致的美人儿啊，在他自己的国度是根本找不到的。"

羊脂球依然没有回答，而且加快脚步赶上了前面的队伍。

一回到旅馆，她就跑回自己的房间，再也不出来了。大家的焦虑已经达到顶点，都在想：她会怎么做？

【动作描写】
伯爵在用一种看上去十分慈爱友好的方法，实行着他们冷酷无情的劝说计划。

【语言描写】
伯爵的话表现出他从心底里对羊脂球就是看不起的。

【神态、语言描写】
运用神态、语言描写写出了伯爵的大献殷勤，目的只是央求羊脂球能够牺牲自己救大家出困境。

【心理描写】
众人都在急切地盼望着羊脂球能按照大家希望的去做，却没有一个人考虑她的想法。

如果她还是不同意，那就太糟糕了！

　　晚饭的时间到了，大家静静地等待着她，一会儿佛郎维先生进来说鲁塞尔小姐有些不舒服，各位请随意吧。在座的人都感到了事情的严重。伯爵走到旅馆老板跟前儿悄悄地问："事情办妥了？"对方答道："没错。"为了保持庄重，伯爵并没有大声呼喊，只是对同伴们点头示意。每个人的胸口立刻发出一声如释重负的长叹。每个人都喜笑颜开。鸟先生最先嚷道："万事大吉，如果旅馆里还有香槟酒的话，我一定请大家喝上一杯。"鸟夫人似乎已经感到了心疼，等到旅店老板带着四瓶香槟酒回来的时候，所有人都在高声庆祝着，大家都有了好心情。伯爵感觉卡雷—拉马东夫人更加娇媚了，卡雷—拉马东先生也开始夸赞伯爵夫人，气氛变得越发融洽了。

　　鸟先生忽然一脸的狐疑，举起双臂高声叫道："肃静！"人们都停止了说话，惊恐地看着他，这时他支棱着耳朵，眼睛凝望着天花板，一面让大家不要发出响动。又一会儿，他才用平缓的语气说："放心吧，真的成了！"

　　大伙儿还没有立刻理解他的意思，但是没多久就都露出了窃窃的笑容。

　　大概过了一刻钟，他又做起相同的恶作剧，而后又反复地做了几次，甚是滑稽。他装模作样地跟楼上的某个人讲话，同时给出一些从投机商人脑子里搜到的双关意味浓厚的建议。有时他还忧愁地说："这可怜的姑娘。"或者愤愤地从牙缝里挤出一句含糊的话："臭无赖，你真行！"当人们都不去想这个事情的时候，

【语句理解】
　　人们的庆祝在此时显得极不合时宜，欢乐的场面中隐藏着一个个虚伪、自私的灵魂。

【解词】
　　怀疑。

【语言描写】
　　羊脂球为了大家承受着巨大的痛苦，鸟先生却将这当作笑话一样地去消遣。

他又用颤抖的声音说道:"可以了!可以了!"然后又自言自语似的说:"真希望我们还能再见到她,可别把她弄死了,这个混蛋!"

这些玩笑话虽然低劣,却使人感觉很轻松,无伤大雅。愤恨也会随着环境改变而有所变化,而现在围绕着他们的氛围似乎变得淫邪起来。

开始吃甜点的时候,女人们也开始相互说着一些既隐晦又风趣的暗语,眼睛也喷射出了光芒,都没少喝。伯爵始终保持着庄重的形象,仿佛局外人一般,他举出一个很受大家欣赏的比喻:这就像被困在北极的旅人终于盼到冬尽春回,找到了南归的路线。

鸟先生特别高兴,手里举着一杯香槟酒站起来喊:"为自由干杯!"大家都站起来了,一起向着他欢呼。两个修女也磨不过贵妇们的央求,终于答应浅尝一下这从没有喝过的满是泡沫的酒。她们兴奋地说这酒很像柠檬汽水,但味道终究是比汽水好很多的。

鸟先生提出了一个极好的点子:"没有钢琴真是太扫兴了,不然可以来场四对舞。"

科尔尼代一直没有说话,甚至连个手势都没有,而且好像一直沉浸在严肃的思考中。他偶尔拉扯一下自己的大胡子,就像要再拉长一些似的。大概晚上十二点的时候,众人准备各自回去休息了,鸟先生摇晃着走过来,忽然拍着科尔尼代的肚子结巴着说:"你好像不太喜欢开玩笑,今晚你好像什么都没说啊,公民?"科尔尼代突然抬起头,闪烁着怒火的眼神扫射了在场的每一个人,他怒道:"你们知道你们刚刚做了一件多么无耻的事吗?"说完站起身来,走到门口时又重

【语句理解】
羊脂球的牺牲成了他们庆祝的理由,多么虚伪无情的一群人!

【神态、动作描写】
科尔尼代没有参与到众人的庆祝之中,表现出他正心事重重。

【神态、语言、动作描写】
运用神态、语言、动作描写,表现了科尔尼代对大家蔑视羊脂球的行为的愤慨之情。

复了一遍:"可耻!"然后一走了之。

这迎头一盆冷水使鸟先生尴尬异常,呆呆地站在原地,等他缓过神来,突然弯起身子大笑道:"他吃醋了,各位,吃醋了。"人们不懂他说的是什么意思,于是他把"走廊里发生的秘密"叙述了一遍。这回大家哄堂大笑起来。那些贵妇们乐得像疯婆子一样。伯爵和卡雷—拉马东先生连眼泪都笑出来了,他们简直不能相信。

"怎么?你确定吗?他当初想……"

"我都说了那是我亲眼所见的。"

"而她拒绝是因为……"

"因为普鲁士人住在隔壁。"

"不可能吧?"

"我发誓。"

伯爵笑得透不过气来,而卡雷—拉马东也用双手捧着肚子。

鸟先生接着说道:"这下大家都明白他为什么笑不出来了吧?"

三个人再一次大笑起来,笑得直咳嗽,都上不来气了。

大家尽兴而回。不过鸟夫人可不是省油的灯,两口子刚躺下,她就告诉丈夫卡雷—拉马东夫人那个小贱人一整晚都在强颜欢笑:"这女人要是迷上了穿军装的,她不管你是法国人还是普鲁士人,在她们眼里都是一样的。天哪,这简直是太丢人了!"

整整一夜,走廊的阴影中传来一阵阵轻微的战栗之声,让人难以察觉,像是一阵阵的呼吸声,又像是

【读读想想】

鸟先生为什么说科尔尼代吃醋了?(答题思路:面对科尔尼代的愤慨,鸟先生不得不为自己开脱。)

【动作描写】

夸张的动作再次表现了这些人的无耻嘴脸。

【侧面描写】

从这些侧面反映出人们都在惴惴不安地等待着事情最终的结果。

赤脚触地声，更像是摩擦声。好多光影从门缝里透出来，显然人们还没有入睡，听说香槟酒很容易让人失眠。

又一天，积雪映射着冬季太阳那炫目的光芒。那辆套好的马车终于出现在了它应该停靠的地方。一大群鸽子从它们的厚重的羽毛下探出脑袋。玫瑰色的眼睛闪闪发光，它们悠闲地穿梭在六匹马的脚下，寻找着藏在热气腾腾的马粪中的食物。

车夫披好羊皮大衣，坐在车子前头的位置上悠闲地抽着烟斗，每个人都是笑逐颜开的样子，匆匆包好了旅途中需要的食物。

大家只等着羊脂球来了就出发。

她，终于出现了……

她显得有些不自在，又有些羞愧，但她还是怯懦地向旅伴们走来，但是车上的人同时将身子歪向一侧，完全装作没看见她。伯爵用颇为尊贵的神情挽起他妻子的胳膊，尽量让她避开这种不干净的接触。

这个"贱人"有些不知所措地愣在那里，她积攒了好一会儿勇气，才走近卡雷—拉马东夫人身旁，胆怯地飘出一句："早安，夫人！"对方却只是无礼地点了点头而已，仿佛与她打招呼都是一种失礼的行为。大家都假装忙碌着，离她远远的，好像她的裙底藏着致命的疾病。大家都来到车前，她孤单地等到了最后才上车，悄悄地又坐回原来那个座位。

大家都装作不认识她，仿佛车里没有这个人一样，可鸟夫人却带着愤怒的眼神远远望着她，同时小声跟丈夫说："幸好不是跟我挨着。"

【伏笔】
写除羊脂球外大家都准备了食物，为下文埋下了伏笔。

【神态、动作描写】
写出伯爵的虚伪和冷漠。

【语句理解】
相对于之前对羊脂球的热情，现在人们忽然变得很冷漠。她已经完成了"任务"，于是，他们认为她现在没有用了。

马车笨重地摇晃起来，继续旅程。

开始的时候谁也不说话，羊脂球也不敢抬头看别人。她恨他们，这些假仁假义的家伙逼迫她将自己丢到了那个普鲁士人的怀抱里；同时她也更羞愧，后悔自己让步，才受尽了屈辱。

不久，伯爵夫人就打破了沉默。

她转过头望着卡雷—拉马东夫人说："我想您肯定认识德·埃特雷勒夫人吧？"

"没错，她是我的朋友。"

"她真是太招人喜爱了，是一个出类拔萃的人物，学识渊博，还那么有艺术天分，唱得好听，画得漂亮。"

纺织厂主和伯爵也在闲聊，在玻璃震动的嘈杂声中，偶然能听到几个词儿：息票、到期票据、手续补贴费、到期……

鸟先生在旅馆里偷了一副旧纸牌，现下正和鸟夫人玩儿着，那纸牌少说也有五六年的历史了，上面沾满了餐桌上的油渍。

两个修女拿起挂在腰间的长串念珠，一同在胸前画着十字，她们的嘴唇忽然颤动起来，越来越快，就像在比赛谁祈祷得更快，偶尔停下来亲吻一块圣牌，再重新画过十字，又继续模糊地念起来了。

科尔尼代一直处于沉思中，一动也不动。

大概前进了三个多小时，鸟先生收起了纸牌，说道："饿了。"于是他妻子摸索出一个捆好的纸包，取出来一块牛肉。她仔细地切成整齐的薄片，两口子吃了起来。

【语句理解】
羊脂球的心中充满了后悔与怨恨。

【反衬】
写这些人无聊的谈论反衬出了他们对羊脂球的冷淡，表现了这些人的虚伪本质。

【引起下文】
鸟夫妇以及其他人吃东西，不禁让我们想起了前文中羊脂球给众人分东西吃，而他们会给羊脂球食物吗？

【比喻】
运用比喻，将包裹食物的"猪油"比作"山间的溪流"，生动形象地写出了食物的诱人。

【语句理解】
什么都说不出来，恰恰反映出羊脂球已经悲愤到了极点。

【用词准确】
"禽兽"一词一语中的，这不仅仅是羊脂球对这些道貌岸然的家伙的揭露，更是作者的痛斥。

"我们也该吃点儿了。"伯爵夫人说。大家表示了同意，于是她拆开为其余两家准备的食物，它们都装在一个陶瓷大罐子里，盖子上雕着一只兔子，那说明里面装的是兔子肉，还有其他碎肉混合在一起，晶莹的猪油包裹其上，仿佛山间的溪流一般。一块用报纸裹着的干乳酪，油腻腻的，连报纸上的标题还印在它的表面上。

两个修女取出一截圆滚滚的大蒜香肠。科尔尼代从风衣口袋里取出四个煮鸡蛋和一块面包，他剥开蛋壳就直接吃，垃圾随手丢在脚下的麦秸中。散落的蛋黄末儿落进他那大胡子中，好像星星一般。

羊脂球起床时很慌乱，什么吃的也没有准备。看到这些悠然自得吃着东西的人，她怒火中烧，使得呼吸都变得急促。起初，她张开嘴准备用所有能记起来的脏话狠狠地训斥他们一番，但是愤怒似乎掐住了她的嗓子，一时间什么也说不出来。

没有一个人正眼看她，甚至都没有一个人想到她。她觉得自己被这些沽名钓誉的蠢货们无视了。仿佛就在刚才，他们牺牲了她的尊严，而这一刻又把她当成一个垃圾似的远远踢开。

她开始想念那个装满美味的大提篮，本来有两只鸡的，还有那么多点心、梨和波尔多的名牌红酒。全都被这群禽兽吃掉喝光了。终于，她的愤慨如同绷断的琴弦一样彻底松弛了下来。她感觉到自己快要哭出来了。她努力稳定着情绪，如孩童般拼命地忍耐着，但泪水还是湿润了她的眼角。慢慢地，两条泪线划过圆润的脸颊，汇聚在腮下，滴落在那丰满突出的胸脯上。她坐直身子,眼睛定定地看着前面,表情冷峻,她不想让人看到自己的样子。

伯爵夫人倒是看到了,做了个手势通知她的丈夫,他则耸耸肩膀,仿佛在说:"你想干吗?这又不是我的错。"鸟夫人倒像个胜利者一样冷笑着,慢条斯理地说道:"她哭是因为羞耻!"

两个修女把剩下的香肠用一张纸卷起收好后,再次开始祷告。

这时候,科尔尼代正在消化着那四个鸡蛋,将双腿伸展到对面座位下边,仰着身子,叉着胳膊,面带微笑,似乎找到了如何戏弄同伴的方法,果然,他用口哨吹起了《马赛曲》。

所有人的脸都阴沉下来,这首人民的军歌显然很不讨在座几位的欢心,他们变得狂躁不安,像听到手摇风琴声的猎犬一样快要发出狂吠了。

科尔尼代看到这个状况更是吹个不停,甚至有时候连歌词都一道哼唱出来:

对祖国的爱最为神圣,
将我们复仇的手臂引导支撑,
自由,自由,无比珍贵的自由,
快来跟你的捍卫者一起战斗。

路上的雪冻得更为坚实,车子走得更快了,在抵达终点之前的漫长旅途中,无论是傍晚,还是漆黑的子夜,科尔尼代总是以一种不屈不挠的复仇精神孤单地吹着口哨,反复折磨着那些疲惫又恼火的旅客们,

【语句理解】

人们一副事不关己的样子,仿佛真的忘了谁是这件事情的罪魁祸首。

【注释】

《马赛曲》:在法国路易十六时期,为进军巴黎去搭救同情改革的议员,马赛市民积极参军,高唱着《马赛曲》向前进发,揭开了法国大革命的序幕。后来,《马赛曲》被定为法国国歌。

【画龙点睛】

表现了羊脂球的爱国精神,点明了小说的主旨,引起读者的思考,唤起大家的爱国热情。

【语句理解】

《马赛曲》在这里就像一把写满讽刺的利剑,提醒着车上的人,他们做了一件多么冷酷而令人不齿的事情!

将每一句都烙印在他们心里。

羊脂球始终在哭,深夜里有时在两段歌的间歇还能爆发出一声呜咽。

阅读小悟 >>>

小说叙述了普法战争期间,不同阶层的十个法国人乘坐一驾马车从敌占区前往后方时发生的故事。当时社会矛盾中几个重要阶层的代表都集中到了一个狭小的空间内:有上流社会的布雷维尔伯爵夫妇、大企业主卡雷—拉马东夫妇、小商人鸟夫妇、神职人员两位修女、民主人士科尔尼代,以及小说的焦点、社会底层人物妓女羊脂球。其他人为了车辆能被放行,不惜将羊脂球"出卖",她为了大家委屈了自己后,人们却又对她不理不睬,甚至瞧不起她。

小说中,当人们得知所乘车辆的扣留原因是羊脂球为了维护尊严而拒绝为敌国军官提供服务的时候,羊脂球在他们的眼中已经不是那个危难时刻分享食物的天使,也不是那个攻击敌方驻军的勇士了,瞬间成为一个工具,一把打开去路大门的钥匙。当羊脂球"将自己丢到那个普鲁士人的怀抱里"后,再次出现在大家面前时,她并没有得到任何安慰,也没有分享食物时获得的赞誉,有的只是鄙夷的神色。前一刻还在以亲切的口吻来劝说她的人,这一刻对她如同陌生人,连食物也没人肯分给她一口。羊脂球只剩下了哭泣。她愤怒,然而更多的却是心酸,其他人的背叛、欺诈、凌辱、蔑视,此刻暴露无遗。

阅读思考 >>>

1. 读过这个故事,你认为羊脂球是怎样的一个人?(答题思路:一个人的行动决定一个人的性格,根据羊脂球所做的事情:一是把食物分给大家吃,二是牺牲自己的尊严救助大家出险境,就可以总结出羊脂球的助人、勇敢、爱国等特点。)

2. 小说结尾所出现的《马赛曲》在此处有着什么意义?(答题思

路：结尾出现的《马赛曲》尤其是歌词的内容揭示了文章的主题，紧紧抓住"对祖国的爱最为神圣"一句展开理解。）

写作加油站 >>>

写作素材积累

【主题】 羞恶之心人皆有之

【适用话题】 自尊心　善意　坚守原则

【素材点拨】 孟子有云：所欲有甚于生者，所恶有甚于死者。非独贤者有是心也，人皆有之。这里"是心"就是人的羞恶之心，简言之就是人的自尊心。国土被占领后，即使是身为妓女，羊脂球也保留着人固有的自尊心，不想被侵略者侮辱。所以人无论处于什么境遇、什么身份，都应该有羞恶之心。而一些贪生怕死之辈，在自己的安全和利益受到威胁时，放弃所有的原则，不仅自己丢失了自尊，还怂恿别人这样做。如文中的伯爵、企业老板、小商人合伙密谋如何将羊脂球一步步推向敌人，而原本应该心存怜悯的修女并没有制止，反而在关键时刻起到了推波助澜的作用。这些自诩高贵的人对羊脂球是从骨子里蔑视，可是跟他们口中"低贱"的羊脂球相比，他们才真是思想龌龊，表里不一。所以，无论何时人必须自尊自爱。

好词好句积累

【好词】 凤毛麟角　垂涎欲滴　风卷残云　名副其实　感恩戴德　出类拔萃　挑衅

【好句】 终于，她的愤慨如同绷断的琴弦一样彻底松弛了下来。

温度一天比一天冷，冷风像钢针一样扎着人们的鼻子、耳朵，双脚冻得有些僵硬，几乎每走一步都要疼一下。

那鲜艳润泽的外表是那么养眼，脸蛋像熟透的苹果，又似含苞待放的花朵，上面一双闪亮的眼睛，浓密的睫毛衬托出美丽的眼睛，下面有着妩媚的皓齿朱唇，温润得让人直想凑上去亲吻。

散落的蛋黄末儿落进他那大胡子中，好像星星一般。

所有人的脸都阴沉下来，这首人民的军歌显然很不讨在座几位的欢心，他们变得狂躁不安，像听到手摇风琴声的猎犬一样快要发出狂吠了。

■ 相关知识链接 >>>

勒阿弗尔港位于法国西北沿海塞纳河口北岸，濒临塞纳湾的东侧，是法国第二大港和最大的集装箱港，也是塞纳河下游工业区的进出口门户。该港承担着法国与南、北美洲之间的货物转运，并且是来往西班牙、葡萄牙、爱尔兰和苏格兰的理想中转港口，能比北欧港口节约三四天时间。还有高速公路与铁路通往巴黎，仅需2小时，并与整个法国和西欧地区连接起来。主要工业有造船、机械、石油化工、木材加工、电工器材及食品等。港口距机场约7千米，有定期航班飞往巴黎等地。

第2篇

我的叔叔于勒

献给阿希尔·贝努维尔先生

> "我"的叔叔于勒是一家人的希望,家人都在一心期盼着发了财的于勒能带来好生活。谁料到于勒竟然几乎沦落成了乞丐。面对这样的事实,"我"的父母又会有怎样的表现?

一个白胡子穷老头儿来向我们乞讨,我的同伴若瑟夫·达弗朗什竟给了他一个五法郎的银币。这让我很是诧异,于是他对我说:"这个可怜的乞丐使我回想起一个故事,我一直念念不忘,现在就让我讲给你听。"

【引领下文】
引起读者注意,总起全文。

我小时候,家在哈佛尔,并不是什么有钱的人家,不过是仅仅能维持生活罢了。我父亲在外做事,赚着微薄的薪水,每天要到很晚才能从办公室回到家。我还有两个姐姐。

我母亲对我们的拮据生活感到十分痛苦,经常用一些尖刻的字眼儿、一些指桑骂槐的话来指责她的丈夫。每当这种时候,这个可怜的男人从不会有一句争辩的话,总是把手放在额头上抹一下,像是要擦汗似

【语句理解】
"我"列举了诸多的例子来说明当时家里生活的窘迫。

的，可实际上，一滴汗也没有。父亲这习惯性的动作使我心酸，我能够体会他那种无可奈何的痛苦。节衣缩食是当时一直持续的生活状态。有人请吃饭是从来不敢答应的，以免回请；不得不购买的生活必需品基本上都是打折的东西，或者是清仓的货底子。姐姐们要自己动手做长袍，买十五个铜子一米的花边，也要跟人家讨价还价好一阵子。我们餐桌上最常出现的只有浓汤和牛肉杂烩，也许是因为它们有益于身体健康，可其实我倒是希望有些别的东西可吃。

我如果弄丢了衣服上的纽扣或者是撕破了裤子，就会被狠狠地大骂一顿。但是每个星期日，我们就会穿戴整齐，到港口的栈桥去散步。父亲身穿礼服、头戴礼帽，还戴着手套，让母亲挽着他的胳膊。母亲和姐姐们都打扮得花枝招展，就等着出发的一刻。可一切准备停当，总是有人会在父亲的礼服上面发现一块油渍，然后就不得不急忙拿一块蘸着汽油的抹布把它擦掉。

【语句理解】
从父母及姐姐们的表现可以看出，星期日的散步简直是这一家人最重要的一项活动。

父亲的礼帽依然还在头上，只是把礼服脱了下来，露出背心，等着家人把礼服上的油渍擦干净。这时候，母亲总要先摘掉手套，生怕弄脏，然后再戴副眼镜，接着就一阵手忙脚乱。

【神态、动作描写】
生动传神地表现了菲利普夫妇的郑重其事，说明他们少有这样的机会外出旅行。

一家人神情庄重地出发了。姐姐们手挽着手走在前面，她们都到了该出嫁的年纪，父母自然要让她们在城里露露脸。我和父亲则是一左一右护卫在母亲身边。当时父母一脸严肃、一本正经，挺直了身子，紧绷着腿，郑重其事地往前迈步，就好像是有什么重大决策等着他们去做一样。

每当看到那些从陌生的地方远航回来的大船进入港口，父亲总要重复着他那句从未有任何变化的话："唉！要是于勒在上面，那该多么令人惊喜啊！"父亲所说的于勒是我的叔叔，父亲的弟弟。当时，他是全家的希望，而在那之前，却是全家的恐怖。

从记事起我就常听到家人谈论他，因此我对他是很熟悉的，好像一见面就会认得出来。我知道他去美洲之前的所有事情，那是大家谈起他时提及的。

据说他曾是个行为不端的败家子儿。这在穷人家，是最不可饶恕的。在富贵之家，一个人吃喝玩乐、纸醉金迷，大家不过称他一声"花花公子"。可若是放在经济拮据的人家，一个人要是逼得父母连老本都耗光了，那就是混蛋，就是流氓，就是无赖了。即使二者的行为是一样的，但由于情况有着太大的不同，因此所造成的结果当然也是完全不一样的。总之，于勒叔叔把自己应得的部分遗产挥霍得一干二净之后，还用掉了本应是我父亲的那一部分。人们按照当时的惯例，把他送上一条开往纽约的商船，打发到美洲去了。

在美洲，于勒叔叔做上了不知什么生意，不久就写信来说，他赚了些钱，并且希望能够赔偿从前让我父亲蒙受的损失。这封信使我们激动万分。于勒，这个被人们认为一无是处的人，突然之间变成了一个正直、有良心的男子汉，一个无愧于达弗朗什家的人，像所有达弗朗什家族成员一样正直可靠。

后来，有一位船长告诉我们，于勒叔叔已经租了一间大店铺，做着一桩很大的买卖。

两年后，我们接到了于勒叔叔的第二封信，信上

【引领下文】
用一句话总述，说明下文将会交代家人现在盼望于勒而从前躲避他的原因。

【插叙】
说明了于勒叔叔去美洲的原因。

【过渡】
借船长的话交代了于勒的近况，承上启下，既验证了上文于勒发财的事实，同时也引出下文大家对于勒的期盼。

说：“亲爱的菲利普，我给你写这封信，免得你挂念我的健康。我身体很好。买卖也做得不错。明天我就动身到南美洲去进行长期旅行。可能要好几年不给你写信。如果没有接到我的信，你也不必担心。我发了财就会回哈佛尔的。我希望为期不远，到那时我们就可以一起舒舒服服地过日子了。"

【语句理解】
这才是一家人盼望于勒归来的真正原因。

这封信成了我们家里的福音书，我们有机会就要拿出来念念，逢人就要拿出来展示一番。

之后有十年之久，于勒叔叔再也没有书信寄来。可是父亲的希望却与日俱增。母亲也常常说："将来只要这个好心的于勒一回来，我们的境况会大有改善。他可真算得上一个能干的人。"

于是每个星期日，那些向天空吐出蛇一样的煤烟的黑壳子大轮船从水平线上驶过来，父亲总是重复他那句永远不变的话："唉！要是于勒在上面，那该多么令人惊喜啊！"

【语言描写】
父亲一成不变的话表现出了对于勒的热切盼望。

那时候大家简直像马上就能看见于勒挥着手帕，听见他喊着："喂！菲利普！"

全家人都对这件事的出现深信不疑。大家还拟订了上千种计划，甚至计划到要用这位叔叔的钱购置一所乡间别墅。我都不确定父亲是不是已经就这个想法找人商谈过。大姐那时已经二十八岁，二姐二十六岁。她们还没有订婚的对象，这是全家最大的心病。终于有一个看中二姐的人上门来了。他是个小职员，没有什么钱，但是看起来还算正派。我总觉得他之所以不再犹豫不决而下决心求婚，应该是因为某一天的晚上我们给他看了于勒叔叔的信。

【语句理解】
以"我"的看法，揭露了爱情与婚姻的功利化。

我们家急忙答应了他的请求,并且决定在举行婚礼之后,全家要一同到哲尔赛岛去旅行。那是穷人们游玩的理想圣地。那是英国管的小岛,并不遥远。只要乘小轮船渡过海峡便到了。这就等于一个法国人只要航行短短两个小时,就可以走出国境了,看看那个国家的民族,并且研究一下这个不列颠国旗覆盖着的岛上的风俗习惯。

哲尔赛岛的旅行成了我们心中的愿望,唯一的时时刻刻的期待和梦想。

终于,我们起程了。那情景我到现在还历历在目。轮船在码头点火待发,父亲不安地盯着我们那三件行李被装上船。母亲不安地紧紧挽着我那没结婚的大姐的胳膊,自从二姐出嫁后,大姐便失魂落魄的,像是鸡窝里唯一落单的鸡雏。在我们的后面,是那对一直落在后面的新婚夫妇,我时不时地就要回过头去看一看他俩是不是跟上来了。汽笛声响了,我们都上了轮船,船驶离了岸边,在一片平静的好似碧绿的大理石桌面的海上向远方驶去。和那些不常旅行的人们一样,我们瞧见海岸在向后移动,都觉得十分快活和骄傲。

父亲礼服上的油渍早晨已经被仔细地擦拭掉了,现在穿在他那挺着肚子的身上,显得很神气。不过在他的四周,还是弥漫着汽油味,这气味一度被我认定是星期日到来的标志。

忽然,父亲看见两位先生正在请两位打扮入时的太太吃牡蛎。一个衣衫褴褛的老水手拿小刀一下撬开牡蛎,然后递给两位先生,再由他们递给两位太太。她们便用一种很优雅的姿态吃起来,一面用一块精美

【注释】

不列颠:指英国。

【做铺垫】

去哲尔赛岛旅行是全家的向往,也为下文在船上遇到于勒做铺垫。

【比喻】

将未出嫁的大姐比喻成落单的鸡雏,从侧面说明女孩子家里的经济状况对其婚姻的影响,进一步表现出一家人是多么盼望着于勒能回来改变他们的命运。

【景色描写】

用比喻的修辞生动形象地描写平静的海面,衬托了"我们"一家人愉快的心情。

【用词准确】

"衣衫褴褛"既表现了老水手的经济状况,也说明了社会地位。

【动作描写】
细致地描绘了两位太太吃牡蛎的高贵姿态，生动传神。

【语言描写】
母亲并不是真的怕"惯坏"了孩子，她真正怕的是增加开销。

【语言描写】
"母亲"看见父亲弄脏了礼服，心里抱怨，又不敢发作，只能小声嘀咕。

【神态描写】
异常的神态表现出父亲内心的恐慌。

小巧的手帕托着牡蛎，一面把头稍向前伸，免得弄脏长袍；然后嘴巴迅速地微微一吮，就把汁水吸进去了，再把牡蛎壳丢进海里。

父亲无疑是被这种高贵的吃法打动了，他觉得在航行的船上这样吃牡蛎实在是一件既文雅又有气派的事儿。于是他走到我母亲和两个姐姐身边问："我请你们吃牡蛎吧，怎么样？"

母亲担心到开销，不免迟疑起来，但我的两个姐姐迫不及待地答应了。母亲于是闷闷不乐地带着一种想要阻止的腔调说："我怕伤胃，你只请孩子们吃几个好了，也别吃太多，否则要生病的。"

说完她转过身对着我又说："至于若瑟夫，就别让他去凑这个热闹了，男孩子可不能被惯坏了。"

这样，我只好留在母亲身边，觉得这种区别待遇实在有失公允。我只能看着父亲郑重其事地带着两个女儿和女婿向那个衣衫褴褛的年老水手走去。

那两位太太刚好离开，于是我父亲便指点姐姐们应当怎样吃牡蛎，才能避免汁水流出来；说着他还拿起一个牡蛎，要做示范。正当他模仿着那两个太太的时候，一下把汁水统统洒到了自己的礼服上，接着我就听见母亲嘀咕着："哎呀，一个人安安静静地待着多好。"

这时，我发现父亲好像突然间慌乱不安起来，他向旁边撤了好几步，盯着挤在卖牡蛎老水手身边的女儿、女婿看了看，就突然急忙向我们走来，他的脸色十分苍白，眼神也怪怪的。他低声对我母亲说："这太不可思议了！那个卖牡蛎的人，怎么这样像于勒？"母亲呆住了，问道："哪个于勒？"

父亲说："就……就是我那个弟弟呀……如果我不知道他现在是在南美洲，有财富，有地位，我真会以为就是他呢。"

母亲也害怕起来："你疯了！既然明明知道不是他，为什么还胡说八道？"

然而父亲还是不踏实，他说："你还是去亲眼看看吧，克拉丽丝！最好还是你去把事情弄个清楚。"

母亲站起来去找她的两个女儿。我也端详了一下那个人。他又老又脏，脸上布满皱纹，眼睛始终盯着手里的活儿。

母亲回来了。我看得出她在发抖。她急促地说："我想就是他。你去跟船长打听一下吧。可千万要当心，别让这个混蛋又回来拖累我们！"

父亲赶紧过去。我也紧跟着他，心里非常紧张。

船长是一个瘦高个儿的绅士，蓄着一大把长长的络腮胡，他正在甲板上散步，神气得仿佛自己指挥的是一艘开往印度的巨轮。

我父亲毕恭毕敬地走到了他的身边，带着恭维的口吻打听着，诸如哲尔赛岛有什么特产，土地性质怎样，有多少人口，有哪些风俗习惯等等。

旁人也许相信他们至少是在谈论英国的事。

随后他们谈到了我们所搭的那艘名叫"特快号"的船，又谈到船上的船员，末了我父亲终于惴惴不安地问道："这儿有一个卖牡蛎的老头儿，他看上去挺有意思的。您知道他的底细吧？"

船长对这段谈话已经很不耐烦了，他冷冷地回答

【读读想想】

看见亲人，"母亲"为什么会害怕起来？（因为看见的那个买牡蛎的是个贫困潦倒的穷苦人，如果是于勒，会回来拖累自己。）

【语句理解】

这是一个饱经沧桑的可怜老人。因为"眼睛始终盯着手里的活儿"，他并没有认出"我们"一家。

【读读想想】

"父亲"是去打听于勒叔叔的下落的，为什么问了很多不相关的事情？（他不想让人知道自己与贫困的水手有什么关系。）

【用词准确】

"毕恭毕敬""恭维"二词表现出父亲想要讨好船长，以获得想要的信息，却又不想让对方察觉的复杂心理。

59

【语句理解】

通过船长的介绍，印证了那个老水手真的是于勒，推动情节的发展。

【神态、语言描写】

父亲的表现显示出他的惊慌，眼前的于勒对他来说就像一个随时可能引爆的炸弹。

【语言描写】

通过菲利普先生结结巴巴的话，体现出他确定了那个老水手是自己的亲弟弟时六神无主的神情。

【语言描写】

母亲之前曾说："将来只要这个好心的于勒一回来，我们的境况会大有改善。他可真算得上一个能干的人。"多么鲜明的对比，母亲的势利形象跃然纸上。

说："这个老流浪汉是个法国人，去年我在南美洲碰到他，就把他带回国。他在哈佛尔好像还有亲戚，不过还欠着他们的钱，所以他不愿回到他们身边。他叫于勒……姓达尔芒司，还是达尔汪司？总之是差不多的那么一个姓。听说他在南美洲阔绰过一阵子，可是您再看看他现在，落到了什么田地！"

我父亲脸色早已煞白，目光呆滞，哑着嗓子一字一顿地说："啊！啊！原来如此……如此……我早就看出来了……非常感谢您，船长。"

父亲说着掉头就走，这让船长的脸上显出莫名其妙的神色。

父亲回到我母亲身旁，一副惊慌失措的样子。母亲赶紧对他说："你先坐下吧！别叫旁人看出来。"

他坐到长凳上，结结巴巴地说："是他，真的是他！"然后他就问："咱们怎么办啊？"母亲马上回答道："得把孩子们带离那里。若瑟夫既然已经知道，就让他去把他们找回来。最要留心的是，千万别叫咱们的女婿有所怀疑。"

我父亲显然是被吓坏了，他低声自言自语地说："出大乱子了！"

母亲突然暴怒起来，说："我就知道这个小偷是不可能有出息的，到头来还是要重新拖累我们！怎么能在达弗朗什家的人身上得到一点儿指望！"

这时，我父亲又用手抹着自己的额头，如同他以前面对妻子的责备时所做的一样。

母亲又补充说："把钱交给若瑟夫，叫他去把牡蛎的钱付清。已经够倒霉的了，要是再被那个乞丐认出来，这船上可就有好戏看了。咱们得到船的那头去，小心别叫那家伙靠近我们跟前!"说完她就站起身来，给了我一个五法郎的银币，就走开了。

我的姐姐们正在诧异与不解之中等候着父亲。我只好解释说母亲有点儿晕船。然后我问那个卖牡蛎的人:"应该付您多少钱，先生?"我当时真想叫他一声"我的叔叔"。他答道:"两法郎五十生丁。"

我把五法郎的银币交给他，他找了钱。我注意到他的手，那是一双满是皱纹的水手的脏手。我又望着他的脸，那是饱经风霜、凄凉忧愁的可怜老人的脸。我心里默念着:"这是我的叔叔，父亲的亲弟弟，我的亲叔叔!"

我给了他十个铜子的小费。他赶紧向我道谢:"愿上帝保佑您，少爷!"那正是一个穷人接受施舍时的那种语调。我不免猜想他在南美洲时应当是讨过饭的。我的姐姐们因我的慷慨而诧异地看着我。当我把余下的两个法郎交还给父亲时，母亲吃惊地问道:"吃了三个法郎?这怎么可能!"

我用坚定的语气说:"我给了他十个铜子的小费。"

我母亲吓了一跳，瞪大眼睛看着我说:"你是不是疯了?拿十个铜子给这个家伙，给这个乞丐!"但是她没再往下说，因为父亲指着女婿对她使了个眼色。接着大家都没有再说话。

在我们眼前，远处有一片紫色的阴影，仿佛从海里钻出来。那就是哲尔赛岛了。

当船靠近堤岸的时候，我心里产生一个强烈的愿望，想再去和我的叔叔于勒见上一面，想要到他的身

【心理描写】

"我"的心理活动表现了"我"的善良和亲情，反衬了菲利普夫妇的自私和冷漠。

【心理描写】

"我"的心里满是因亲情而涌动的关切。反复强调于勒与"我"的一家的关系，更反衬出父母的无情。

【神态、语言描写】

确定了于勒不是大家想要的那个富翁，母亲连对陌生人应该有的一点点怜悯都没有了。

边,对他说一些温暖的、安慰他的话。

但是船上已经不见了他的踪影,因为不再有人要吃牡蛎,这个可怜的人肯定已回到他住的那个肮脏腥臭的底舱去了。

回家的时候,为了避免再遇到他,我们特地换乘了另一条航船。这次重逢,让我的母亲一直忧心忡忡、坐立不安。

从那以后,我再也没有见过我父亲的弟弟!

这就是您有时还会看见我要拿出五法郎的银币给这些流浪汉的缘故。

【语句理解】
称自己的叔叔为"可怜的人",一方面写出了于勒的境况很惨淡,一方面也表现了"我"对叔叔的同情。

【首尾呼应】
照应小说开头,使故事更加完整。

■ 阅读小悟 >>>

《我的叔叔于勒》一文可谓是莫泊桑的经典之作了。小说讲述了"我"的一家巧遇多年未归的于勒的故事,可是于勒并不是大家一直所期盼的那个富翁,而是一个靠卖牡蛎为生的穷光蛋。于是"我"的父母完全不顾亲情,像逃避瘟疫一样躲开了于勒。仅仅从文中对于勒的称呼就可以看出菲利普夫妇只重金钱不重亲情的冷漠的特点。当于勒在家里糟蹋完自己的所有财产变成穷光蛋时,他们称他是"混蛋、流氓、无赖",并且将其赶出家门;当收到于勒的信后知道他已经发了财,而且将要回报他们的时候,称他为"正直、有良心的男子汉",于是他的信变成"福音书",他成了全家人的希望,甚至是女儿们找对象的炫耀资本;当在船上看到于勒,他已经穷困潦倒,变为靠着卖牡蛎勉强度日的穷人时,他们的嘴脸立时变了。称呼就变成"家伙、小偷、乞丐",害怕与他相认,即使善良的若瑟夫赏了他几个小钱,他们还愤愤不平,好像这是他们的仇人一般。同样的一个人,亲人对他的态度竟有这么多次的变化,可见在那个环境中,人与人之间,哪怕是亲人之间,温暖的情意早已荡然无存,只有金钱才是衡量一切的唯一标准。

阅读思考

1. 为什么说"这次重逢,让我的母亲一直忧心忡忡、坐立不安"?(答题思路:根据菲利普夫妇自私、冷酷的特点来分析回答。"我"的母亲怕穷困潦倒的于勒回来拖累自己。)

2. 如果在船上遇到的于勒是个富翁,"我"的父母又会有怎样的表现?(答题思路:菲利普夫妇眼中只有钱,没有亲情,所以当富翁于勒回来的时候定会热烈欢迎。)

写作加油站

写作素材积累

【主题】 亲情不能变了味道

【适用话题】 落魄 贫穷 信任 亲情

【素材点拨】 大家都以为正过着富足生活的于勒,实际上在船上以卑微的活计为生。这和家人想象中的于勒相比,差别实在是太大了。于是他的亲人选择了逃离,逃离这个他们一度曾非常盼望归来的人。亲人,本该是最可信赖的,怎能用金钱作为衡量远近的唯一标准?同甘共苦,不离不弃,才是对"亲情"该有的诠释。我们不能像文章中的菲利普夫妇那样把"金钱"当作亲情的标准,应该心存善良,无论贫穷富有,家人都要不离不弃。

好词好句积累

【好词】 指桑骂槐 节衣缩食 衣衫褴褛 莫名其妙 忧心忡忡

【好句】 她们便用一种很优雅的姿态吃起来,一面用一块精美小巧的手帕托着牡蛎,一面把头稍向前伸,免得弄脏长袍;然后嘴巴迅速地微微一吮,就把汁水吸进去了,再把牡蛎壳丢进海里。

这封信成了我们家里的福音书,我们有机会就要拿出来念念,逢人就要拿出来展示一番。

这时，我发现父亲好像突然间慌乱不安起来，他向旁边撤了好几步，盯着挤在卖牡蛎老水手身边的女儿、女婿看了看，就突然急忙向我们走来，他的脸色十分苍白，眼神也怪怪的。

船长是一个瘦高个儿的绅士，蓄着一大把长长的络腮胡，他正在甲板上散步，神气得仿佛自己指挥的是一艘开往印度的巨轮。

相关知识链接 >>>

牡蛎别名又叫生蚝，是补锌的天然美食。据科学统计，每 100g 牡蛎，不包括壳的重量，含水 87.1%，含锌 71.2mg。按照分类牡蛎属于海产贝壳，它有两个贝壳，一个小而平，一个大而隆起，壳的表面凹凸不平。肉可以吃，又能提制蚝油，肉、壳、油都可以当作药材。它的故乡在亚热带、热带沿海一带。随着养殖业的繁荣，在我国分布很广，北起鸭绿江，南至海南岛，都可以看见牡蛎的影子。

第3篇

项 链

玛蒂尔德是一个小公务员的妻子，为了在部长举办的舞会上出风头，她从一个朋友那里借来了一条项链。没想到这条项链竟彻底改变了她的生活，到底是怎么回事儿呢？

世上有一些美貌动人的女子，偏偏被命运阴差阳错地安排生在小职员的家庭里。我们现在要讲的就是这样一个女子。

她没有丰厚的嫁妆，这就不太可能有机会让一个既有钱又有地位的男子认识她，让她得到他的爱慕，直到他会娶她。

最后，她只好听天由命，嫁给了教育部的一个小科员，开始了自认为悲痛的生活。

她没有足够的钱来打扮自己，只能穿着从简，就像抱怨自己的地位被贬低了的女子那样，她总是为此自怨自艾。

女子原是没有等级门第之分的，她们的相貌、娇艳和丰韵就标志着她们的地位。

女人们天生的机敏、优雅的本能，加上秀外慧中的特点，这些才是区分她们的标志，可以使平民出身

【语句理解】
文章一开头就点明女主人公对自己的命运是心不甘、情不愿的。

的姑娘和最高贵的女人不分伯仲。

她认为自己天生丽质，生来就应该享受豪华的生活，这使她总是处在痛苦之中。

寒屋陋室，家徒四壁，桌椅破旧，衣衫俗气，都叫她苦不堪言。

对于这一切，如果换了和她处在同一阶层的另一个妇人，很可能会毫无感觉。但对她来说，却都是挥之不去的忧伤，让她饱受折磨。

看着那个替她料理家务的勃雷大涅省的女佣，她常胡思乱想。她梦想眼前出现被青铜高脚灯照亮的静谧的前厅，挂着东方料子制成的帷幕，厅里站着两个穿着短裤的高大男仆。她被热烘烘的暖气烘得萌发了困意，靠在宽大的靠背椅里昏昏欲睡。

她梦想装饰着古式壁衣的大客厅，里面陈设着精致的家具，上面摆满珍奇的古玩；还有那香气扑鼻的内客厅，那是专为下午五点的闲适时光所准备的，来客都是最亲密的朋友，是所有妇女都艳羡不已、渴望得到他们青睐的绅士。

每当吃晚饭时，她坐到那张铺着三天未换桌布的圆桌前吃饭，坐在她对面的丈夫揭开盆盖，欣喜地说："啊哈！多好的炖肉！世上没有比这更好的东西了……"那时候她却幻想着丰盛的筵席，闪着光的银餐具，挂满餐厅的壁毯，上面织绣着古代人物和仙境般的森林，各种珍禽异兽穿梭其中；她幻想着盛在精美的碗碟里的珍馐美馔，幻想着一边嚼着粉红的鲈鱼肉或者松鸡翅，一边带着深不可测的微笑倾听绵绵情话的情景。

【解词】

兄弟排行的次第，伯是老大，仲是老二。比喻差不多，难分优劣。

【语句理解】

她一切的痛苦都是自己的心态所造成的。

【语句理解】

她时常幻想自己过上富贵的生活，表现了她爱慕虚荣的特点。

【虚实结合】

幻想是美好的，现实却是冷酷的，巨大的反差让她痛苦不已。

她没有华丽的衣服,没有贵重的首饰,一无所有。而这些偏偏是她最喜爱的,她觉得自己就是为这些而生的。

她多么希望自己能讨人喜欢,成为让人羡慕的对象,风流动人,引来众多的倾慕者。

她有一个有钱的女友,那人是她在教会学校时的同窗。可现在她再也不愿去看那人了,因为每次看望那人回来后都会让她感到非常痛苦。她会被伤心、懊悔、绝望、忧愁纠缠得哭上好几天。

> 【读读想想】
> 为什么她看见自己的有钱的女友会感到非常痛苦?(根据她爱慕虚荣的特点答题。她嫉妒自己的好友有钱,自己也想过富贵的生活,但是又实现不了,所以内心痛苦。)

有一天傍晚,她丈夫回家的时候,兴高采烈地给她一个大信封。

"快看看,"他说,"这是专门给你的。"

她连忙拆开信封,从里面抽出一份请柬,上面印着这几行字:

<u>兹订于一月十八日(星期一)在本部大楼举行晚会</u>,敬请光临。

此致

先生

路瓦栽

夫人

教育部部长乔治·朗伯诺及夫人谨订

> 【引起下文】
> 这是请柬的具体内容,其实也是文章发展的原因,引出后文的情节。

她并没有如她丈夫所期待的那样兴高采烈,相反,她竟生气地把请柬往桌上一扔,冷冷地嘟囔着说:"我要这个干吗?"

"可是,亲爱的,我原以为你会很高兴的。你从来

> 【动作、语言描写】
> 她表现出很不高兴,甚至是生气的样子,这是她的丈夫没有料到的。

也不出门,这是多难得的一个机会啊!我费了好大的周折好不容易才弄到这张请柬。人人都想要,很不易到手,给普通职员的一共也没多少。在那儿,你可以见到很多政界要员。"

她十分不悦地瞪着他,眼中都要冒出火来,极不耐烦地叫嚷着:"你要我去,可叫我穿什么上那儿去?"

这个,他倒是真没想到。他支吾着说:"你去剧场看戏时穿的那件袍子呢?我觉得那件好像挺好的……"

他发现妻子哭起来,一下子慌了。

于是,他不说话了,愣愣地看着两大滴眼泪从他妻子的眼角慢慢顺着嘴角流下来。他结结巴巴地问:"你怎么啦?你怎么啦?"

她费了很大的劲才把心中的苦闷压了下去,擦了擦被泪水沾湿的脸颊,一面尽量用镇静的声音回答:"没有什么。只是我没有能穿得出去的衣服,我就不去参加这次的晚会了。你有哪位同事的太太打扮得比我好,你就把请柬送给他吧。"

他感到心里很不是滋味。他于是开口说:"玛蒂尔德,你说说,一套像样的衣服,你在其他的场合也可以穿的,最普通的,得花多少钱?"

她想了一会儿,计算着数目,盘算着多少钱可以达到她的要求,而不会招致节俭的公务员吓得一口回绝。

终于,她犹犹豫豫地回答:"我也不知道具体的数目,但是四百法郎应该可以办妥了。"

他的脸色一刹那变得煞白,他刚好积攒下这样一笔钱,原本是想要去买一支枪,这样,来年夏天就可

【神态、语言描写】
此处表现了她非常在乎自己的穿着打扮,具有极强的虚荣心。

【动作、语言描写】
通过他的动作和语言描写表现了他看见妻子流泪时惊慌失措的神情。

【语言描写】
她内心其实是十分想去参加晚会的,只是衣服的问题让她没法出席,她因此感到十分苦闷。

【读读想想】
为什么她回答时会"犹犹豫豫"?(因为她很清楚自己家的经济状况,她怕自己提出的要求会遭到拒绝。)

以和几个朋友一道在星期日的时候到南代尔平原去打云雀了。

尽管如此,他还是说:"好吧。那就四百法郎。不过你一定要做一条漂亮的裙子。"

【语言描写】
为了满足妻子的愿望,丈夫只好放弃了自己的计划。这也表现了丈夫对妻子的爱。

晚会的日子临近了,路瓦栽夫人却又显得忧郁惆怅,尽管她的裙子已经做好了。

于是,她的丈夫有天晚上问她:"你怎么啦?瞧你这两三天,怪里怪气的。"

她回答说:"我没有首饰,没有宝石,身上一件可以佩戴的饰物也没有,真叫我心烦意乱。那样我就会显出一副十足的寒酸相。我宁愿不去参加晚会了。"

【语言描写】
对打扮的格外注意让她又一次陷入痛苦之中。

他说:"你可以戴几朵鲜花呀。眼下这个时节,那可是很雅致的。只要花上十法郎,你就可以有两三朵美丽鲜艳的玫瑰花了。"她哪里听得进去?

"不行……在一群有钱的太太中显出一副穷酸相,再没有什么比这更丢脸的了。"

【做铺垫】
丈夫想出了借首饰的主意,为下文的故事发展做好了铺垫。

她的丈夫忽然嚷了起来:"你真是糊涂!你可以去找你的朋友佛来思节夫人,向她借几件首饰。你跟她很有交情,应该没问题的。"

她也高兴地叫了起来:"这倒是真的。我怎么一点儿也没想到!"

第二天,她就跑到她的朋友家,向朋友倒苦水。

佛来思节夫人听完,起身走到镶着镜子的大柜前,取出一个好大的首饰箱,拿到路瓦栽夫人面前打开,对她说:"随便挑吧,亲爱的。"

她最先看到的是几只手镯,然后是一条珍珠项链,再然后是一个威尼斯风格的十字架,上面镶嵌着宝石,做工十分精巧。

她对着镜子来回试着这些首饰,犹豫不决,舍不得摘下来放回去。她一个劲儿地问:"你还有没有别的了?"

"有啊。你自己找吧。我也不知道你喜欢什么样的。"

突然,她在一个黑缎子的首饰盒里发现一条钻石项链,实在是太光彩夺目了。

一种无法抑制的渴望使她怦然心跳。她颤抖着把它戴到脖子上,放在衣服领子的外面,看着镜子里的自己出神了。

接着,她欲言又止、有些迟疑地问:"可以借给我这件吗?我只借这一件。"

"没问题啊,当然可以啦。"

她喜出望外地扑过去搂住了朋友的脖子,激动地吻着她,随后带着宝贝飞一样地跑了。

晚会的日子到了。路瓦栽夫人出尽了风头。她比其他女人都美,她优雅、迷人、笑容灿烂,兴奋得几乎发狂。男宾们的眼光都集中在她的身上,打听她的名字,设法寻求引见。办公厅的人员全都邀请她共舞,连部长也注意到了她。

她完全沉浸其中,尽情地跳啊、跳啊,陶醉于无尽的欢乐中,陶醉于她的美貌所带来的成功中,陶醉于别人对自己的献媚、赞美、讨好中,她得到了女人心中认为的最完美的胜利。

【动作描写】

描写了路瓦栽夫人来回试戴首饰,生动形象地写出了她对这些首饰的爱不释手,表现了她的虚荣。

【语句理解】

她的表现充分说明了她对这条项链的喜爱。

【语句理解】

她终于暂时实现了自己的梦想,满足了她的虚荣心。

直到清晨将近四点的光景，她才离开。而她的丈夫从半夜起，就同另外三位先生躲在一间僻静的小客厅里睡着了，那三位的太太也在纵情欢乐。

他怕她出门着凉，就把事先带来的外套披在她的肩上，那是平日里穿的普通便服，那件便服和她华丽的舞会装束是极不相称的。

她感觉到了这一点，便想赶紧逃走，以免让那些裹在名贵皮衣里的太太们注意到。

路瓦栽一把拉住她说："等一下。这样子到外边你要着凉的。我去叫一辆马车来。"

可是她根本不听，急匆匆地跑下了楼梯。他们来到街上，却找不到马车。

他们到处寻觅，远远地看到有马车走过，就向车夫呼喊。

两人沿着塞纳河的坡路向下走着，他们垂头丧气，瑟瑟发抖。

终于，他们在河岸边找到了一辆在夜间做生意的马车，这种马车在白天像是会感到自惭形秽，只有夜里才会出现在巴黎的街头。

马车把他们一直送到了位于马丁街的寓所大门外。他们筋疲力尽地上了楼，回到家里。对她来说，一切已经结束。而他呢，则想起第二天上午十点还要到部里去上班。

她站在镜子前，脱下披在肩上的衣服，站在镜前，想再看看自己光鲜照人的模样。

但是她突然大声惊叫起来。原来她脖子上的项链竟然不见了！

【语句理解】

路瓦栽夫人玩得太尽兴，因为她的虚荣心得到满足才乐不思蜀，疯狂地玩耍了一个通宵。

【语句理解】

她时刻想着的是自己的面子，就连丈夫对自己的关心也顾不上了。

【人物描写】

两个人找不到合适的马车不得不受冻，侧面写出了他们的虚荣。

【动作描写】

她的动作说明她十分留恋晚会上的一切，同时也推动了情节的发展。

她的丈夫已经脱了一半外衣,他问:"你怎么啦?"

她转身对着他,失魂落魄地说:"我……我……我把佛来思节夫人的项链丢了。"

他一下子站了起来,大惊失色地说:"什么……怎么会……这不可能!"

于是他们在裙子的褶里、衣服的褶里、口袋里,到处都搜寻一遍。哪儿也找不到。

【语言描写】
夫妻俩的对话表现了夫妻二人寻找项链时的焦急心情。

他问道:"你发誓离开舞会的时候还戴着它吗?"

"当然了,我在教育部的前厅里还摸到过它。"

"如果在路上掉的话,我们一定会听到,所以,它可能还在马车里!"

"对呀!没准儿还在车里,你还记得车子的号码吗?"

"不记得,你呢?你也没注意吗?"

"没。"

夫妇二人呆呆地相互望着,末了路瓦栽重新穿戴好。

"我这就去。"他说道,"我去把咱俩走过的地方再看一遍,没准儿掉在路上也说不定。"

于是他走了。

【语句理解】
项链的丢失让她受到了非常大的打击。

而她依然穿着晚会上的裙子,连爬上床的力气都没有,颓废地倒在椅子上,脑中一片空白,万念俱灰。

早上七点的时候,丈夫空着手回来了。

【语句理解】
妻子的话让他受到了很大的惊吓,因此会不由自主地有这一系列的表现。

他又马上跑去警察局报案,去报馆悬赏挂失,还到各个出租马车的地方去找。凡是能想到的地方他都跑了一遍。

妻子整天待在家里等消息,这个飞来横祸让她惊慌失措。

路瓦栽到了晚上才回来，双颊凹陷，面色铁青，无奈地说："看来我们只能给你的朋友写封信了，告诉她你把项链弄断了，正在修补，这样我们就有更多的时间了。"

她按照丈夫说的把信写好。

一周过去了，他们一无所获，希望似乎越来越渺茫了。

路瓦栽好像一下子老了五岁，无奈地告诉妻子："我们只能重新买一条项链赔给人家了。"

第二天，他们带着项链的盒子，按照上面标明的地址，找到了那家珠宝店。

老板核对了账簿，回答说："这条项链不是本店卖出的，这个盒子倒是在这里买的。"

于是，他们开始挨家询问珠宝店，想凭着记忆再买一条与原来相似的项链。夫妻俩因为又急又累，眼看就要病倒了。

他们终于在皇宫附近的一家店里找到了合适的项链，它看起来很像丢失的那一条，标价四万法郎。如果马上就买，还可以便宜到三万六千法郎。

他们要求店家三天之内不要卖给其他人，并且约定：如果他们在二月底之前找到丢失的项链，那么店家会以三万四千法郎回收现在这条项链。

路瓦栽手上只有一万八千法郎，那是他父亲的遗产，剩下的只能去借。

他们马上开始筹钱，向这个人借一千，向那个人

【神态描写】
形象传神地表现了路瓦栽没有找到项链后的颓废形象。

【读读想想】
为什么一周的时间让路瓦栽先生看起来老了五岁？（因为连日的寻找项链让他精疲力竭，最主要的是他担心昂贵的项链找不到，他们还要赔偿，这样的压力让他心力交瘁。）

【暗示】
项链和盒子并不是配套的，暗示了这条项链的来路可疑。

【伏笔】
在一个店里看见相似的项链，推动情节的发展，为下文埋下伏笔。

借五百……他打了好多欠条,做出的承诺都有可能让他破产。他甚至开始与放高利贷的那些人接触,把自己的后半辈子都搭在了里面。对于欠的那些钱,他也不管能不能还上,就算身败名裂也无所谓。有时,他又很恐惧,面对暗淡贫苦的前景惴惴不安,陷入深深的痛苦之中。

【语句理解】
巨额的债务让路瓦栽感受到了前所未有的压力,但他依然选择了面对。

终于,他把三万六千法郎放在了珠宝店的柜台上,取走了那条项链。

当路瓦栽夫人将珠宝盒交到佛来思节夫人手上的时候,这位女友很不高兴:"你应该早点儿还给我,我自己还要用呢。"

【做铺垫】
正是因为好友没有打开盒子检查,才为下文路瓦栽夫人还巨额债务做了铺垫。

这位女友并没有打开盒子检查,这让路瓦栽夫人十分高兴。假如对方发现不是原来的那条项链会怎么想?又会说些什么?恐怕会把自己当成可耻的小偷。

路瓦栽夫人一夜之间就尝到了穷人的可怕生活,幸好她有了充分的心理准备。

他们面对的是一笔巨额债务,他们为此付出了惨痛的代价。他们辞退了女佣,从大房子里搬出来,住进了一个阁楼。

【语句理解】
路瓦栽夫人发生了彻底的改变,她抛弃了不切实际的幻想,接受了生活的考验。

家里所有的脏活累活她都体验到了,她要刷锅洗碗,玫瑰色的指甲在油腻的盆碗里磨坏了。她用肥皂来洗内衣衬衫、餐巾抹布,还要自己晾晒。她每天早晨都要把垃圾搬到楼下,再提水上楼,累得每上一层楼都要喘半天。她穿的是普通家庭妇女的衣服,挎着篮子,奔走于水果店、杂货店、肉店,就为了节省每一个子儿,她讨价还价,甚至和人叫骂起来。

他们每月都需要偿还几笔借款，有一部分还要与人商量延期。

丈夫每天下班都会替一个商人清算账目，夜里则要替人抄写文件，抄一页才挣五个苏。

就这样，他们过了十年。

十年过去了，他们还清了所有的债务，甚至包括利滚利的高利贷。

路瓦栽夫人明显变老。她现在是一个贫穷的家庭妇女，强悍、泼辣，而且粗野。头发蓬乱，裙子难看，双手通红，粗声大气。偶尔几次，当丈夫不在家的时候，她独自坐在窗前，不免回想起原来的生活，那次舞会上，她是那么耀眼夺目，令人神魂颠倒。

要是那条项链没有丢失，她的命运绝不会这样。可是谁又能肯定呢？生活是这样的无常！只要小小的一个错误，就会让你断送掉一切！

一个星期天，她在大街闲逛，消解这段时间的劳累。

突然，她看见佛来思节夫人正带着孩子散步，她还是那么年轻漂亮，那么动人。

路瓦栽夫人有些激动。要不要去跟朋友谈谈呢？没错，当然要谈谈，现在既然已经偿还了所有的欠款，为什么不把真相告诉朋友呢？

她走上前去说："珍妮，好久不见！"

对方似乎没有认出来她是谁。

对方惊讶于这样一个平凡的女人会主动跟自己打招呼，不解地问道："可是……太太……我想……您是

【对比】
强烈的反差说明了路瓦栽夫人的变化之大。

【读读想想】
为什么路瓦栽夫人看见佛来思节夫人时有些激动？是不是因为看见老朋友？（根据下文可以知道不是，主要是因为自己终于还完了买项链的欠款，内心激动。）

【注释】
珍妮：佛来思节夫人的名字。

【侧面描写】
通过佛来思节夫人的表现说明路瓦栽夫人的变化之大，连熟识的好朋友都认不出她来了。

【语言描写】
说话断断续续，边说边回忆自己的苦日子，表现了她内心的苦楚。

【语言描写】
通过玛蒂尔德的话，交代了她用十年的时间一直在为那条项链还债，便可以知道她的生活多么痛苦。

【动作描写】
佛来思节夫人的动作表现出她大为吃惊。

【构思巧妙】
结尾通过佛来思节夫人的话说出故事的真相，出人意料，情节设置巧妙，引人入胜。

认错人了吧？"

"没认错，我是玛蒂尔德·路瓦栽呀！"

她的昔日好友大叫起来："天哪！我可怜的玛蒂尔德，你怎么变成这样了？"

"没错，我已经过了很长时间的苦日子，自从上次跟你见面以后……我都不记得经历了多少苦难……而这，都是因为你啊……"

"因为我……这是怎么回事儿？"

"你还记得我借去参加舞会的那条项链吗？"

"是啊，那又怎么了？"

"我把它弄丢了！"

"说什么呢？你不是已经还给我了吗？"

"还给你的那条，倒是跟原来的挺像的。这十年来，我们家一直在为那条项链还债。你知道那实在是太不容易了，我们本来就没什么家底……不过，现在终于都还清了，这实在是太让人高兴了。"

佛来思节夫人听到这里，猛地停下了脚步说："你是说，你花钱买了一条真钻石项链来赔给我？"

"对啊，你一直没有发觉吗？看来那两条似乎一模一样啊。"

说着，她感到一种既自豪又天真的快乐，脸上满是笑容。

佛来思节夫人则显得更为激动，她一把握住朋友的双手说："天哪！我可怜的玛蒂尔德……我那条是假的啊，最多也就值五百法郎！"

阅读小悟 >>>

小公务员的妻子玛蒂尔德为了在部长举办的晚会上大出风头，便向一个朋友借了一条项链。谁料这条项链竟不慎丢失了，她赔给了朋友一条"一模一样"的项链，就此开始了艰辛的生活。最后，她在还清欠款后，才得知借的那条项链竟然是假的，而她却已为此耗费了十年的时光。

玛蒂尔德是爱慕虚荣的，她想要过豪华的生活，想要被人青睐，那条项链满足了她的虚荣心，让她风光了一回，却也让她从此背上了沉重的债务。当发现项链丢失的时候，她毅然选择了要赔偿给朋友，哪怕要过上十年债台高筑的生活。由此可见，她也是善良的、敢于担当的人，她恪守着做人的基本原则，维护着自己的尊严。十年的生活改变的不只是她的容貌，更是她的内心，她变得踏实、成熟了。只是，如果没有当初的虚荣心作祟，她的生活又会是怎样的呢？

▌阅读思考 >>>

1. 十年的还债生活让玛蒂尔德发生了怎样的改变？（答题思路：结合文章结尾对玛蒂尔德的描写来回答，尤其是对她的肖像描写，"头发蓬乱，裙子难看，双手通红，粗声大气"可以看出她已经变成一个贫穷的家庭妇女，强悍、泼辣，而且粗野。）

2. 玛蒂尔德的经历带给你怎样的启示？（答题思路：结合文章的主题思想答题。本文主要告诫大家不能爱慕虚荣，围绕这一关键语句答题即可。）

▌写作加油站 >>>

▌写作素材积累

【主题】　虚荣心要不得

【适用话题】　幻想　虚荣　攀比　失望

【素材点拨】　玛蒂尔德是一位小职员的妻子，她想要过上荣华富贵的生活，总是在想象着奢华的客厅、精美的陈设、珍稀的佳肴……她渴望与众不同，于是整日胡思乱想，却让自己更加失望，也带来了十年的痛苦生活。人若是总抱着不切实际的幻想，追求虚荣，互相攀比，只会徒增烦恼而已。我们应该从自己的实际出发，设定合理的目标并为之奋斗，这样才能得到可能和应该得到的东西。

好词好句积累

【好词】　不分伯仲　苦不堪言　青睐　垂头丧气　失魂落魄　神魂颠倒

【好句】　那时候她却幻想着丰盛的筵席，闪着光的银餐具，挂满餐厅的壁毯，上面织绣着古代人物和仙境般的森林，各种珍禽异兽穿梭其中；她幻想着盛在精美的碗碟里的珍馐美馔，幻想着一边嚼着粉红的鲈鱼肉或者松鸡翅，一边带着深不可测的微笑倾听绵绵情话的情景。

她现在是一个贫穷的家庭妇女，强悍、泼辣，而且粗野。头发蓬乱，裙子难看，双手通红，粗声大气。

说着，她感到一种既自豪又天真的快乐，脸上满是笑容。

相关知识链接 >>>

塞纳河在法国北部，全长 780 千米，包括支流在内的流域总面积为 78700 平方公里。它是欧洲有历史意义的大河之一。塞纳河的源头是朗格勒高原，河流横穿巴黎市中心，最后流入英吉利海峡。跟我国比较，季节相反，夏季水位低，冬季水位高。不过塞纳河流域地势平坦，为当地人民造福。上游的马恩河和奥布河流域是香槟酒的主要产区，而下游城市巴黎、勒阿弗尔和鲁昂的生活用水大部分来自这条河流。

第4篇

福楼拜家的星期天

在六层楼的一个单身宿舍里，每个星期天，你都会有幸遇到俄国小说家屠格涅夫，法国小说家都德、左拉，还有宿舍的主人——福楼拜，这是一个文学家的大聚会，他们志同道合，他们谈吐不凡，我们怎么能错过这样的聚会呢？

那时福楼拜住在六层楼的一个单身宿舍里，屋子很简陋，墙上空空的，家具也很少。他很讨厌用一些没有实用价值的古董来装饰屋子。他的办公桌上总是散乱地铺着写满密密麻麻的字的稿纸。

每到星期天，从中午一点到下午七点，他家一直都有客人来。门铃一响，他就立刻把一块很薄的红纱毯盖到办公桌上，把桌上的稿纸、书、笔、字典等所有工作用的东西都遮了起来。他总是亲自去开门，因为佣人几乎每个星期天都要回家的。

第一个来到的往往是伊万·屠格涅夫。他像亲兄弟一样地拥抱着这位比他略高的俄国小说家。屠格涅夫对他有一种很强烈并且很深厚的爱。他们相同的思想、哲学观点和才能，共同的趣味、生活和梦想，相同的文学主张和狂热的理想，共同的鉴赏能力与博学多识使他们两人常常是一拍即合，一见面，两人都不

【语句理解】
　用铺着写满密密麻麻的字的稿纸这一特写镜头说明了福楼拜写作的勤勉。

【排比】
　把他们的相同点概述出来，表现他们是一对志同道合的朋友。

约而同地感到一种与其说是相互理解的愉快，倒不如说是心灵内在的欢乐。

屠格涅夫仰坐在一个沙发上，用一种轻轻的并有点犹豫的声调慢慢地讲着，但是不管什么事情一经他的嘴讲出，就都带上非凡的魅力和极大的趣味。福楼拜转动着蓝色的大眼睛盯着朋友这张白皙的脸，十分钦佩地听着。当他回答时，他的嗓音特别洪亮，仿佛在他那古高卢斗士式的大胡须下面吹响一把军号。他们的谈话很少涉及日常琐事，总是围绕着文学史方面的事件。屠格涅夫也常常带来一些外文书籍，并非常流利地翻译一些歌德和普希金的诗句。

过了一会儿，都德也来了。他一来就谈起巴黎的事情，讲述着这个贪图享受、寻欢作乐并十分活跃和愉快的巴黎。他只用几句话，就勾画出某人滑稽的轮廓。他用他那独特的、具有南方风味和吸引人的讽刺口吻谈论着一切事物和一切人……

他的头很小却很漂亮，乌木色的浓密卷发从头上一直披到肩上，和卷曲的胡须连成一片；他习惯用手捋着自己的胡子尖。他的眼睛像切开的长缝，眯缝着，却从中射出一道墨一样的黑光。也许是由于过度近视，他的眼光有时很模糊；讲话的调子有些像唱歌。他举止活跃，手势生动，具有一切南方人的特征。

接着来的是左拉。他爬了六层楼的楼梯累得呼呼直喘。一进来就歪在一把沙发上，并开始用眼光从大家的脸上寻找谈话的气氛和观察每人的精神状态。他很少讲话，总是歪坐着，压着一条腿，用手抓着自己的脚踝，很细心地听大家讲。当一种文学热潮或一种

【比喻】
简单的一句话，就包含两个比喻句。把屠格涅夫洪亮的嗓音比作一把军号，把他的大胡子比作高卢斗士，描写生动形象。

【肖像描写】
从颜色、形状等角度写了都德的头发和胡须，让人物形象跃然纸上。作者观察仔细，描写到位。

艺术的陶醉使谈话者激动了起来，并把他们卷入一些富于想象的人所喜爱的却又是极端荒谬、忘乎所以的学说中时，他就变得忧虑起来，晃动一下大腿，不时发出几声："可是……可是……"然而总是被别人的大笑声所淹没。过了一会儿，当福楼拜的激情冲动过去之后，他就不慌不忙地开始说话，声音总是很平静，句子也很温和。

【动作、语言、神态描写】
通过对左拉的神态、动作、语言描写，准确地描绘出他温和的性格特点。

左拉中等身材，微微发胖，有一副朴实但很固执的面庞。他的头像古代意大利版画中人物的头颅一样，虽然不漂亮，却表现出他的聪慧和坚强的性格。在他那很发达的脑门上竖立着很短的头发，直挺挺的鼻子像是被人很突然地在那长满浓密胡子的嘴上一刀切断了。这张肥胖但很坚毅的脸的下半部覆盖着修得很短的胡须，黑色的眼睛虽然近视，但透着十分尖锐的探求的目光。他的微笑总使人感到有点嘲讽，他那很特别的唇沟使上唇高高地翘起，又显得十分滑稽可笑。

【肖像描写】
这是对左拉鼻子的描写，用"一刀切断"来形容，突出了他鼻子直挺的特点。

渐渐地，人越来越多，挤满了小客厅。新来的人只好到餐厅里去。这时只见福楼拜做着大幅度的动作（就像他要飞起来似的），从这个人面前一步跨到那个人面前，带动得他的衣裤鼓起来，像一条渔船上的风帆。他时而激情满怀，时而义愤填膺；有时热烈激动，有时雄辩过人。他激动起来未免逗人发笑，但激动后和蔼可亲的样子又使人心情愉快；尤其是他那惊人的记忆力和超人的博学多识往往使人惊叹不已。他可以用一句很明了很深刻的话结束一场辩论。思想一下子飞跃过几个世纪，并从中找出两个类同的事实或两段类似的格言，再加以比较。于是，就像两块同样的石

【动作描写】
用夸张、比喻的修辞方法写出了福楼拜和客人们交流时的动作，可以感受到他的热情、乐观、积极向上。

【动作描写】

这些动作可以让客人倍感温暖，表现了福楼拜热情好客的特点。

块碰到一起一样，一束启蒙的火花从他的话语里迸发出来。

最后，他的朋友们一个个陆续走了。他分别送到前厅，单独讲一会儿话，紧紧握住对方的手，再热情地大笑着用手拍打几下对方的肩头……

■ 阅读小悟 >>>

读完这篇小短文，四位作家的形象仿佛就浮现在眼前。这主要源于作者的细心观察和对人物描写方法的恰当运用。作者抓住四位作家不同的特点，从肖像、语言、动作等多方面来塑造形象。如对左拉的肖像描写最细腻，"在他那很发达的脑门上竖立着很短的头发，直挺挺的鼻子像是被人很突然地在那长满浓密胡子的嘴上一刀切断了"。让我们如见其人；对于福楼拜，更注重他的神态和动作，当朋友来得多时，"只见福楼拜做着大幅度的动作（就像他要飞起来似的），从这个人面前一步跨到那个人面前，带动得他的衣裤鼓起来，像一条渔船上的风帆"。可见他热情、乐观、积极向上。这样的写作方法对今后自己的写作是受益匪浅的。

■ 阅读思考 >>>

1. 文章主要描写了几个人物？都是谁？（答题思路：具体描写了四个人，从文中得知是福楼拜、屠格涅夫、都德和左拉。）

2. 结合文章，说说你喜欢哪个人物，请简单描述一下他的特点。（答题思路：根据文章的描写，结合自己的感悟回答即可。）

■ 写作加油站 >>>

写作素材积累

【主题】　作家们欢聚在福楼拜家

【适用话题】　聚会　志同道合　交流　友谊

【素材点拨】　在福楼拜的小楼上，来了很多客人，都是极有影响力的著名作家，屠格涅夫、都德、左拉……他们来到福楼拜的家里不是叙旧或是问候，而是一种文学的交流。他们的性格各有特点，但是他们的思想、理想、鉴赏能力、哲学观点都是一致的，这样志同道合的朋友在一起总是有说不完的话，并且让自己的生活变得积极乐观，给自我的文学创作也注入了新鲜血液。这样的朋友才是真正的朋友。

好词好句积累

【好词】　和蔼可亲　博学多识　一拍即合　不约而同　义愤填膺　滑稽

【好句】　在他那很发达的脑门上竖立着很短的头发，直挺挺的鼻子像是被人很突然地在那长满浓密胡子的嘴上一刀切断了。

他时而激情满怀，时而义愤填膺；有时热烈激动，有时雄辩过人。他激动起来未免逗人发笑，但激动后和蔼可亲的样子又使人心情愉快；尤其是他那惊人的记忆力和超人的博学多识往往使人惊叹不已。

第5篇

月 色

月色下的一切都是温柔的,月色带给大地浪漫、醉人的美景。然而,这温柔的月色却有着巨大的力量,它甚至改变了一颗冰冷而坚定的心,颠覆了这个人原有的想法。这到底是怎么回事儿?让我们到小说中来找答案。

【注释】

马里尼昂:意大利城市。法国军队曾在这里分别与瑞士、奥地利的军队作战。

【语句理解】

开篇就准确抓住人物最突出的特点,展现了马里尼昂长老的形象。

【对比】

与世人对于上帝意志的不能透彻理解对比,突出了马里尼昂的自信和教条。

马里尼昂长老是配得上用"马里尼昂"这个战役名称做名字的。

他又高又瘦,是一个虔诚的教徒。脾气虽有些大,但他绝对是刚正不阿的。他坚守自己的信仰,从没有丝毫的动摇。

他自以为十分了解自己所信仰的上帝,明了主的安排和意志。

当他沿着他那神父宅院的林荫小路散步时,脑海中有时就会冒出这样的问题:"上帝为什么创造这一切?"然后他就会执着地求索,从上帝的角度去考虑,总是能找到答案。

当世人遵循着一种虔诚与谦逊时,他们常会不自觉地念叨:"主啊,您的计划是这样的高深莫测。"

但是,马里尼昂却不是这样想,他的看法是:"我是上帝的仆人,我应当明白上帝的意志,如果没能明了，那也要用心去猜度。"

在他的逻辑中，一切事物都是遵循着规律而被置于自然之中，每一个"为什么"都会有一个"因为"来与之保持平衡。

朝阳是为了使沉睡的人醒来而升起，白昼是为了庄稼的成熟而开启，雨水是为了禾苗得到滋润而落下，黄昏是为了睡意而准备，黑夜是为了让人入睡而来临。

【排比】
举例说明了马里尼昂对"规律"的看法。

四季的变换是完全合乎农耕的需求的。他坚信自然中的所有现象都是有目的的设定，从不怀疑任何生命的存在，他认为服从自然的规律是最重要的。但是他却痛恨女人，不由自主地痛恨，还带着来自本能的鄙视。

他常常将基督的话挂在嘴边："女人，在你和我之间，可有相同之处？"最后还要补上一句："可以说上帝也是不满意自己的这件作品的。"

【语言描写】
通过马里尼昂的话可以体会出他对女人是存在偏见的。

在他看来，女人比诗人笔下的角色还要不纯洁十二倍。她诱惑了第一个男人，使他堕落，并且一直继续着她的这种该下地狱的行为，这种柔弱而又神秘的生物扰乱着人心。他憎恨她们那沉沦了的肉体，更憎恨她们那具有爱的魔力的灵魂。

他虽然知道自己是百毒不侵的，但是对于他所感觉到的她们因爱恋的需要而对他表现出的温柔爱慕，他是极其痛恨的。

女人，在他看来不过是上帝为了考验男人而创造出来的，所以必须要有清醒的戒备才能与她们接触。而事实上，女人在男人面前那微启的双唇和张开的双臂本身就是陷阱。

【语句理解】
马里尼昂奇怪的想法表现出他对女人的偏见。

只有面对那些因为笃信宗教而变得没有危害的修女们,他才略微宽容一些,但总的来说,态度依然是强硬的。因为他认为,哪怕她们是修女,在她们那被封锁了的内心深处,在她们那满怀委屈的内心深处,那种向他表示温柔爱慕的需要始终是不存在的。

他总能在她们那种比男教士更虔诚的被信仰润湿的眼光里感受到这种温柔,还有在她们那种带着性感的对上帝的陶醉里,在她们对于耶稣基督的热爱里,都有这种柔情的存在。这些事常使他恼怒,因为这是女性的爱情,肉体的爱情。就是在她们的驯良的态度里,在她们和他说话时那种温柔的声音里,在她们低垂的眼睛里,在她们因为遇着他用严厉态度对待她们而从眼中流出的泪水里,这种柔情也无处不在。

【读读想想】
"这种柔情"具体指什么?(根据下文的内容可以知道,这种柔情指的是"爱情"。)

并且,每当从女修道院的门里出来,他都要抖抖自己的长袍,然后就迈着急匆匆的脚步走开,如同逃避危险一样。

【动作描写】
马里尼昂近乎洁癖的行为,表现出他视女人如洪水猛兽的心理。

他有一个外甥女,她和她的母亲一同住在离他不远的一所小房子里。他一心盼望她能做一个献身于慈善事业的修女。

她美丽、天真、爱笑。每当长老开始他的说教时,她就会忍不住笑起来;每当她惹舅舅不高兴时,她就会热情地紧紧拥抱着他。他总是不自觉地极力想要摆脱这样的包围,然而这种包围,却也让他体会到了美好和愉悦,也让他心中产生了一种对晚辈的爱。

【语句理解】
马里尼昂主观上拒绝,本能上又感受到了温暖,表现出他的矛盾心理。

他常常带着她在小路上散步,一面在她的耳边开始他的说教。而她呢,却充耳不闻,她所关心的是迷人的天空和可爱的花草,眼里满是因生活的幸福所带来的欢乐。

有时，她为了追赶一只小飞虫在田野里奔跑，然后捧着捉到的小虫兴奋地喊着："舅舅，你看，这小东西多么可爱，我真想吻它一下。"

她经常冒出来的这种想要亲吻小虫或者花朵的热切愿望，让这位长老感到十分不安，甚至为此而发怒了，因为他从这些端倪发现温情似乎是深深扎根在女人的心里。

这一天，教堂里看守圣器的人的妻子——她是替马里尼昂长老管家务的——找到他，小心翼翼地对他说，他的外甥女有了一个情人。

那时他正在家里刮胡子，她的话让他感到了震惊和慌乱，那张涂满了肥皂沫的脸阴沉了下来，他几乎不能呼吸了。

好半天，他才略微平复了心情，恢复正常，他愤怒地嚷道："根本没这可能，你在胡说，梅拉妮！"

但是这个妇人将手放在胸前说："以主的名义起誓，神父先生，我没有半句谎言。每天晚上，当您的姐姐熟睡以后，她就跑去找他。他们总是在河边约会。您只要在晚上十点到十二点之间去看看，就什么都明白了。"

他没法再继续刮脸了，激动地走来走去，这是他每每遇到难题时所表现出来的一贯反应。当重新拿起刀子去刮脸的时候，他竟然在耳鼻之间一连划出了三道口子。

一整天，他一言不发，憋着一肚子的火。对于这种难以抗拒的爱情，他作为长老已经动了怒。同时，

【语言、动作描写】

通过"外甥女"的动作和语言描写，生动传神地写出了小女孩的可爱和对生活的热爱。

【语句理解】

这个消息令马里尼昂受到了不小的刺激。

【动作描写】

马里尼昂的动作表现出他已经因愤怒而有些失态了。

他还是维护道义的监护人和思想上的引导者。

现在,这个女孩子背离了他的教导,因此他愈加气愤难平。正如每个得知自己的女儿不听教导、胆大妄为、私订终身的家长所表现出来的情形是一样的,他完全无法抑制这种暴怒。

晚饭后,他强迫自己平复心情,去读一会儿书,可那是根本做不到的。

终于,怒火在他心中越烧越旺。十点钟刚到,他便拿起手杖——一根每逢他在夜里去看病人时必定带着防身的粗大的橡木棍子。他用那只厚实的大手抡起棍子来,眼睛瞧着它,脸上带着难以捉摸的笑。最后,他突然举起棍子,咬牙切齿地一棍子落到椅子上,那椅子的靠背顿时裂开,椅子倒在了地板上。

他打开门往外走,可是刚刚来到屋檐下便停住了脚步,这月光下的世界,他几乎从未见过,这景色竟然让他呆住了。

他有着一种与生俱来的智慧,一种教会中的先贤、浪漫派的诗人所特有的智慧,他忽然觉得这片夜色下的迷人的美景动摇了自己坚不可摧的意志,萌生出由衷的感动。

月光的清辉洒满了他的小花园,果树上刚刚吐出嫩芽的枝丫,将纤弱的影子投在小路上,那沿着墙壁蜿蜒向上的大忍冬藤,吐出阵阵甜美清新的芳香,一种沁人心脾的情愫在这温柔晴朗的夜色里荡漾。

他贪婪地呼吸着,如同醉汉痛饮着美酒,他沉醉其中,闲庭信步,几乎忘了他的外甥女。

不知不觉间,他已经走到了田野,这里俨然是一

【读读想想】

马里尼昂"完全无法抑制这种暴怒"的原因是什么?(结合上文的内容分析,知道他疼爱的外甥女恋爱了,这是他不能允许的。)

【语句理解】

马里尼昂带着满腔的愤怒,想要以长辈的身份好好教训他认为不守规矩的外甥女,他是决定要棒打鸳鸯了。

【景色描写】

对月光的生动描绘,渲染了当时美好温馨的气氛,烘托了人物轻松的心情,为下文马里尼昂看法的转变做铺垫。

幅被柔和与温馨所笼罩的图画，月色下的田野让他不由得停住脚步，去享受这绝美的一幕。青蛙在成群结队地表演着节奏活跃的大合唱，夜莺在远方放开它那幻梦般令人迷茫的歌喉，唱出一串串被月色所感染的花腔，那完全就是为了爱情而演奏的乐章。

长老继续前行，不知道是何缘故，他那坚不可摧的意志已无影无踪。他忽然觉得自己有些弱不禁风，想要坐下来，就留在那里，热情地赞美上帝的这些杰作。

远处，沿着弯弯曲曲的小河，一大行白杨树向前蜿蜒开去，在河岸的周围，笼罩着一层被月光穿过的薄薄的水雾，那一层银辉仿佛是一层轻盈透明的棉絮。

一行白杨树沿着溪水的流向向远方延伸，月光穿过河面上升腾的薄雾，发出银色的光。

他的脚步停下来，他觉得心灵深处受到了很大的感动。

但是，一种疑虑袭来，令他惴惴不安。他曾经问过自己的那个问题又浮现在心头：上帝为什么创造这一切？既然黑夜是为了入睡、为了休息、为了让思想歇一歇，那么为什么还要让它带来比白昼更多的愉悦，比黎明和黄昏更温柔甜美？多少妙不可言的东西在灿烂的阳光下无法呈现，而月亮，这个远比热情的太阳更富诗意的月亮，难道是上帝特意安排来把夜晚照得柔亮？

为什么歌喉最动听的鸟儿，不像其他同类一样去休息，却要在这种撩动心扉的夜色中放声歌唱？

为什么要让这半明半暗的夜色出现在世界上？为

【拟人】

用拟人的手法表现青蛙、夜莺的叫声与周围的景物融为一体，这景色显得更加醉人。

【比喻】

把穿过水雾的月光比作了棉絮，生动形象地表现了月光的轻盈与朦胧。

【语句理解】

月光下的美景深深地感染了马里尼昂，让他不自觉地融入这温柔的景色之中了。

【语句理解】

连续的问句，表达了马里尼昂心中的困惑。

什么心会波动、慨叹，肉体会疲惫？

既然夜晚到来时人都应该上床休息，那么这些充满诱惑的东西又为何存在？这幅天地之间的浪漫画卷，又是为谁而展现？

长老彻底困惑了。

当他的目光投向远远的草地那边，那薄雾弥漫的树丛中，出现了两个并肩散步的人。

【动作描写】
通过男人"拥""吻"的动作描写，生动传神地写出了男人对自己的女朋友的爱慕。

高大的男人拥着自己的女朋友，偶尔，还在她的额头上轻轻地一吻。那片围绕着他们的仙境原本是静止的，可现在却由于他们的存在像是充满了生机。他们仿佛是融为一体来享受这静悄悄的月夜。

这时，他们朝着长老的方向走了过来，就像是上天为长老心中的疑问给出的答案。

【语句理解】
"迷茫"和"彷徨"表现了马里尼昂对于拥有"爱情"的女人的看法正在发生着变化，他逐渐认识到"相爱"是多么美妙的事情。

他无法再向前走一步了，心狂乱地跳着，迷茫而彷徨。他觉得眼前出现的画面，让他仿佛看见了《圣经》上的什么描述，就像路得和波阿斯的相爱那样，那正是《圣经》所谈到的，上帝的意旨在书中描绘的神圣背景中体现出来了。

于是，他想起了《圣经·雅歌》中的好些诗句，那是激情的呼声，是肉体的召唤，是燃烧着炽热爱情的诗篇。

他对自己说："上帝也许是为了用这完美的梦幻世界掩护人类的爱情，才创造了这样的月夜。"

【语句理解】
这一晚在月光下的所见让马里尼昂彻底改变了自己曾经固执的想法。

终于，他在这一对热恋中的情侣面前胆怯、退缩了，虽然那女孩就是他的外甥女。

他问自己：这是不是违背了上帝的意志？但是，既然上帝创造了这样的诗情画意来成全爱情，为什么自己还要阻止呢?

他逃了,心慌意乱,甚至有些愧意,就像是误闯了他不该踏足的异教的庙宇一样。

■ 阅读小悟 >>>

马里尼昂是一个虔诚的长老。他仇恨所有的女人,认为她们是祸水。他希望天真美丽的外甥女成为从事慈善事业的修女。然而,一天他突然得知外甥女有了情人,他盛怒之下去教训他们。然而月光下如诗如画的美景,就像是上帝为成全爱情所创造的,这使他困惑、震惊了,于是他在惭愧之中落荒而逃。

在马里尼昂的心目中,爱情是邪恶的,是不应该有的。作者借这一形象表达了对于禁欲主义的批判,从一定的高度思考了爱情的本质。既然要遵循自然的规律,那么爱情也是人类再自然不过的规律,又何必视之如虎狼?因为它是那么美好,那么圣洁。这是一首月光的奏鸣曲,一首爱的赞歌,"既然上帝创造了这样的诗情画意来成全爱情",世人又有什么理由去阻止爱情之花绽放呢?

■ 阅读思考 >>>

1. 文中用大量的篇幅描绘了月光下的美景,这样写的作用是什么?(答题思路:正是这美丽的月光让马里尼昂转变了看法,同时也渲染了温馨的氛围,烘托了人物平静的心情。)

2. 是什么让马里尼昂长老原本坚定的想法发生了改变?(答题思路:美丽的月光陶冶了他浮躁的心情,而月光中外甥女和她爱人的相爱情景也感染了他。)

■ 写作加油站 >>>

▶ 写作素材积累

【主题】　迷人的月光

【适用话题】　月光　静谧　温柔　唯美

【素材点拨】 月亮是大自然给人类的恩赐，它不像太阳那样明亮热烈，它用温婉的柔情将黑夜变得浪漫美好。在月光之中，薄雾在小河上轻舞，花儿吐出芬芳，夜莺在纵情歌唱，相爱的人在享受幸福的时光……月光下的人和物融为一体，这是一幅多么和谐、唯美的画面啊！月光只是大自然中的一种美景，让我们学会欣赏，从审美的角度来感知自然，发现更多的美。

好词好句积累

【好词】 刚正不阿 虔诚 充耳不闻 胆大妄为 与生俱来 坚不可摧 惴惴不安

【好句】 远处，沿着弯弯曲曲的小河，一大行白杨树向前蜿蜒开去，在河岸的周围，笼罩着一层被月光穿过的薄薄的水雾，那一层银辉仿佛是一层轻盈透明的棉絮。

他对自己说："上帝也许是为了用这完美的梦幻世界掩护人类的爱情，才创造了这样的月夜。"

相关知识链接 >>>

马里尼昂战役发生在公元十六世纪，那时法国的国王是弗朗索瓦一世，他决定出兵进攻米兰。当时任法国陆军元帅的是昂·德·蒙莫朗西，他可是一位了不起的人物，法国著名的军人和政治家，三朝身经百战的重臣。在1515年，国王和昂·德·蒙莫朗西共同指挥法国的大军和米兰公爵的同盟军瑞士人在米兰附近的马里尼昂交战，最终法军大获全胜，而瑞士军队战败。自此，瑞士不得不终止战役，在各国的战争中保持中立。

第6篇

两个朋友

> 小说中的这"两个朋友"是什么人?他们是如何成为朋友的?是什么让这对朋友身陷险境?这两个人是怎样理解"朋友"的?他们的所作所为又会给人们带来怎样的震撼?

巴黎处于围困之中,整个城市忍受着饥饿,奄奄一息。屋顶上难觅鸟雀的踪迹,阴沟里甚至连老鼠的影子都少见。人们已经饥不择食了。

莫里索先生原是个钟表匠,可是混乱的时局让他无活可做,成了居家的后备兵。

一月里,一个晴朗的早上,饥肠辘辘的莫里索先生将双手插在自己军服的裤子口袋里,愁眉不展地在大街上闲逛。

忽然,他看到了一个后备役的同志,立刻停住了脚步。这人正是他从前在河边钓鱼时所熟识的索瓦日先生。

在战争没有开始的时候,每每到了星期日,莫里索总是天刚蒙蒙亮就走出家门,手里拿着钓竿,带上一个装鱼的桶。

他搭上开往阿尔让特伊的火车到哥伦布站下车,

【语句理解】
点出了故事发生的背景,也定下了全文的基调。

【注释】
后备兵:泛指战时可以征集到军队中服兵役的人员。

【读读想想】
为什么莫里索先生看见一个后备役的同志,立刻停住了脚步?(根据后文可知这个人是他的旧相识,一同钓鱼的朋友。在这个冷清的巴黎大街上能遇到熟人也是不容易的,所以他停住了脚步。)

【解词】
"朝思暮想"的意思是早晚都想念。形容非常想念或经常想着某一件事。

【插叙】
运用插叙补充交代了这两人成为朋友的原因就是钓鱼,也引出下文两人去敌占区钓鱼的情节。

【语言描写】
两人之间的对话简单而平实,此处描写不着痕迹地表现了朋友间的默契。

【景色描写】
摇曳在风中的黄叶点明了时间已经到了秋天。"瑟瑟发抖"一词用拟人的修辞写出了清冷的特点。一幅凄美悲凉的秋景图展现在面前。

【插叙】
从"在战争没有开始的时候"到"城里的街路可比不过这里"运用插叙交代了两人相识的经过,同时,记忆中的悠然自得又反衬了战时的萧索凄凉。

接着再步行到玛朗特岛,一到这个对他来说朝思暮想的地方,便开始钓鱼,直到日暮时分。

每个星期日,他都会在这个地方遇到一个乐观快活的人——索瓦日先生。他是罗莱特圣母街一家服饰用品店的老板,也是个热衷于垂钓的人。

常常,他们手里拿着钓竿,双脚在水面上摇晃,并排而坐,一晃便是大半天。就这样,他们渐渐熟悉,并结下了深厚的友谊。

有时,他们沉默无语,有时又聊了起来。因为志趣相投,即使一句话都不说也无妨,他们仍能感受到彼此的想法。

春天的上午,十点钟的时候,一片薄雾笼罩在河面上,温暖的阳光照在两人的背上,暖意融融,给人的感觉是这样的惬意。

此时,莫里索会对坐在身边的朋友说:"嘿!多么暖和!"索瓦日也会答道:"是啊,再也没有比这更好的了。"简单的话语,却足够使两人读懂彼此的心中所想。

秋天的傍晚,落日的余晖染红了天空,水中倒映着片片彤霞,河面、地平线都像是燃起了火一般,两个朋友的脸也被照得绯红。

枝头的黄叶被镀上了一层金边,摇曳在微寒的风中,瑟瑟发抖。

沉浸其中的索瓦日微笑地看着莫里索:"多好的景致啊!"

莫里索并不抬头,眼睛仍盯着水面:"是啊,城里的街路可比不过这里。"

他们在这一天重逢，认出了对方的两个人，将双手紧紧地握在一起。眼下的情景，不禁令人五味杂陈。索瓦日先生叹息道："真是今不如昔了啊！"

　　莫里索阴沉着脸有气无力地说："今天这天气倒还不错，是今年第一个好天气！"

　　<u>没错，天空的确是蔚蓝而晴朗的，甚至看上去还很明媚。</u>

　　他们并肩而行，愁绪盘踞在他们的心头。莫里索接着说："还记得我们钓鱼的事吧？那样的日子真是美好！"

　　索瓦日先生问："我们什么时候才能再到那儿去？"

　　说着，他们进了一家小咖啡馆，各自喝了一杯苦艾酒后，又来到人行道上继续闲逛。

　　忽然，莫里索停住了脚步说："再去喝一杯，怎么样？"索瓦日先生非常赞同："好啊！"于是他们又钻进了另一家卖酒的铺子。

　　<u>从铺子里出来，他们有些醉意，像饿着肚子就灌满了酒的人一样，都有些神志不清了。和煦的轻风吹得脸上痒痒的。</u>

　　沉醉在这和风中的索瓦日先生停住了脚步，说："我们去吧！"

　　"到哪儿去？"

　　"当然是去钓鱼啊！"

　　"不过，我们到什么地方去钓呢？"

　　<u>"就到我们那个岛上去。法国军队的哨所就在哥伦布附近。我认识杜莫兰上校，不用担心，他会让我们过去的，不必费什么周折。"</u>

【环境描写】

　　天气很好，而索瓦日和莫里索的心里却充满了"愁绪"，此处的环境描写反衬了人物的心情。

【情景交融】

　　暖风加上酒的作用让他们沉醉了，这样的情景下，他们不禁又想起了曾经的美好时光。

【做铺垫】

　　为下文两人被敌军发现做铺垫。

【读读想想】
为什么说上校对他们的请求颇感兴趣？（在当时的社会环境下，大兵压境，他们要到已经在敌人占领的岛上去钓鱼，让这个军官感到好奇。）

【环境描写】
通过对环境的描绘，展现了战争造成的伤害，从侧面说明了侵略者的卑劣行径。

【语句理解】
表达了对普鲁士人的强烈谴责，也揭露了造成前文所描述的荒凉景象的罪魁祸首。

莫里索激动地说："太好了，就这样决定了！"于是，他们各自回家去取钓具。

一小时以后，这对朋友并行在城外的大路上。

随后，他们到了那位上校办公的别墅里。上校笑着同意了他们的请求，看上去他对两个人的突发奇想貌似颇感兴趣。

于是，他们拿到了一张通行证，就又继续上路了。

不久，他们通过了岗哨，穿过了那个荒无人烟的哥伦布。大概十一点钟的时候，他们来到了那片向着塞纳河延展的小葡萄园旁。

对面是死一般沉寂的阿尔让特伊村。阿尔日蒙和沙勒瓦两座山峰居高临下地俯瞰着四周，一直绵延到南戴尔那片杳无人烟的平原。到处不见生气，目光所及的地方只剩下那些樱桃树和一片灰蒙蒙的荒田。

索瓦日先生指着那些山顶嘟囔着："普鲁士人就在那上面！"

一阵恐慌袭上心头，心生疑虑的两个人面对这死气沉沉的一切不由得望而却步。

普鲁士人！他们并没有亲眼见过，但是，数月以来，他们意识到普鲁士人已经将巴黎团团围住，并占领了法国，他们烧杀掳掠，所过之处饿殍遍野，这些人不见身影却无所不在、无恶不作。

所以，对于这个未曾见过却又令自己国家一败涂地的民族，他们本来就是极其仇恨的，现在又带上了一种因不了解而胡乱揣摩的恐惧。

莫里索结结巴巴地说："你说，若是我们被那些人撞见了，可怎么办？"索瓦日先生用巴黎人所特有的俏皮嘲弄地回答说:"我们可以送一份炸鱼给他们吧。"

话是这样说,可四周那令人窒息的枯寂还是使他们感到非常胆怯,因此并不敢鲁莽地在田地里乱走。

终于,索瓦日先生打定了主意,鼓足勇气说:"我们快点儿向前走吧!但是,千万要小心。"

于是,他们就沿着葡萄园倾斜的坡路往下走。他们利用一些矮小的灌木丛掩护自己,瞪大了眼睛,蹑手蹑脚地前进。

【动作描写】
二人的行动小心翼翼,读者可以感受到其内心的忐忑不安。

现在,只要再穿过一片没有任何遮蔽的光秃秃的地面,就到达河岸了。

他们开始拼命地奔跑起来,一口气跑到了岸边,急忙躲到了那些枯萎的芦苇丛里缩成一团。

【动作描写】
运用"跑""躲""缩""贴""听"等一连串的动词,生动形象地写出了当时两个人的紧张。

莫里索的脸紧贴在地面上,仔细地聆听着,以便及早发现附近是否有人在走动。他什么也没有听见。显然,这周围并没有任何其他人存在,的确只有他们两个人,可以确定他们是安全的。

他们觉得心里踏实了,于是就开始动手钓鱼。

荒芜寥落的玛朗特岛在另一边的河岸上,挡住了人们的视线,遮掩着这对朋友。岛上曾经开着饭馆的小房子如今关门闭户,像是已经废弃多年了。

【伏笔】
作者着意描写一处看似无人的空屋,为下文故事情节的发展埋下了伏笔。

很快,索瓦日先生钓到了第一条鱼,接着莫里索也钓到了一条,此后他们不时地举起钓竿。每次钓钩被提出水面,都会有一条闪着耀眼银光的小鱼在上面欢蹦。说来真是奇迹,这一回钓鱼简直是有如神助一般。

在他们脚底的水里放着一个密实的网兜,他们小心地把钓到的鱼放入网兜中,回去的时候再把鱼放在

水桶里。这种无法言表的快乐紧紧萦绕着他们，人往往是这样，一种被压抑已久的消遣一旦重获，是再无法抗拒它所带来的愉悦的。

温暖的阳光，还在他们的背上挥洒着它的热情。他们不听、不想，也不去理会这世间的一切，此刻他们的世界所剩的唯有一件事——钓鱼。

但是就在突然间，一阵地动山摇的闷响像是从地底传来，那是普鲁士人的大炮声。

莫里索回过头，沿着陡峭的河岸向远望去，只见左边那座瓦莱利昂山高大的侧影生出了一团白烟，那是方才从炮口喷出的硝烟。

很快，第二团烟又从炮塔顶上喷吐而出；仅仅数秒后，大炮就又发出了新一轮的嘶吼。

紧接着，接连不断的爆炸声不绝于耳，那座山峰发出的阵阵呼啸声像是要摧毁一切，喷吐出的白色浓烟在天空中升腾成一层云雾，弥漫在山顶之上。

索瓦日先生耸了耸双肩说："他们又开始了。"

莫里索正不耐烦地盯着不断下沉的浮子，突然，他这个素来和气的人面对这帮狂徒的凶残行径怒不可遏，他愤慨地说："这样的互相残杀是多么的愚蠢！"

"简直是畜生都不如。"索瓦日先生补充道。

莫里索刚好钓到了一条鱼，他又继续发表观点："只要这世界上有政府的存在，这种恶行就不会消失。"

索瓦日先生接着说："要是共和政府，就不会有战争了……"

莫里索打断了他："如果是君主制，会对外发动战争；如果是共和制，就会引发内战。"

【情景交融】

在乱世之中，两人为自己创造了一个小小的天地，醉人的景色与人物的心境相得益彰，两人已完全沉浸在钓鱼所带来的乐趣之中了。

【场面描写】

作者从视觉和听觉的角度写出了当时炮轰的场面，表现了战争的残酷。

【对比】

用平日的和气与此时的愤怒相对比，表现了莫里索对战争的痛恨。

【点明中心】

文章通过两个"老百姓"的谈论，点出了在当时的社会环境下，老百姓受着外部列强和内部统治者的双重压迫，点明主题。

【语句理解】

以这些母亲、妻子和女儿的痛苦说明了战争所导致的无辜伤亡，正是战争带来了这一系列的恶果。

【语句理解】

钓竿从手中滑落表现出事情的发展出人意料，两人完全被吓住了。

后来，他们开始了一场心平气和的探讨，用心存善念、见识有限的普通百姓的思维，去理解重大的政治问题，最后他们一致认为：人，永远都不可能得到真正的自由。

就在同时，瓦莱利昂山上的炮声仍不断传来。敌人自战争以来发出的炮弹炸掉了法国不计其数的房屋，破坏了那些曾经美好的生活，夺去了多少无辜的生命，粉碎了人们心中的梦想、期待中的欢乐和憧憬中的幸福，到处都是他们造成的痛苦，在太多的母亲、妻子和女儿的心上留下永远无法医好的伤。

"这就是人生！"索瓦日先生感叹着。

"还不如说这就是死亡吧！"莫里索笑着回答。

突然，他们清楚地感觉到背后有人在走动，这把他们吓得不轻。他们回头一看，只见身后出现了四个全副武装的彪形大汉，留着胡子，穿着看上去像仆人装束一样的长襟军服，戴着平顶军帽，正用枪口抵着他们。

钓竿从两人手中滑落，掉进了河里，顺流而下。

转眼之间，他们已经被捉住了，被绑好扔进了一条小船，船在对面的岛上靠岸了。

在那座原来以为已被荒废的房子后面，他们发现二十来个普鲁士士兵走了出来。

一个毛发茂密的军官坐在椅子上面，叼着一只巨大的瓷烟斗，操着一口流利的法语问他们："嘿，先生们，你们这鱼钓得挺好啊？"

这时一个士兵将一个满是鲜鱼的网兜小心翼翼地放在军官的脚边，那个军官微笑着说："你们这收获不错啊,<u>但是,要说的不是这件事。你俩先别慌,给我仔细听着</u>。

"我看你俩就是来监视我们的间谍,现在被我抓住,就必须要枪毙你们,你们以为假装钓鱼就能隐藏你们的计划。活该倒霉,落在了我的手里,这就是战争。

"不过你们既然能通过前方的哨所,那就一定知道过关的口令,说出口令吧,这样还可以留你们一条命。"

两个人紧靠在一起,吓得面如土色,无半点儿血色,双手如痉挛般颤抖着,但却紧闭着嘴,一句话也不说。

军官继续说着:"说出来你们就可以平安地回去,谁也不会知道发生过什么,随着你们的离开这个秘密就永远地消失了。如果你们不说,那就必须死,马上就死,你俩看着办吧!"

两人依旧伫立着,没有说话。

普鲁士军官并不急躁,用手指着河水缓缓地说:"想想看,五分钟之后你们就要葬身水底了,只剩下五分钟了!你们俩都有父母妻小吧?"

瓦莱利昂山上的炮声始终回荡着。

两个钓鱼人站在原地还是一声不响。那个军官用他的母语下达了命令,并且挪了挪椅子,免得离这两个人太近;随后过来了十二个士兵,站在二十步开外的地方,枪柄紧紧地靠在脚边。

军官继续说:"我再给你们一分钟,多一秒都不行。"

【读读想想】
这个军官说的究竟是什么事情?(从下文的内容来看,他是把两个钓鱼的朋友当成了间谍。)

【神态描写】
两人的神态表现了他们内心的极度恐惧。

【悬念】
预示着小说情节推动的各种可能性,同时也设置悬念:两位主人公会怎样选择呢?

【语句理解】
军官下令后的动作预示着两个人必定被枪毙的结果,同时也表明这样的事情这个军官见得太多了。

【语句理解】
两人不约而同地做出了一样的决定，既表现了他们的默契，又表现了他们的爱国。

【人物描写】
莫里索看见鲜活跳动的鱼儿，触景生情，想到自己再也不能钓鱼了，所以流泪了，预示着他和他的朋友即将生离死别。

【细节描写】
一个简单的动作，融入了两人真挚的友谊，也表现了他们坚定的决心。

【动作描写】
具体细致地描写了索瓦日和莫里索受到枪击死亡时的惨状，让人触目惊心。

【语句理解】
文章多次写到瓦莱利昂山上的炮声，突出了普鲁士军队侵略的本质——残忍。

接着，他忽然站起来走到这两个人的身边，挽住莫里索的胳膊，把他拉到一边，悄悄对他说："快说！口令是什么！你那个朋友不会知道是你说的，我会假装不忍心而放你们走。"

莫里索依旧什么也不说。

那军官又将索瓦日带到一边，给出了同样的条件。

索瓦日也同样不说话。

最终他们又站在了一起。

军官再次发出命令，士兵们架起了手中的枪。

这时莫里索的目光刚好落在几步之外那装满鲜鱼的网兜上。

鲜活跳动的鱼儿映着太阳发出闪闪的光亮，他心中突然一阵酸楚，终于控制不住了，泪水充满眼窝。

他结结巴巴地说："索瓦日先生，永别了。"

索瓦日回应道："永别了呀，莫里索先生。"

他们相互握手后，颤抖占据了他们的身体。

军官高喊："开火！"

十二支枪同时喷出火光。

枪响后索瓦日猛地向前扑倒在地上，莫里索也晃了几下，仰面躺倒在伙伴的身上，鲜血从射穿的衣服孔洞中喷涌而出。

那个军官继续喊着命令。

士兵们迅速散开，一会儿又带着绳子和石头回来，把石头捆在两人的脚上，将两人抬到了河边。瓦莱利昂山上的炮声依旧，山上笼罩着浓重的硝烟。

士兵们抬着莫里索的头和脚，索瓦日也被用同样的方法抬着。士兵们把两具尸体来回地荡了几下，远远地抛了出去。尸体在空中划出一道弧线落入河中，拴在脚上的石头拖着他们沉入了水里。

河面溅起水花，带起无数波浪，慢慢地又归于平静，圈圈涟漪缓缓地推到了岸边。

一丝血色从水底泛起。

<u>军官就像什么也没有发生过一样低声说：“现在该轮到鱼了。”</u>说着，从容地向着房子的方向走去。

【语言描写】
军官漫不经心的话将其草菅人命的残暴表露无遗。

他忽然看到草地上那装满鲜鱼的网兜，捡起来端详了一会儿，笑着高声叫道："威廉，过来！"

一个扎着白布围裙的士兵跑了过来，军官把网兜丢给了他并吩咐说："趁着新鲜，赶快给我炸一下，味道一定很美。"

然后，军官又开始抽起他的烟斗了。

■ 阅读小悟 >>>

本文中的故事发生在普法战争阴影笼罩下的法国，两个同样爱好钓鱼的朋友冒着被捕的危险去追寻往日的乐趣，不料却被入侵的普鲁士人抓获。敌方军官威逼利诱，想让他们说出过关口令。他们没有屈服，最终死在了敌军的枪口之下。

全文围绕钓鱼展开，从和平时期的轻松时光到战争时为之不惜铤而走险，同样的是钓鱼，不同的是时局。钓鱼，这本是普通的爱好，可是在战争中，这简单的享受却变成了一种奢侈。战争改变了一切，它让无数人陷入痛苦，也令一些人人性尽失。这两个朋友用生命诠释了不屈的精神和对残酷战争的控诉。小说揭露了普鲁士侵略者的残暴，同时歌颂了法国人民不畏强暴、反抗侵略者的爱国精神。

■ 阅读思考 >>>

1. 文中"朋友"的真正含义是什么？（答题思路：字面上是志同道

合的人，从文中看不仅是有相同的兴趣——钓鱼，更重要的是都具有爱国热情。）

2. 本文的叙事线索是什么？（答题思路：两个人结缘是因为"钓鱼"，主要内容也是到敌人占领的岛上"钓鱼"，所以文章的线索是"钓鱼"。）

3. 本文结尾"人"与"鱼"命运的隐含意义是什么？（答题思路：根据文章的主题来分析回答。一个国家灭亡了，那么这个国家的人或是鱼都难逃死亡的命运。）

写作加油站 >>>

写作素材积累

【主题】 志趣相投的朋友

【适用话题】 爱好 默契 理解 友谊

【素材点拨】 作者塑造的莫里索和索瓦日是一对默契的朋友，共同的爱好将两个人紧紧连在一起。他们总是能清楚对方的心中所想，因此在面对敌人的诡计时，能不约而同地做出一致的选择，没有人背叛友谊，背叛国家，直到两人紧握双手，互道永别。真正的朋友往往不需要过多的言语，"君子之交淡如水"，来自心灵深处的真挚友谊自会让人做出最正确的决定。

好词好句积累

【好词】 饥肠辘辘 神志不清 突发奇想 荒无人烟 一败涂地 不绝于耳

【好句】 秋天的傍晚，落日的余晖染红了天空，水中倒映着片片彤霞，河面、地平线都像是燃起了火一般，两个朋友的脸也被照得绯红。

鲜活跳动的鱼儿映着太阳发出闪闪的光亮，他心中突然一阵酸楚，终于控制不住了，泪水充满眼窝。

河面溅起水花,带起无数波浪,慢慢地又归于平静,圈圈涟漪缓缓地推到了岸边。

■ 相关知识链接 >>>

哥伦布市

哥伦布市是美国俄亥俄州政府所在地,位于俄亥俄州的中心地带,也是该州最大的城市。它是美国第十五大城市。都市区面积 8140 平方公里。包括富兰克林郡、德勒维尔郡、理经郡、非费尔德郡、麦迪逊郡和瑟科维郡六大郡。

哥伦布市在美国的地位不容小觑,首先交通运输方面,哥伦布市的位置在美国中心,为美国航空、高速公路、铁路交通枢纽;其次在工商业方面相当发达,有飞机、汽车、导弹、电器、机械、玻璃、纺织、食品等工业;在科学教育事业方面,更是佼佼者。哥伦布市区内有 16 所大学和学院,有俄亥俄州立大学、首府大学、哥伦布艺术设计学院、哥伦布州立社区学院、单尼森大学、富兰克林大学等。

第8篇

骑 马

> 小说写的是一场虚荣心膨胀的表演秀。主人公本想获得别人羡慕的目光，结果却付出了始料未及的可怕代价。虚荣究竟会带来怎样的影响？海克托一家可是深受其害了。

【语句理解】
开头就点明了主人公一家的经济状况和特点。

这可怜的一家人全靠着丈夫一个人微薄的薪水艰难度日。自从这对夫妇结婚，到后来两个孩子的出生，本就拮据的生活，变得愈加寒酸，他们对外却还要维持贵族的体面。

此人是海克托·德·格里贝南，一个世居外省的贵族子孙。他自小在父亲的庄园里长大，负责教育他的是一位年迈的家庭教师。

其实那时这个家族已经没落了，不过是竭力维持大户人家的门面，勉强度日罢了。

在他二十岁那年，家人在海军部找人帮他安排了一个科员的职位，一年的薪水有一千五百法郎。

【比喻】
用"搁浅在了这块礁石上"形象地说明了工作对他的束缚，而他又没有更好的选择。

他像很多人一样从此搁浅在了这块礁石上，无法再继续前进。

这种人多数都没有经受过磨难，生活在云里雾里一般，只会逆来顺受，既没有一技之长，也没有过人的天赋，从没经受过生活的挑战，也从不想挑战生活，所以工作的最初三年他过得水深火热。

他倒是有几位世交，那几位都是被时代抛弃掉的老人，而且境况也不是很好，都聚居在圣日耳曼区凄凉的旧贵族街区。

这些人摒弃现代生活，固守在自己的圈子里，既有些自卑却又自傲得很。大多住在楼房的上面几层，毫无生气。自上到下，每一户都有叫得出的贵族封号，不过从第二层到第六层似乎都不是什么有钱人。

他们对社会充满了偏见，不肯放低身价，不忘自己高贵的血统和显赫的门第，想躺在先辈们的基业上游手好闲，最后却家道中落。

海克托·德·格里贝南在这群人里遇到了一位"门当户对"的女子，于是便娶了她。

结婚四年后，他们生了两个孩子。

在以后的几年当中，清苦成为生活的基调，他们几乎没有什么消遣娱乐活动，只能在星期天到香榭丽舍大街闲逛，或者拿着同事送来的淡季赠券去剧场看免费的戏而已。

但是今年开春的时候，科长交给他一份额外的工作，因此他得到了三百法郎的补助。

他带着钱到家时跟妻子说："亲爱的，我的亨丽埃特，我们是不是该去享受一下生活了？比如带着孩子们好好地去玩一玩！"

夫妻俩讨论了很久，最终决定全家一起去乡间郊游，享受一次愉快的野餐。

"这样吧，"海克托大声说，"就这一回，我们去租

【语句理解】
作者在这里描述了一个被时代抛弃了的贵族群体。

【解词】
"家道中落"在文中的意思是家业衰败，境况没有从前富裕。也指夹到驼峰的中间，比喻人在低谷时拔也拔不出来。

【语句理解】
直接写出了一家人生活的清贫与单调。

【读读想想】
一次郊游为什么夫妻俩还要讨论很久？（从上文我们可以看出，他们的生活非常清苦，日子过得拮据，讨论的问题无非就是去哪里玩更省钱。）

【语句理解】
郊游是全家都极为期盼的事，说明了一家人平时郊游的次数极少，因为他们的生活是很拮据的。

【侧面描写】
写女佣想到男主人骑马的样子就会露出仰慕的神情，侧面写出了海克托对骑马很在行，同时也为下文他即将骑马做铺垫。

【语言描写】
表现出他内心的想法：让同事们看到才是骑马最重要的目的。

【动作描写】
一系列娴熟的动作，可以看出海克托对马确实有一定的研究。

一辆马车吧，你带着孩子们还有佣人坐车，我就去租一匹马骑，这对我的健康是有帮助的。"

接下来的整个星期，全家的话题就没有离开过这次郊游。

每天下班回来，海克托总是让大儿子骑在自己腿上，他则使劲儿地上下颠簸，告诉儿子："看，这就是下个星期天郊游时爸爸骑马的样子。"

于是这孩子整天跨着椅子，拖着椅子满客厅乱跑，边跑边喊："爸爸就这样骑马。"

每当女佣想象着男主人骑着马随马车前进的景象，就不禁投去赞美仰慕的眼神。

每次吃饭时，女佣都能听到他谈论如何骑马，以及当年如何在他父亲的庄园里驯马。他受过专门的训练，只要一跨上马背，他就无所畏惧！

他兴奋地搓着双手，不停地向妻子炫耀着："如果能给我一匹烈马，那才棒呢，你会看到我是怎么骑上它的。如果你不介意的话，我们从布洛涅回来的时候可以走香榭丽舍大街，那一定棒极了。如果还能遇见部里的同事，那就最好不过了，单单就这一点也能让那些部里的领导们刮目相看。"

到了郊游的日子，马车与马匹同时到了门外。他迫不及待地跑下楼去看他的坐骑。他早就让家人准备好了骑马的相关物品，手里挥舞着前一天买来的马鞭。

他将马匹的四条腿一一抬起，逐个摸索检查，又按了按马的脖子、两肋、膝盖，用手指按按它的腰，还掰开马嘴数了一遍牙齿，并大声宣布了马的年龄。这时全家人都下了楼，于是他又趁机理论联系实际地做了一通关于马的演讲，按他的说法这匹马是最好的。

等大家都坐到车里，他又检查了一下马鞍的肚带，然后，踩住一只马镫，翻身上马。马匹感到有人上来就开始乱跳，险些将这位骑士丢在地上。

海克托有些慌了手脚，极力将马匹稳定下来，说道："不像话，安静点儿，朋友，要安静一些。"

【动作描写】
这糟糕的表现让海克托之前自信满满的大话很快露馅儿了。

慢慢地，马恢复了镇定，骑士再次发问："大家都准备好了吗？"

大家异口同声回答："好啦！"

于是，他下令："出发。"

一行人终于起程了。

家人的目光都集中在他的身上，他以美国绅士的姿态驾驭着马匹小跑。马背上的他，身体大起大落，屁股刚要挨到马鞍就立马向上蹿起，仿佛要升入天空。有时他又俯身下去，似乎紧挨着马脖子，双眼直视前方，脸色凝重，牙关紧闭。

【动作描写】
详细地描写了海克托骑马的动作，表现出他内心的紧张。

他的妻子将一个孩子抱在膝上，女佣抱着另一个。两人不停地跟孩子说："瞧你爸爸！瞧你爸爸！"

孩子们看到父亲的动作，发出阵阵的欢叫声，而这叫声又刺激了马匹，使得它越发地狂躁。

骑士在极力勒住马匹的时候，他的帽子滚落在地，车夫只能去给他捡起来。

【动作描写】
"极力"来修饰动词"勒住"，可见当时海克托拼尽全力，而帽子滚落在地更写出了他无法驾驭马，为下文撞人埋下伏笔。

海克托接过帽子后远远地对妻子说："别让孩子们这样乱叫了，马儿听到会发狂的！"

一家人在维西奈树林的草地上享用了装在盒子里的午餐。

即便有车夫照料着那三匹马，海克托还时不时地起身去看他骑的那匹马还缺点儿什么。他抚摸着马的脖子,喂它一些面包、点心,甚至还有糖果。

他得意地说:"这可是匹烈性马,刚骑上去的时候它反应有多激烈你们都是亲眼看到的,我很快就把它制服了。我现在就是它的主人,它对我会老老实实的。"

【语言描写】
海克托还在说大话,他并没从之前的经历中吸取教训,这也为下面故事的发展埋下了伏笔。

按照最初的设想,他们经由香榭丽舍大街回家。

宽阔的大道上车水马龙,道路两旁人头攒动,好似两条黑绸带,连绵不断,从凯旋门一直延伸到协和广场。阳光温和地照耀着一切,车身的漆面、铜质的把手、鞍上的金属都闪烁着光辉。这种跃动的癫狂,这种陶醉的向往,鼓动着这一队人马。而远处那座方尖碑正沐浴在金色的霞光之中。

【语句理解】
表现了一家人的期盼得到了满足,同时也为马匹的失控埋下了伏笔。

海克托的马匹自穿过凯旋门那一刻起又亢奋起来,甩开步子,穿过车流,直奔熟悉的马厩而去。即使海克托费尽力气想要阻止也于事无补。

女人和孩子们乘坐的马车被远远地抛在海克托身后。那匹马快走到工业宫时,看到路面开阔,便向右一转,飞奔起来。

这时一个围着围裙的老妇人,缓慢地迈着方步准备横穿街道,刚好挡在了海克托骑马飞奔的路线上。他已经没有办法停住马匹了,只能在马上拼命地叫喊:"哎!哎!快躲开!"

【语句理解】
一个老妇人的出场推动了情节的发展,引出下文的故事。

也许老妇人根本就听不见声音,仍然慢悠悠地迈着她的步子,结果被火车头一般疾驰而来的快马顶个正着,翻了三个跟头,摔出十步开外,衣衫凌乱。许多行人大声喊叫着:"快!拦住那匹马!"

惊慌失措的海克托紧紧地揪着马鬃，大声哀叫着："救命啊！"

忽然那匹马猛地一下跃起，海克托像个弹丸一样从马的头上被抛了过去，刚好摔在一个前来拦惊马的警察怀里。

愤怒的人群瞬间将海克托团团围住，指点着、叫骂着，特别是一位留着雪白大胡子、佩戴着勋章的老先生，简直是愤怒到了极点，不停地责骂着："你还是人吗？就你这笨手笨脚、啥也不是的出门来干吗？就该老老实实在家待着！不会骑马就不该跑出来害人啊！"

这时，四个壮汉把老妇人抬了过来。她看上去就像死了一样，脸色发白，帽子歪着扣在头上，满身都是灰土。

"你们快把这女人送到附近的药房去。"那位老先生命令着，"剩下的人都去警察局。"

两个警察带着海克托，另一名警察牵着闯祸的马匹，身后跟着一大群人。就在这时，马车赶到，海克托的妻子飞奔下来，女佣惊慌之余也不知该如何是好，两个孩子放声地哭叫着。

海克托向家人解释说在回家的路上不小心撞倒了一个老人，问题不大，很快就会解决。家人有所安慰地离开了。

到了警察局，他把大致经过交代了一遍，并提到了自己是海军部的一名科员，名叫海克托·德·格里贝南。然后，大家就是默默等待着伤者的消息。

派去的警察回来后说伤者已经醒过来了，但是好

【比喻】
用"弹丸"比喻海克托，表现出他的狼狈样子。

【神态描写】
从老妇人的神态看来，她被撞得很严重，海克托闯了大祸。

【语句理解】
海克托低估了事态的严重性。

【埋下伏笔】
警察的话交代了老人的境况，而"好像有内伤"设下悬念，为下文埋下伏笔。

像有内伤,很难受的样子。她是一名女佣,六十五岁,别人叫她西蒙大妈。

听到伤者没死的消息,海克托似乎看到了希望,表示愿意承担伤者的一切医疗费用,随后就跑去了药房。

一大群人嘈杂地挤在药房门前。那老妇人还躺在一张椅子上呻吟着,两手一动不动,表情呆滞。两名医生还在为她做着检查,老人的手脚都没有骨折,但是不确定是否有内伤。

海克托问她:"您还难受吗?"

"当然了!"

"那是哪里不舒服呢?"

"我这肚子里火烧火燎的。"

这时一位医生走过来:"先生,您就是撞她的人吗?"

"是的,先生。"

"这个老人必须要送到疗养院去,我知道一家每天只收六法郎的疗养院,需要我帮您联系吗?"

海克托欣然同意,谢过医生后如释重负地回到了家里。

等待着他的妻子已经泪流满面,他安慰着妻子说:"已经不要紧了,那个西蒙大妈被送到了疗养院,很快就会好的,不超过三天。"

不要紧的!

第二天下班后,他就去看望西蒙大妈,看见她正在享受着一份香气浓郁的肉汤。

"感觉怎么样?"他问道。

【伏笔】
无法确定是否有内伤,这为下文老妇人的不依不饶埋下了伏笔。

【语言描写】
西蒙大妈的话验证了"可能有内伤"的推测,引出下文她没完没了的要求。

【对比】
西蒙大妈正在享受肉汤,看起来身体和精神都没有问题了,跟她说"还是老样子""没希望了"形成对比,表现了西蒙大妈的故意刁难。

她回答说:"哎哟,可怜的先生啊,还是老样子,我感觉是没希望了。"

医生说应该再观察一段时间,害怕会有突发的疾病。海克托又等了三天,再去看时那老妇人已满面红光、耳聪目明,但一看到海克托的影子马上就哼起来了。

【语句理解】
很明显,老妇人其实已无大碍,只是要在海克托的面前表现出病痛的样子。

"我一下也动不了,我可怜的先生,恐怕我到死那天也不能活动了啊!"她喊道。

海克托背后传来一阵寒意,他跑去请教医生。医生也只是无奈地摊摊手,向他说道:"先生,您要是医生,会怎么办呢?我是没有办法了。我们试着抱她,她就喊个不停,哪怕只是要她挪动一下椅子的位置,她也喊得撕心裂肺啊。我们只能相信她说的话,先生,我们总不能钻到她的肚子里去确认啊,除非我亲眼看到她开始走动了,否则我没法认定她在说谎!"

那老妇人只是默默地听着一切,双眼露出狡黠的光芒。

【神态描写】
老妇人的眼神表现出她内心不善良的想法。

七天过去了,紧接着十四天过去了,整整一个月也这么过去了。

西蒙大妈始终没有离开她的椅子,从早到晚不停嘴地吃,身体都发福了。

她快乐地和病友们谈天说地,仿佛这才是她早就该习惯的生活,这好像是她多年以来不停地上楼、下楼、铺床、运煤、扫地、洗衣才换来的补偿。

海克托变得不知所措了,每天都来看她,每次她都很理所当然地向他高声说着:"我这辈子再也不能动了,我可怜的先生,再也不能动了啊!"

【语言描写】
"这辈子再也不能动了",西蒙大妈夸大自己的病情,目的是要讹海克托。

115

每个傍晚，海克托的妻子都会焦急地问他："西蒙大妈怎么样了？"

每次她都会沮丧地回答："还是老样子，什么都没有改变！"

他们辞退了家里的女佣，实在是没有多余的钱来给她发薪水了，即使如此节省，那笔额外补助也很快就花光了。

海克托无奈之下约了四位名医为老妇人会诊，无论他们用什么方法为她检查，她都用狡黠的眼神紧盯着他们。

"应该迫使她走几步。"有一个医生建议道。

老妇人立刻大喊起来："不能这样啊，我的好先生们，我再也不能动了啊。"

他们索性架起老妇人，拖着走了几步，但是她马上从医生们的手里挣脱，随即瘫倒在地板上，叫嚷起来，声音怪异而可怕。

医生们只能异常小心地将她抱回原来的椅子里，然后医生们给出了一个谨慎的诊断：她可能完全丧失劳动能力了。

最后当海克托把这个倒霉的消息告诉他妻子的时候，她无奈地瘫倒在一把椅子里，然后结结巴巴地说道："不如把她接到这里来养吧，这样我们就不必花那么多钱了。"

他猛地跳起来："我们家？养在我们家里？亏你想得出来！"

但到了这个时候，她已经不在乎什么样的结果了，只是含着眼泪回答道："你还能怎么样呢，我的朋友？

【神情、语言描写】

通过西蒙大妈的神态和语言描写，表明一时半会她是不可能好起来了，预示着海克托要照顾她很长时间。

【前后照应】

再次提到老妇人"狡黠"的眼神，又一次证明了她的阴谋。

【动作描写】

从西蒙大妈的动作中可以看出她是故意装作不能行动的，生动传神地表现了她存心讹人的心态。

【动作、语言描写】

妻子的动作、语言，表现出她已经彻底被这一切击垮了。

这又不是我的错……"

■ 阅读小悟 >>>

没落的贵族海克托在工作时获得一笔额外的收入,为了炫耀,他安排了全家出游。他骑上了马,但由于骑术不精,撞倒了一位老妇人。老妇人声称一辈子都动不了了,海克托无可奈何地承担起赡养老妇人的责任。

虚荣在很多人身上或多或少都会存在。主人公海克托早早地被贴上了"爱慕虚荣"的标签,从年少时的成长经历,到成年后对妻室的选择,再到成家后死撑门面。似乎这一切的重心只是为了保全他贵族的荣耀。当获得一笔额外的收入时,海克托没有去想如何添补家用,而是选择来一趟郊游以便风光风光,甚至想震慑一下"部里的同事"。可代价却是高昂的,作者用一场突如其来的事故,将海克托的"虚荣"彻底击碎。

海克托是虚荣的,但那个老太太得知自己只要继续"病"下去就可以无偿地享受食物和与同伴聊天的乐趣时,毅然抛弃了那可能曾经拥有过或者从来就没存在过的善良,她要继续享受,这似乎是天经地义的。她也不应得到好的评价。

■ 阅读思考 >>>

1. 让主人公一家陷入困境的根本原因是什么?(答题思路:注意题干中的"根本"二字,应该围绕他的虚荣心回答问题,正是因为自己的虚荣心,非要骑马并且炫耀自己骑马很厉害造成这样的后果。)

2. 试着想象一下,故事接下来可能会有怎样的发展?(答题思路:按照文章结尾妻子的提议"不如把她接到这里来养吧,这样我们就不必花那么多钱了",可知老妇人有可能来到他的家。)

■ 写作加油站 >>>

▍写作素材积累

【主题】 抛开虚荣心,做强大的自己

【适用话题】 炫耀 吹嘘 当众出丑 自作自受

【素材点拨】 海克托向家人吹嘘自己是个骑马高手，意在炫耀马技以引起别人的注意，谁料那匹马却并不听他指挥，令他当众出丑，还造成了不曾想到的损失。想要满足一时的虚荣心，后果可能是超乎想象的。海克托的虚荣心是一种扭曲的自尊心。放平心态，了解自己真正需要的，是防止虚荣心作祟的最好办法。其实生活中，虚荣心比比皆是。比穿戴、比吃喝、比工作、比住宅等等，都是些虚妄的东西，无非都是虚荣心在作怪。任何形式的虚荣心都会约束自身的进步和发展。要想抛开虚荣心，做强大的自己，首先就要适应来自外界的虚荣。批判继承，掌握好分寸，变虚荣心为自尊心。

好词好句积累

【好词】 逆来顺受 一技之长 撕心裂肺 如释重负 谨慎 显赫 游手好闲

【好句】 马背上的他，身体大起大落，屁股刚要挨到马鞍就立马向上蹿起，仿佛要升入天空。有时他又俯身下去，似乎紧挨着马脖子，双眼直视前方，脸色凝重，牙关紧闭。

她看上去就像死了一样，脸色发白，帽子歪着扣在头上，满身都是灰土。

相关知识链接 >>>

门第也叫门户、门楣、门望等，旧时指家庭在社会上的地位等级和家庭成员的文化程度等。分为广义和狭义之分。广义的门第观念涉及社会各个阶层。狭义的门第观念则仅指统治阶级内部。也就是说官和官交流，平民只能跟平民在一起生活。差一个等级，身份地位就会不同。在封建王朝时代，人们一直遵守着这个原则。这种观念也被继承下来，如今天我们常说找对象要门当户对，这就是门第观念在作怪。

第8篇

小狗皮埃罗

> 小狗是一种可爱的小动物，它们中的大多数都在主人的呵护下过着无忧无虑的生活，但也有这样的一些小狗，它们的命运悲惨得难以想象。它们有着怎样的悲惨命运呢？让我们一起来看一看。

勒费弗尔太太是一位孀居在乡下的女人，属于那种既有城市味儿又有乡土气息的女人。这类女人喜欢穿戴缀满花边和各种装饰的衣服、帽子，说话时常把拼读搞错，在大庭广众之下摆出一副盛气凌人的架势。在她们那粗俗滑稽的外表下，往往是一个个自命不凡的灵魂，就像她们戴的生丝制成的手套里面却是一双发红而粗糙的手。

【语句理解】
这句话形象生动地写出了她们内在和外在的特点，她们都是朴实善良的人。

她的女佣名叫萝丝，是一个头脑简单的老实农妇。她们主仆二人住在一所不大的房子里，房子有着绿色的百叶窗，房前有一个狭长的菜园，她们在那里种了些蔬菜。孰料在一天夜里，有人偷走了她们的十几头洋葱。

一发现菜园被盗，萝丝就急忙跑去向她的女主人报告，太太只穿着一条羊毛短裙就跑下楼来。这实在是让人难过而又惧怕的事。居然有人偷窃，还偷到了

【动作描写】
主仆二人的反应表现出她们对失窃这一事件的震惊。

勒费弗尔太太的头上，可以确定的是，此处出现了盗贼，并且有可能再次光临。

两个惊慌失措的妇人一边观察留在菜园里的足迹，一边议论揣测："看看，他们是从那儿过来，翻过那道墙后跳到了菜畦里。"

一想到未来可能会发生的可怕事情，她们吓得惴惴不安，哪里还能睡上安稳觉？

勒费弗尔太太家被盗的消息一传开，邻居们纷纷跑来观看，七嘴八舌地出谋划策。每每有客人来到，两个女人就把她们的发现和观点说明一番。一个住在附近的农庄主人给她们出主意说："你们应该养一条狗。"

还真是这样，她们的确应该养一条狗。有情况发生时，狗能够叫一两声提醒她们也是好的。这样的话，她们坚决不要大狗，大狗有什么用？一条大狗足以把她们吃得家徒四壁，但一只活蹦乱跳、汪汪直叫的小狗就不一样了。

客人走后，勒费弗尔太太就开始盘算起养狗的事来。她们反复地讨论着。一想到盛满狗食的盆子，勒费弗尔太太就十分不安，她因此极力表达着反对意见。她是那种一毛不拔的太太，口袋里总是装着零散的铜子儿，以便有别人在场时对乞丐做出乐善好施的样子，并用以应付礼拜日教会的募捐。

萝丝却是喜欢小动物的，她发表了自己的意见并为之找了好多的理由。于是，她们终于决定要养一只狗——一只小小的狗。

她们开始寻找狗了，但是找来找去，都是一些大

【语句理解】
"惴惴不安"表现了她们受惊吓的程度，为后文要养一条小狗埋下伏笔。

【语句理解】
这是主人公真实的想法：既想要一只能看家护院的狗，又怕花销大。

【语句理解】
勒费弗尔太太随身带零钱的目的是防止给乞丐和教会募捐更多钱，突出地表现了她的"一毛不拔"。

狗，食量大得惊人。罗尔维尔的食杂店老板倒是有一条小狗，可他坚持要得到两法郎作为之前饲养小狗的费用才肯出让。而勒费弗尔太太却宣称，尽管她很想要一只小狗，但是绝不能花一分钱。

这件事被面包店的老板得知，一天早上，他的货车里带来了一只长相怪异的黄毛小狗。它长着狐狸般的头，有着鳄鱼一样长长的身体，腿却短得几乎看不到，后面竖起来的尾巴倒是不短也不小，简直像一大簇装饰用的羽毛。它是被面包店的一个老主顾抛弃的。勒费弗尔太太却认为这只怪模怪样的小狗蛮好看的，更重要的是，一分钱也不用花。她将它抱起来，又问了它的名字，面包店老板告诉她小狗的名字是"皮埃罗"。

【外貌描写】
小狗的样子着实奇怪，这也是它不需要用钱去买的原因。

她们把皮埃罗安置在一只废旧的肥皂箱里，先给它喂了点儿水喝，然后给了它一块面包吃。太太有些不安了，很快她想到一个主意："等到它熟悉了家里的环境，就把它放到外面，让它自己到周围去找食物。"于是她们就这样做了，可事与愿违，它总是免不了要挨饿。每当想要东西吃时，它就会不停地尖叫。而每当有人走进她们的菜园时，皮埃罗就会跑过去摇头摆尾地表示亲昵，从来都不会叫一声。因此，无论是谁，都可以在她们的菜园里来去自如。

【语言描写】
勒费弗尔太太连小狗最起码的生存需要都不想去花一分钱，哪怕这只狗的食量很小。

勒费弗尔太太和这只小狗渐渐熟悉了，甚至她开始有点儿喜欢它了。她会和皮埃罗握握"手"，偶尔还会把面包在肉汤里蘸一蘸，然后喂给它。但是勒费弗尔太太从来没想过养狗是要纳税的，直到有人来为这只不会看家护院的小狗向她征收八法郎的税，她才知

【动作描写】
生动传神地写出了勒费弗尔太太和这只小狗的互动，表现了她对小狗的喜爱。

道。听到这个消息,她差点儿昏厥过去。

这使勒费弗尔太太立刻打定了主意要摆脱皮埃罗,可是方圆十法里,没有一个人肯收留它。她实在没有办法了,最终决定要让它去"啃泥巴"。

在当地,每当有人想要把狗抛弃时,就会送它去"啃泥巴"。那是一片广袤平原的中央,当你看到一个茅草棚,那就是采泥灰岩的入口,那是一个垂直向下深达二十来米的井。

【环境描写】具体描写了放逐小狗的地点,突出地点的荒凉和恶劣。

只有到了给土地施肥的时候,人们才下到井底去取泥灰岩来做肥料。其余的时候,那就是被抛弃的狗的坟墓。如果人们从井口边经过,一声声怨愤的呜咽与求救的哀号就会从井底传来,绕梁不绝。猎狗和牧羊犬是绝不肯走近这可怕的地狱半步的。如果在井口边向下望去,一股令人作呕的恶臭就会扑鼻而来。

无数骇人听闻的惨剧就在那个暗无天日的世界里发生着。

【语句理解】总述小狗被抛弃后将会面临着悲惨的命运。

每只被丢弃于此的狗,都会以前一只死在井下的狗散发着腐烂味道的尸体为食,撑上十天半个月。接着就会有另外的一只狗被抛下来。于是两只同样饥饿难耐的狗就会相对着怒目而视,黑暗中闪着它们那发着凶光的眼睛。起初它们还会犹豫、挣扎。但对食物的渴望很快就会占了上风,一场你死我活的厮杀不可避免地上演,最终那只相对强壮一些的就会将较弱的那只打败,然后活吞了它。

送皮埃罗去"啃泥巴"的决定既然已经商议好,她们就得找个人来执行这件事。谁知道那个筑路工人居然开口就要十个苏,这在勒费弗尔太太看来简直是

【语句理解】勒费弗尔太太的反应表现出她真的是一毛不拔。

不可思议的。隔壁那个泥瓦匠的学徒倒是只要五个苏，但勒费弗尔太太还是认为太贵。最后，萝丝提议还不如她们自己去送，至少皮埃罗在路上不会受到虐待，也不会感觉到将要到来的噩运。于是她们决定当天傍晚就去把这件事了结。

晚饭的时候，她们给了皮埃罗一盆美味的汤和一点儿奶油，它吃饱喝足了。趁着它因为满足而快活地摇着尾巴的时候，萝丝一把抓起它塞进自己的围裙里。

她们快步向那片平原走去，像偷菜贼一样惴惴不安。很快她们就来到了那个深井。勒费弗尔太太凑到井口边，想确定井底有没有狗的叫声。井底听起来没有狗，一只也没有。

这样的话，皮埃罗就可以单独待在井底了。萝丝含着眼泪把它抱起来吻了吻，然后就把它丢了下去。她们两个人俯下身子听着下面传来的响声。

她们先是听到一声闷响，接着是一阵怨恨的呜呜之声，一听就知道那一定是一只受伤的狗的叫声，那刺耳的声音直戳在她们心上。然后，又传来一阵短促的悲鸣声。最后，便是一串绝望的哀号声，那一定是它伸直了脖子对着井口求救的声音。

它在叫，是的，没错，那就是它在叫。

她们又悔又怕，一种极度的恐惧促使她们逃命似的拔腿狂奔。萝丝的步子要快一些，勒费弗尔太太追在后面喊着："等等我！你等等我！"

这天晚上，她们被噩梦纠缠了一夜。

勒费弗尔太太梦见自己正坐在餐桌前准备喝汤，当她打开汤碗的盖子时，看到的竟然是皮埃罗！它一

【读读想想】
为什么她们像偷菜贼一样惴惴不安？（因为她们要把小狗丢弃到井里去，内心受到谴责。）

【动作描写】
萝丝的动作表现出她虽然对皮埃罗有些不舍，但最终还是把它丢到了那个必死无疑的地方。

【语句理解】
"逃命似的"狂奔是因为不想再听到小狗的叫声，可以看出她们内心的煎熬。

【虚实结合】
勒费弗尔太太的噩梦是她的愧疚、害怕所产生的幻觉,这种幻觉带来的恐惧又被带到现实之中。

跃而起,猛地向她扑过来,一口咬住了她的鼻子。勒费弗尔太太被吓醒了,惊魂未定的她觉得耳边仿佛还有皮埃罗的叫声。她缓了缓神,才弄明白是自己的错觉。于是她又睡去。

这一次她梦见自己走在一条望不到尽头的路上。忽然,她发现路中间有一只不知被谁丢在那儿的篮子,那种在乡下很常见的大篮子。这篮子使她心生恐惧,但她还是鬼使神差地掀开了盖子,于是趴在里面的皮埃罗紧紧咬住了她的手,不肯松口。最后她惊慌失措地跑开,可它还是不甘心地挂在她的手上,丝毫没有松口。

天刚拂晓,她就醒了过来,一夜的折腾让她几乎要疯了,最后她决定再到那个井边去一趟。

【语句理解】
此句生动传神地写出了勒费弗尔太太对小狗的惦念,也表现了她的善良。

井下依旧传来皮埃罗的声音,它还在那里叫着,并且就是这样叫着过了一整夜。太太哽咽了,温柔地用各种亲昵的称呼呼唤着它,它也在声声回应着。

这使她想要救皮埃罗出苦海了,她在心里向它保证,从此要让它快快乐乐地生活,一直到死。

于是她跑到了那个以挖取井下的泥灰岩为生的工人家里,对他说明了来意。那人静静地听着,沉默不语。直到她说完,他才开口:"您是想救回您的狗?那得付四法郎。"

【语句理解】
在金钱面前,她良心上的不安实在是微不足道的。

她着实被吓到了,本来的愧疚与心痛顿时烟消云散。"四法郎!您就不怕被撑死!四法郎!"

他解释说:"要完成这件事,我得带上绳子、手摇滑轮,一切安排妥当才能开始工作,而且要带上我的孩子去做我的帮手。何况下去之后,难保您那条倒霉

【语言描写】
工人的话一针见血地指出了事情的罪魁祸首。

的狗不会扑过来咬我们。这要让我费很大的事,您以为那么轻松就能让它重新出现在您面前吗?早知道现在后悔,当初何必把它扔下去!"勒费弗尔太太气愤不已,头也不回地走开了。哼,四法郎!

她一回到家,就把萝丝叫来,将刚刚的经历告诉了她。萝丝素来是比较宽容的,但她也赞同她女主人的意见,一遍遍地重复着:"四法郎!这的确是太多了,太太。"接着萝丝出了个主意:"如果我们给这可怜的小狗扔些食物下去,这样它也许就不会那么快死掉吧?"勒费弗尔太太很愉快地同意了她的想法。于是她们拿着一大块抹好了奶油的面包又动身了。

【读读想想】
勒费弗尔太太同意了萝丝的什么建议?(根据上文可以知道她们想要拿食物去给小狗吃,这样小狗就能活下来,而她也不用交税了。)

她们把面包切成薄薄的小片,一片片地扔到井底,还和皮埃罗说着话。它很快吃完了一片,就又叫着想要再讨一片。

她们在傍晚的时候回到家,第二天依然如此,周而复始,只是她们的时间只够每天这样往返一趟。

没想到就在某一天的早上,她们照例刚扔下第一片面包,井下就传来了狗叫声,那明显是一只大狗的声音。看来那下面已经是两只狗了,又有一只狗被扔了下去,一只大狗!萝丝朝着井下大声喊着:"皮埃罗!"皮埃罗立刻叫起来。于是她们照例开始扔食物。可是每一次,她们都会清楚地听到一阵可怕的嘈杂声,紧跟着就是皮埃罗悲惨的哀号声。大狗的力气比它大太多,大狗吃掉了所有丢下去的食物,而皮埃罗只剩下了被咬的份儿。

【语句理解】
借助对井下传来的声音的描述,写出了正在发生的惨剧。

她们徒劳地解释着:"这是给你的,皮埃罗!"不用想,这当然是一点儿用处也没有,皮埃罗还是连面包渣也得不到。两个失望的妇人相互看了看，终于勒费弗尔太太有些不悦地说："我们得停下来，那些被别人扔下去的狗不能都让我去喂养吧！"

最后，勒费弗尔太太想到再这样下去，所有被丢弃的狗都将花费她的钱财，<u>她忽然觉得心痛得无法言表</u>。于是她收拾起剩下的面包离开了，一边走一边自己吃起那些面包来。萝丝则跟在后面，不停地用自己的蓝布围裙擦着眼角。

【语句理解】

在勒费弗尔太太的心中，钱财才是最让她心痛的东西。

■ 阅读小悟 >>>

小狗皮埃罗的命运可以说是悲惨的。女主人把它带回家的目的并不是因为喜爱，而是为了看家护院。她只想要皮埃罗为她干活，却不顾小狗的生存问题，恨不得这只狗是只干活不吃食物的机器。有了这样的想法，并不贫穷的女主人因为舍不得给小狗纳税而将其抛弃了。当然女主人的良心也并没有完全泯灭，她也曾后悔过、犹豫过，但是皮埃罗最后一点儿生的希望还是被几法郎给彻底断送了。勒费弗尔太太这样的人并非个别，从她要丢弃狗时作者对人们让狗去"啃泥巴"的叙述便可见一斑。狗作为人类的帮手与伙伴由来已久。狗对待主人一向忠诚，但人又是如何对待它们的呢？如果不能给它们安定的生活，最好不要把它们带回家。若真是因为条件所限不能继续照顾狗，至少也要给它们找一个可靠的归宿。

■ 阅读思考 >>>

1. 如何避免小狗皮埃罗遭遇这样悲惨的命运？（答题思考：小狗皮埃罗之所以有这样的遭遇主要是因为"钱"，首先养狗要用"钱"买，然后还要交税，致使小狗被遗弃，所以改变小狗的命运就要改变社会制度。）

2. 你如何评价勒费弗尔太太？（答题思路：评价人物要看人物的行

动,勒费弗尔太太心疼小狗,不得已扔掉后还要拿食物去喂它,可见她的善良。)

写作加油站 >>>

写作素材积累

【主题】 善待小动物,珍爱生命

【适用话题】 生命 尊重 命运

【素材点拨】 皮埃罗被送去"啃泥巴"的地方是个恐怖的地狱。被丢下去的狗之间只能经过一场你死我活的争斗,一只靠吃掉另一只才能活下来。而即便是活下来的那只,早晚也会是同样的命运。这种命运,正是无情的人类造成的,人类在扮演着最无情的角色。生命是最应该被尊重的——包括猫、狗这些小动物。所以,让我们善待这些动物,它们也是世界的一部分,少了它们的身影,人类将会多么孤独!

好词好句积累

【好词】 出谋划策 摇头摆尾 烟消云散 哽咽 惊慌失措 鬼使神差 事与愿违

【好句】 如果人们从井口边经过,一声声怨愤的呜咽与求救的哀号就会从井底传来,绕梁不绝。

天刚拂晓,她就醒了过来,一夜的折腾让她几乎要疯了。

她们先是听到一声闷响,接着是一阵怨恨的呜呜之声,一听就知道那一定是一只受伤的狗的叫声,那刺耳的声音直戳在她们心上。

第 9 篇

雨 伞

> 在一般人眼里,雨伞并不是什么贵重的物件。但在这个故事里,一把雨伞却引发了极富戏剧性的故事,人物的性格特点也透过这把雨伞一览无余。

奥莱依太太十分节俭,她深知每一个铜子儿的价值,而且为了省钱她制订了一整套严苛的规则。

家里的女佣想在日常采购时捞点儿油水简直比登天还难,她的丈夫奥莱依先生想要存点儿零花钱也要大费周折。

其实他们的家境还是很富裕的,并且没有儿女需要抚养。

即便如此,奥莱依太太每每看到那些闪着光芒的银币离她而去的时候就会感到像割肉一样的疼痛,那仿佛是她心里一个无法修补的伤口。

每一笔稍大点儿的开销,哪怕是不得不花的钱,也总是让她好几天都无法安稳入睡。

奥莱依先生总是不住嘴地唠叨着:"反正也不需要动老本儿,你出手就应该大方一点儿。"

她回应道:"天有不测风云,谁又知道会有什么意

【解词】
"大费周折"指事情复杂,办起来非常困难。

【夸张】
用"割肉"来夸张地表现奥莱依太太在花钱时的感觉,表现出她的极度吝啬。

【语句理解】
一句话就把奥莱依太太从外貌到性格的特点表述得十分清楚。

【解词】
"言听计从"的意思是什么话都听从，什么主意都采纳。形容对某人十分信任。

【过渡】
起到承上启下的作用，在奥莱依先生强烈要求下，他吝啬的太太终于买了一把新伞，可是这把伞太廉价了，所以又起到了引起下文大家再次嘲笑他的情节。

【语句理解】
从同事们对待此事的态度可以看出奥莱依太太的抠门儿已经严重影响到了她丈夫的形象，让他成了整个部门的笑料。

外的事发生呢？多留几个钱总比想用时没有要好啊。"

这个女人四十来岁，个子不高，脸上多少有些皱纹，爱运动，爱干净，却也爱发脾气。

她丈夫对她这种在金钱上无处不在的管束愤愤不平，其中的某些条规则更使他痛苦万分，因为那深深地伤害了他作为男子汉的自尊。

他是国防部的一名高级雇员，之所以在政府供职，完全是出于对他妻子的言听计从而已，因为借此可以不断增加那些根本不会动用的积蓄。

可是几年以来，同事们每次看到他拿着那把打满补丁的雨伞出现时都会嘲笑他。他终于无法忍受这种嘲笑了，强烈要求太太给他买一把新伞。于是奥莱依太太从某个百货公司的廉价柜台花了八法郎五十生丁买下一把最便宜的雨伞给他。

当奥莱依先生的同事们看到那把可能整个巴黎市都没人会用的便宜货时，他们又有了新的笑料，奥莱依先生的自尊再一次被击碎。

便宜货果然是不禁用的，不到三个月那把伞就完蛋了，这个笑话再次传遍他的整个部门，甚至还有人把这件事编成了一首曲子，从早到晚在大楼里总能听到有人在哼唱着。

奥莱依先生再也不能忍受了，命令他的妻子必须买一把二十法郎的丝绸伞，并且要拿着票据回来以证明没有糊弄他。

可是奥莱依太太只买了一把十八法郎的回来，气急败坏地丢给丈夫，大声道："五年之内不会再给你买伞了！"

第9篇 羊脂球

得意扬扬的奥莱依先生这次在办公室算是真正地挽回了点儿颜面。

奥莱依先生下班回家的时候,太太看着那把伞,不放心地说道:"这松紧带不应该套在伞面上,这会勒坏雨伞的,你一定要小心保管这把伞,我不可能三天两头就给你买一把新的。"

【语言描写】
奥莱依太太对这样的事也要唠叨半天,这在她看来简直是头等大事。

奥莱依太太拿起雨伞将松紧带摘下来,把雨伞打开。忽然她吃了一惊,伞面上赫然有一个钱币大小的洞,那显然是雪茄烧出来的痕迹。

奥莱依太太有些结巴地说:"这……是什么!"

奥莱依先生并没有回头,只是随意地答道:"什么?你说什么呢?"

【语言、动作描写】
从奥莱依太太的语言和动作可以看出她对于这把花了"大价钱"买的伞的珍爱,也表现了她小气的特点。

此刻,愤怒把奥莱依太太的语言撕扯得有些破碎了:"你……你……把你的伞……烧……烧了个洞。你……你……你是不是疯了啊!你想把咱们家弄得倾家荡产才好啊!"

奥莱依先生铁青着脸转过身来说道:"你说什么呢?"

"我说你把伞给烧了!你没看着呀!"

奥莱依太太扑到丈夫跟前,仿佛要打扁他,猛地将那个圆洞放到奥莱依先生的面前。

【动作描写】
从奥莱依太太疯狂的动作可以看出她的愤怒程度,同时也反映出她平时在家里的专横。

看到那个洞,奥莱依先生有点儿发蒙,结结巴巴地说:"这……这……这怎么回事儿?我不知道啊!我向你发誓这不是我干的,我一点儿都不知道是怎么弄的!"

【对话描写】
作者通过奥莱依先生和奥莱依太太的对话,使两个人物形象跃然纸上。奥莱依先生脾气很好,惧怕老婆;奥莱依太太脾气暴躁,嗜钱如命。

奥莱依太太终于叫了起来:"我看你一定是在办公室里显摆来着!你是不是给他们每个人都打开看了?"

奥莱依先生分辩道："我向你发誓，说真的，只打开了一次，就是让他们看看伞有多漂亮，真的就只有一次！"

奥莱依太太气得暴跳如雷，狠狠地大闹了一场。像奥莱依先生这种和平主义者，看到如此的场景，简直比枪林弹雨的战场还要可怕。

奥莱依太太量了量尺寸，在旧伞上剪下一块不同颜色的绸布补了上去。第二天奥莱依先生别扭地拿着这把打着补丁的雨伞上班去了。

进办公室后，他就把伞丢进柜子里，把它当作一段可怕的回忆想尽量忘掉。

奥莱依先生下班回家之后，太太马上接过雨伞撑开来仔细检查，她发现整个伞面已经无可救药了。愤怒已经彻底撕碎了她的言语。那雨伞上布满了细小的孔洞，明显是烧的，就像有人故意将没有熄灭的烟灰弹在上面一样，这把伞是彻底完蛋了，坏到不能再坏啦。

奥莱依太太盯着伞，一句话也说不出来。她丈夫也糊涂地盯着伞，他有些发愣，样子十分狼狈。

两人互看了一眼，奥莱依先生马上把眼睛挪开，紧接着奥莱依太太将破伞狠狠地摔在了她丈夫的脸上。

愤怒已经无法阻止她的语言了，她高声叫骂道："哎呀！死鬼啊死鬼！你故意的是不是？看来要让你永远记住这个教训啊！你这辈子别想再用伞了！这辈子！别想了！"

于是，进攻的号角再次吹响了。在狂风暴雨般肆虐了一个多小时后，奥莱依先生终于得到了解释的机

【语句理解】

"愤怒""撕碎"等词语表达形象，让我们仿佛看到一位怒不可遏的泼妇形象。

【语句理解】

两人的目光一碰，奥莱依先生的目光就立刻躲开，可见平素妻子在这个家里就是说一不二的。

【语言描写】

通过对奥莱依太太声嘶力竭的语言描写，生动形象地表现了她的愤怒。

【读读想想】
朋友的到来使这场"进攻"终于可以暂时停止了。作者设计了这样的一个人物出场,他的作用又是什么呢?

【语言描写】
太太的蛮不讲理终于让奥莱依先生忍无可忍了。

【过渡】
那位朋友的意见既帮他们想到了方法,又引出了下文奥莱依太太去保险公司索赔的情节。

会。他再次发誓,真不知道发生了什么。他猜想可能是有人想故意打击报复他才这么做的。

这时门铃响了,奥莱依先生就像获得了赦免一样。原来那是约好到他家吃晚饭的朋友。

奥莱依太太把这件事告诉了那个朋友,并且重申她丈夫永远也不会得到新伞了。

那个朋友听后劝解道:"您想过没有,如果不用伞的话衣服会不会被损坏呢?您认为是伞值钱还是衣服更值钱呢?"

这个小个子女人依然愤愤不平地说道:"那他只能用厨房里那把旧雨伞,想买丝绸伞,做梦去吧!"

听到这里,奥莱依先生也生气了:"既然这样,那我宁愿辞职也不会拿把厨子用的伞去上班!"

那个朋友继续劝解着:"你就去换一个伞面吧,也花不上几个钱。"

奥莱依太太依然没有消气,闷闷地说:"至少需要八法郎才能换个伞面,这八法郎加上前面的十八法郎,一共二十六法郎,二十六法郎啊!花二十六法郎买一把伞,简直是发疯了,太不像话了!"

那位朋友的家境比较一般,他忽然灵光一闪,像是想到了什么,说道:"不如让保险公司赔偿吧,只要这损失是发生在您家里的,保险公司是必须要管的。"

听到这个主意后,这个小个子女人的怒火彻底平息了,她想了想,转向她的丈夫说:"明天上班之前你抽时间去一趟保险公司,让他们验明这把雨伞的损坏程度,让他们赔偿损失。"

奥莱依先生听完就跳了起来,激动地说:"简直是胡闹，我才不会因为这件事去！那十八法郎就算丢了，什么也不用说了，没了这点儿钱，我们又不会饿死！"

第二天，奥莱依先生索性提着手杖出了门，运气不错，天气晴朗。

奥莱依太太独自坐在家里，对于那十八法郎的损失依然耿耿于怀。她把雨伞放在餐厅的桌子上，仔细观察了一会儿，始终想不到弥补损失的好办法。

找保险公司的念头自始至终都没有离开她的脑海，但是她可不想看到保险公司接待员们那带着嘲笑的眼神。面对陌生人的时候，奥莱依太太会变得怯懦，哪怕是一点儿小事也会让她脸红不已。

可是这十八法郎的损失就像时刻在割她的肉一样，她本想不再考虑这件事情，但是那把伞却时刻提醒着她，到底要怎么办呢？时间飞快地过去了，实在是拿不准主意。终于，奥莱依太太打定了主意，如释重负地说道："我一定得去，必须去，不管怎样！"

但是去之前必须对雨伞再动点儿手脚，让它看起来损坏得更严重一些，这样她才能更容易得到赔偿。于是她从壁炉台上拿了根火柴，烧掉了巴掌大小的几块伞面，随后仔仔细细地把雨伞重新用松紧带扎紧。

奥莱依太太穿戴整齐后走下楼，直奔保险公司所在的街道。

离保险公司越近，奥莱依太太的脚步就越发地缓慢了。她盘算着该怎么说才稳妥，对方又会怎么应付她。

她仔细地数着街上的门牌号，还有二十八家，太好了，这样她就有时间组织语言了。她越走越慢，忽

【语句理解】

雨伞的事情不解决，奥莱依太太的生活就无法平静，这对她来说实在是一件大事。

【语句理解】

奥莱依太太在犹豫，但雨伞的损失带来的心痛还是占了上风。

【读读想想】

为什么伞已经破了，奥莱依太太还要破坏呢？（根据上文可以知道，她想获得保险赔偿，所以才弄得严重了些。）

【动作描写】
奥莱依太太的动作表现出她内心的犹豫与胆怯。

【心理活动】
生动形象地写出了奥莱依太太的紧张。

【语句理解】
这句话表现了奥莱依太太把钱看得很重的特点。

【语言描写】
结结巴巴的语言恰恰反映了奥莱依太太当时惊慌失措的状态，她终于为自己找到了一个索赔保险的借口。

然颤抖起来，原来她已经走到了那家公司门口，门上有金光闪闪的几个大字：火灾保险公司。

"这么快就走到了。"她想着便停下脚步，越发地胆怯了。

她开始在门前来回绕圈子。

终于，奥莱依太太拿定主意："早晚要进去，越早越好！"

不过，当走进大门的时候，她感觉到了心跳在加速。来到一个大厅之后，她看到了大厅里有很多的小窗口，那窗口小得只能露出里面一个人的脑袋，其他部位都被完全挡住了。

这时一位拿着许多材料的先生刚好经过大厅，奥莱依太太赶上去羞涩地问道："这位先生，打扰一下，您能告诉我负责火灾赔偿的部门在哪里吗？"

那人大声地回答："二楼左边，验损部。"

"验损"这个词让奥莱依太太更加胆怯了，她甚至想逃走，逃离这个地方，不再管那十八法郎了。但是一想到十八法郎，这个数字猛地给她带了些许的勇气。她一步一喘地上了二楼。

她叩响了二楼那个办公室的门，里面传来爽朗的回应："请进。"

门里是一个大房间，三位胸前佩戴着勋章的先生正站在那里谈着什么，看着十分庄重。

其中一位询问道："有什么可以帮助您，夫人？"

一时间奥莱依太太找不到合适的词语了，只是结巴地答道："我……我是……来……来……为……就是……火灾赔偿……"

那人恭敬地请她坐下来，说道："请您稍等一下，这边完事就为您解决。"

那人转身继续和另外两个人谈论着："先生们，超出四十万法郎的部分，我们是不会承担的。两位要求额外支付十万法郎，以及估价……"

其中一个人打断了他的话："不要再说了，先生，法院会解决这个问题，我们不需要再谈下去了，告辞！"

那两位行过了所有的道别礼仪之后转身离开了房间。

假如奥莱依太太有足够的勇气和那两人一道离开，她一定会那么做，什么都不考虑就一走了之，但是她敢那么做吗？

那位先生送客回来后深施一礼，问道："您有什么需要，夫人？"

奥莱依太太支吾着说："我是为这个……就是这个……"

工作人员十分诧异地看着奥莱依太太带来的那件东西。

奥莱依太太颤抖着用一只手试着撸下松紧带，费了半天劲才成功，赶忙撑开了那把破得不能再破的雨伞。

那人同情地说："我想这个东西不能再用了。"

奥莱依太太有些迟疑："这东西花掉了我二十法郎！二十法郎啊！"

那人有些吃惊："啊？竟然要花这么多钱？"

"当然！这伞损坏之前是很漂亮的。我希望你能检

【语言描写】
奥莱依太太的损失与这两人的损失相比，她所认为的损失是多么的微不足道。

【语言描写】
奥莱依太太说话支支吾吾，可见她也很心虚，不知道能不能如愿以偿。

【动作描写】
奥莱依太太的动作表现出她心里的胆怯。

【语句理解】

其实奥莱依太太心里也十分清楚，她的这点小小的损失的确是难以启齿的。

查一下它损坏到什么程度。"

奥莱依太太有些害怕，担心保险公司不会赔偿这种小物件，于是补充道："但……你看它被火烧了……"

那人并没有否认："是的，夫人，我看得很清楚。"

奥莱依太太张着嘴，不知道接下来要说什么了，猛然想起自己是为什么来的，于是连忙说："我是奥莱依太太，我在你们公司保了火灾险，现在我希望你们能够赔偿这把伞的损失。"

由于害怕被对方一口回绝，她又连忙说道："我的要求很简单，重新换一个伞面就行。"

【语言描写】

工作人员想必是没有遇到过类似的事情，所以很难理解奥莱依太太到底想要做些什么。

这一下把工作人员难住了，他说道："只是……夫人，我们不是卖雨伞的，修补雨伞这个事情不归我们负责啊。"

这个小个子女人感觉事情正在向好的方向发展，应该再接再厉。她不再恐惧，说道："那么你们只需要赔偿相应的修理费用，其余的事情我会处理。"

【读读想想】

为什么说保险公司的人有点儿困惑？（根据下文那个人的解释可以知道，从来没人向保险公司提出这种轻微额度的赔偿要求。）

那个人好像有点儿困惑，说："真的，夫人，这的确不是什么大数目，但是从来没人向我们提出这种轻微额度的赔偿要求，对此我们实在没有办法，请您试想一下，诸如手套、手帕、鞋子等等这些小物件，是经常被火烧坏的。"

【语言描写】

根据奥莱依太太的本性，我们不难猜出她在撒谎。

奥莱依太太愤怒了，面红耳赤地说道："这位先生，去年十二月因为烟囱蹿火，我们家至少损失五百法郎，我家先生一个子儿也没用你们赔偿，现在你们公司赔偿我的雨伞就是应该的。"

工作人员猜想她在说谎，于是微笑着说道："您可以确定吗,夫人?您先生对于五百法郎的损失都没有提出赔偿要求,您现在因为修理雨伞的这五六法郎来要求赔偿。夫人,您不觉得奇怪吗?"

奥莱依太太一本正经地回答道:"请您听清楚,这位先生。那五百法郎的损失是奥莱依先生的事情,至于这五六法郎的修理费,是奥莱依太太承担,这不是一码事!"

那人感觉再这样下去既不能解决这个女人的问题又白白浪费时间,于是有所退让:"那么请您把火灾发生的过程说给我听听吧。"

奥莱依太太感觉胜利在望,开始侃侃而谈:"这位先生,事情是这样的。我家大门旁有个铜架子,专门放置雨伞和手杖,某天回家的时候我就把伞放在架子上。说实话,那架子上面有块板子是专门放置火柴啊蜡烛啊什么的。当时我拿了几根火柴,可是划一根就断了,再划一根,却马上就熄灭了,又划一根还是熄灭了,我就划呀……"

工作人员打趣道:"您确定那是官家制造的火柴吗?"

奥莱依太太没有听出话里的含义,继续说着:"肯定是啊,我每次都是划到第四根才能点着蜡烛,然后我进房准备睡觉,但没过多久我就闻到了糊焦味。您不知道我向来最在意烛火,唉,就算真出了这方面的事情也绝对不会是我的过错。尤其是经历了刚才说过的那次烟囱蹿火的事情以后。所以我立刻起来查找,像猎犬一样仔细地闻着味道、辨别方向,最终找到了这把烧着的雨伞。可能是因为火柴掉到雨伞上面的缘

【语言描写】
奥莱依太太一本正经地解释这个雨伞的修理费用,真是用心良苦。表现了她小气、自私的特点。

【解词】
"侃侃而谈"指人理直气壮、从容不迫地说话。"娓娓而谈""口若悬河""夸夸其谈",都有"说话多;说个没完"的意思。

【语句理解】
其实对方早就看出了奥莱依太太没有说实话,可她却毫无察觉,她的心思全在那把破伞上。

故吧,您看它被烧成了这个样子……"

工作人员已经打定了主意,继续问道:"您希望得到多少赔偿?"

奥莱依太太不能确定具体数目,没有一下说出来。

过了一会儿,她装着大度的样子说道:"先生,请您帮忙联系修理吧,我来您这里取伞就行。"

> 【语言描写】
> 奥莱依太太的小气明明已经是有目共睹的了,她却偏偏还要自欺欺人。

那人拒绝了:"不可能的,夫人,我们办不到,您想要多少赔偿?请您直说吧。"

"可是……要不这样吧,先生,我不是来骗您的钱,我去找一家修伞的铺子,看看他们重新换一个仅是普通耐用的伞面需要多少钱,然后我拿着票据来找您领钱,可以吗?"

"好主意,夫人,就这么说定了,我会签一张付款凭证给您,到时候您带着票据和凭证去出纳科领钱就行了。"

> 【语句理解】
> 最后通过保险公司工作人员的话,点明了故事的结果——奥莱依太太的申请竟然成功了。

那人马上开了一张凭证交给奥莱依太太,她马上接过来,害怕那人变卦,便道了声"谢谢",匆匆离开了。

奥莱依太太高兴得快要飞起来了,现在她的任务就是找一家与众不同的伞店。

> 【语言描写】
> 奥莱依太太对于伞面的要求一下子来了个一百八十度的大转弯,其小市民的特点在这一句话中暴露无遗。

终于,一家奢华得不能再奢华的店出现了。她马上走进去,趾高气扬地说道:"给这把伞换个绸子面,要最好的,一定要最好的,不要考虑价钱,我不差钱!"

■ 阅读小悟 >>>

这篇小说写奥莱依先生因为他的伞非常破旧而常受到同事们的嘲笑,他就要求夫人奥莱依太太买了一把新伞。没想到,奥莱依先生的新伞无缘无故地被烧了好些小洞。奥莱依太太心疼钱,居然编造谎话向保险公司骗取了赔偿。

我们都知道,勤俭节约是被提倡的优点,但只是因为爱财而一味节省,就令人难以理解了,特别是小说中这样一个富裕的家庭。读了这篇短文,我们或许会认为"节俭"的奥莱依太太会与任何享受生活的事情都不沾边,但是小说结尾处她却出人意料地选择了一家奢华的雨伞店去换她的伞面,并强调不在乎钱。原来她也喜欢用好的东西,关键不是在于舍不舍得花钱,而是在于花谁的钱。得到了保险公司将予以赔付的明确答复后,她却要求装上最好的伞面,多么滑稽而具有代表性的小市民形象,虽然并非大奸大恶,但这嘴脸却着实令人心生鄙夷。

■ 阅读思考 >>>

1. 文章以"雨伞"为题,作用是什么?(答题思路:文章都是围绕着雨伞展开故事情节的,所以"雨伞"起到了线索作用。)

2. 设想一下,奥莱依太太拿着补好的伞回到家后,她会如何做?(答题思路:依照她的性格——嗜钱如命,她肯定会把这把精致伞面的伞束之高阁,不给丈夫使用。)

■ 写作加油站 >>>

▌写作素材积累

【主题】 不要让钱左右自己

【适用话题】 金钱 吝啬 爱财如命

【素材点拨】 奥莱依太太在前往保险公司的路上,既想要拿回自己的损失,又怕被保险公司的工作人员嘲笑,因此她放慢脚步,在路上磨磨蹭蹭,到了保险公司之后又不敢说话,这些都证明其实她也知道自己的要求是过分的,但是她还是认为损失的金钱比什么都重要。金钱固然是重要的,但如果把它当成生活唯一的重心,那就等于给自己设下了一个牢笼,我们又怎么会感受到幸福与快乐呢?人的一生会发生很多事情,也会经历很多,钱不是人生的全部,人生中还有很多值得我们去寻觅的东西,去感受人生,我们会发现不同阶段会有不同的人生体会。

好词好句积累

【好词】 大费周折 愤愤不平 气急败坏 赦免 显摆 与众不同

【好句】 这个女人四十来岁,个子不高,脸上多少有些皱纹,爱运动,爱干净,却也爱发脾气。

愤怒已经彻底撕碎了她的言语。

奥莱依太太愤怒了,面红耳赤地说道:"这位先生,去年十二月因为烟囱蹿火,我们家至少损失五百法郎,我家先生一个子儿也没用你们赔偿,现在你们公司赔偿我的雨伞就是应该的。"

奥莱依太太高兴得快要飞起来了,现在她的任务就是找一家与众不同的伞店。

相关知识链接 >>>

雪茄,英文的名字是"Cigar",是香烟的一类。雪茄的原文并不是英文,拼法也不是"Cigar",雪茄的原文是来自玛雅文"Sikar",即抽烟的意思。据说哥伦布发现美洲新大陆的时候,他看见土著首领在抽雪茄就问道:"那个冒烟的东西是什么?"但是翻译却误译为"你们在做什么?"对方回答:"Sikar。"由此雪茄的名字诞生了,后逐渐才演变为"Cigar"。

说起来,"雪茄"这个中文名字,应该归功于著名诗人徐志摩。那是在1924年的秋天的一个周末,徐志摩在一家私人会所里见到了当年诺贝尔文学奖得主印度著名的诗人泰戈尔先生。他们二人都喜欢抽"雪茄",两个人一起喷云吐雾很是惬意。这时候泰戈尔提议徐志摩给雪茄烟起一个中文名字,徐志摩想了想徐徐说道:"Cigar之燃灰白如雪,Cigar之烟草卷如茄,就叫雪茄吧!"这个名字囊括了雪茄的形和意,很恰当。

第10篇

修软椅的女人

献给雷翁·艾里克

> 爱情是美好的,有时也是荆棘丛生的,一段爱情到底会对一个人产生多大的影响呢?身处其中的人又会显露出怎样的本性呢?这个"修软椅的女人"用自己的一生给出了这样一种答案——

为了庆祝狩猎的开始,贝尔特朗侯爵家举办了一场晚宴。此时,宴会已接近尾声。十一个参加狩猎的男人、八个少妇以及当地的一位医生共同围坐在一张大桌旁,桌子上灯火辉煌,摆着许多水果和美丽的鲜花。

不知是谁先谈起了爱情,于是一场热烈的争论就此展开。主题还是那个永远没有答案的老问题:一个人一生的真爱是只能有一次,还是可以有很多次?有人举例证明真正的爱情只能有一次,也有人举出一些相反的例子想要证明有人疯狂地爱过很多次。通常,男人们觉得炽热的爱情就像病毒,会让人反复感染,倘若这爱情被什么力量阻拦,不能得偿所愿,那甚至会将他置于死地。尽管男人们认为这个理论坚不可摧,

【比喻】
男人将爱情比喻成"病毒",女人把爱情比喻成"霹雳",形象地说明了男人和女人对爱情的不同看法。

但女人们可不这么想，左右她们思想的往往是诗意而不是实际。她们坚持认为爱情就像霹雳，人的心一旦被其击中，就会深受其害，备受折磨，被烧成一片废墟，从此以后，无论是何等强有力的感情，甚至是任何梦想，都不可能再在这里生根发芽了。

【语句理解】
为什么伯爵对女人的观点极力反对？（答题思路：因为他经历过许多次爱情，这些经历影响他的爱情观。）

侯爵经历了太多次的爱情，所以他对女人们的观点极力反对："听我说，一个人是可以用全部的力量和整个灵魂去爱很多次的。你们举出那些为爱而死的人作为例子，证明狂热的爱情不可能有第二次。我要回答你们：倘若这些人没有做出自杀这种失去再爱的机会的蠢事，那么，他们总有一天还是会忘掉伤痛，重新去爱，一次接着一次，直到他们死去。陷入爱情中的人就和酒鬼一样，一个是死去活来还要再爱，一个是人事不省还要去喝。这完全是因为人的本性不同。"

【语句理解】
这句话说明了爱情对人的吸引力，也说明了有的人在爱情面前无法控制自己。

他们推选从巴黎行医隐退回乡的医生来做公证人，请他来评判。

医生没有明确表态，他说："就像侯爵所说的，这完全是人的本性所决定的。若是问我，我倒是知道这样一份爱情，它持续了五十五年，没有一天间断，直到当事人去世为止。"

【动作描写】
侯爵夫人的动作表现出她对故事中人物的羡慕与赞美。

侯爵夫人高兴得拍着巴掌："这该多么美啊！能够被人这样爱着，会是何等如梦如幻！五十五年如一日地被这种刻骨铭心、矢志不渝的爱情所包围，有多么幸福啊！被这样热切深爱的男子该有多么快乐！他该感谢上苍！"

医生微微一笑，说道："是的，夫人，正如您所想，那被爱的的确是个男人。这个人您认识，他是镇上药铺的老板舒盖先生。而那个女人，您也是认识的，她就是年年到府上来修软椅的那个老婆子。现在，就让我把这个故事详详细细地讲给大家听吧。"

听到这儿，女人们的兴致一下子跌落谷底，她们的脸上写满了鄙夷，似乎在说："呸！"仿佛只有拥有显赫地位的上流社会的人才配拥有爱情，也只有这些人才值得她们关注。

老医生接着讲下去：

三个月前，我被叫到这个老婆子的床前，她行将就木。就在前一天晚上，她赶着自己的马车来到这里。那既是她的车，也是她的家。拉车的那匹劣等马你们也都见过，陪在她身边的还有被她当作警卫兼朋友的那两条大黑狗。我到时，神父已经在那儿了。她请我们做她遗嘱的执行人。为了让我们能更好地理解以便执行她的遗愿，她向我们讲述了她的一生。我不知道这世上还有什么比我所听到的更离奇、更令人伤心的。

她的父母都是靠修理软椅为生的工匠，他们向来都是居无定所。

她从小就过着颠沛流离的生活，穿得破烂不堪，浑身还长满虱子，脏得叫人无法忍受。

每到一个村子，他们就在村口的沟边安顿下来，卸下车，放马去吃草。狗呢，趴在地上，鼻子往前爪子上一搭，闭上眼睛睡觉。小女孩在草地上打滚，她的父母就在路边的榆树下面修理从当地收来的旧椅子。

在这个到处流浪的家里，每个人都很少开口说话。只有在为了决定由谁去村中吆喝那句人人都听熟了的

【神态描写】
通过对女人们的神态描写形象生动地写出了她们对地位低下的人的鄙视和不屑。

【人称转换】
转为第一人称表达，方便叙述，也更有真实感。

【引领下文】
引领下文，说明这将是一个悲剧故事。

【解词】
"颠沛流离"是指由于灾荒或战乱而流转离散。形容生活艰难，四处流浪。

【动作描写】
通过对人物的描写我们看到了贫穷的修理椅子的手艺人一家简单的生活。

【用词准确】
"唯一"说明了她童年生活的不幸。

【侧面描写】
新认识的朋友的家长都不希望自己的孩子和这个穷孩子玩。"小叫花子"一词侧面写出了她生活的贫困。

【语句理解】
她的心里是十分羡慕店主儿子的生活的,她觉得不应该让他受到这样的委屈。

【读读想想】
这个可怜的女孩到底想的是什么?(根据下文可以知道她对这个男孩产生了好感。)

"修椅子啰"时,才不得不交谈几句,之后就开始面对面或者并排坐下来搓麦秸。每当小女孩跑得太远,或者想去和村里顽皮的孩子们打交道时,她的父亲就会怒气冲冲地呵斥:"还不快回来,臭丫头!"

这是她童年时所能听到的唯一一句慈爱的话。

等到她大一点儿的时候,她的父母就打发她到村子里去收破旧的椅垫子。她也因此会在那儿结识几个村里的孩子。不过从这时候起轮到她的新朋友们的父母厉声吆喝他们的孩子:"赶快给我回来,淘气鬼!看你还敢跟小叫花子说话!"

常有些顽皮的孩子朝她扔石头。也有些太太赏给她几个小钱,每次她都会将钱小心地藏好。

在她十一岁那年,有一天,她路过此地,在公墓边第一次遇见了小舒盖。他正在那里啼哭,因为他的一个同学偷走了他的两个钱币。在她这个连固定住所都没有的可怜孩子看来,一个店主家的儿子应该永远都是心满意足、快快乐乐的,可此时他竟然在伤心地哭泣,这使她非常惊讶,深深地打动了她的心。她走过去,问明了他为什么难过以后,就把自己的全部积蓄——七个苏,全都倒在他手上。他抹着眼泪,自然而然地就把钱收下了。小女孩当时喜出望外,竟大着胆子吻了他一下。他只顾盯着手里的钱币,所以也放任了她的举动。

她见自己既没有遭到拒绝,也没有挨打,就得寸进尺,又吻了他一下,她紧紧搂住他,热情地吻过以后,就逃走了。

这个可怜的女孩脑袋里想的是什么呢?她爱上了

这个男孩,是因为她把自己的全部积蓄给了他,还是因为把第一个温柔的吻献给了他?这对孩子和成人来说是一样的,都是自己的难解之谜。

一连数月,她一直想念着公墓里的那个角落,想念那个男孩,翘首期盼能够再见到他。为此,她开始在购买日用品和收修椅费的时候向父母虚报账目,这儿攒一个子儿,那儿攒一个子儿。

【伏笔】
为下文给舒盖钱埋下伏笔。

当她再次来找舒盖时,口袋里已经攒下了两法郎。

但是,她只能隔着舒盖父亲药铺的玻璃窗,从一只装着红色药水的短颈大口瓶和一只装着绦虫标本的容器中间,远远地看一眼打扮得干净整齐的舒盖。

【语句理解】
这是典型的药铺的布置,再次交代了舒盖的身份。

那些药水的鲜艳色彩和玻璃器皿的华丽闪光吸引了她,打动了她,使她心醉神迷,这使她更加迷恋小舒盖了。

这段记忆留在她的心里难以忘记。第二年,她在学校后面遇到了正在和同学们玩弹子游戏的舒盖,她一下扑到他身上,紧紧搂住他,拼命地吻他,吓得他哇哇大叫。

【语句理解】
钱不但可以让舒盖安静下来,还可以让他放任她的所作所为,其实她也明白,舒盖所看到的,也只有钱而已。

为了让他安静下来,她再一次把积蓄给了他,三法郎二十生丁,这真算得上一笔可观的财富了,他不禁瞪大了两只眼睛瞧着。

他收下了钱,放任她的肆意温存。

接下来的四年里,她把一笔笔积蓄交到他的手里。

他每次都心安理得地把钱放进口袋,作为交换,他默许她亲吻自己。一次是三十苏,一次是两法郎,一次是十二苏。有一次因为钱少,她伤心愧疚地哭了,不过这一年的光景也确实不好,没什么收入。最后一次是五法郎，一枚又大又圆的硬币，使他高兴得咧开嘴笑了。

她的心里只有舒盖，除此之外别的什么也没有。他呢，多少也有点儿焦急地等着她的到来，一看见她，就奔过去迎接她，这使得小姑娘的心激动得怦怦直跳。

后来，他消失了。原来他被送到了中学去念书。这是她想方设法打听出来的。于是她千方百计地使了无数巧妙的手段，使她的父母改变路线，好让他们在假期里路过他的学校。最后她总算成功了，但为此足足盘算了一年。她已经有两年没见到他，都快认不出他来了。他简直变了个人，个子长高了，相貌更俊秀了，穿着他那件有金色纽扣的学生装，显得神采飞扬。他装作没有瞧见她，高傲地从她身边走了过去。

为此，她一连哭了两天；自此以后，她陷入了无止境的痛苦中。

每一年她都要回来，走过舒盖的面前，却不敢和他打招呼；而他，甚至都不屑于看她一眼。她发疯般爱着他。她对我说："在我眼里世上只有他这么一个男人，大夫。我根本不知道这世上还有别的男人。"

后来，她的父母相继去世了，她继续从事他们的行业，不过她养的不是一条，而是两条狗，两条谁也不敢招惹的恶狗。

有一天，她又一次回到她魂牵梦萦的这个村子。她看见一个年轻女人挽着她心上人的胳膊，从舒盖家的药铺里出来。那是他的妻子。他已经结婚。

当天晚上，她跳进了镇政府广场上的那个池塘。一个深夜路过的醉汉把她救起来，送到了药铺。舒盖

【语句理解】
两个人虽然都是急切地想要见到对方，但目的却是完全不同的。

【外貌、神态描写】
细致的肖像和神态描写，突出了他的变化，不仅是身体上的，更有对那个穷女孩态度上的变化。

【语言描写】
通过"修软椅的女人"的话，写出了她对那个已经成为医生的男人的一片痴情。

【动作、语言描写】
舒盖的言行表现了他的虚伪、无情。

穿着长睡袍下楼来为她救治。他装着不认识她,替她脱掉衣服,为她进行按摩,然后厉声对她说:"你简直是疯了!真不应该傻到这个地步!"

这足以把她治好,让她疼痛全消——他终于跟她说话啦!这让她有好长的一段时间都觉得很幸福。

她坚持要付医疗费,但是他无论如何也不肯接受。

【语句理解】
她的一生似乎就只有这两件事情,她的要求只有这么一点点,少得可怜。

她的一生就这样过去了。她一边修软椅,一边思念着舒盖。每年她都要隔着药铺的玻璃窗望一望他。她经常到他的药铺里买点儿药品。这样,她既可以到跟前看看他,和他说上几句话,还可以付钱给他。

开始的时候我已经告诉你们,她在今年春天的时候死了。她把自己的这段伤心史从头至尾讲给我们听后,请求我把她这毕生的积蓄全部交给她苦苦爱着的那个人。因为照她自己的说法,她一生的辛苦劳作都是为了他——仅仅是为了他。有时,为了攒下钱,她甚至节衣缩食、忍饥挨饿,只是为了让他在她死后会至少想念她一次。

【外貌描写】
舒盖夫妇与修软椅的女人的差距实在是太大了,夫妇二人外表的高傲却显示出内心的冷漠。

她交给我两千三百二十七法郎。在她咽气以后,我留下二十七法郎给神父先生作为她的安葬费,余下的钱我全部带走了。

第二天,我来到舒盖夫妇家。他们刚刚吃过饭,正面对面坐着。两人都很富态,面色红润,身上散发着药味,一副心高气傲、自命不凡的样子。

他们请我坐下,斟了一杯樱桃酒给我,我接过来以后,就开始激动地说明来意,自以为他们听了以后一定会感动得流泪。

舒盖刚听我说到这个到处流浪的女人,这个修软椅的女人，这个"不正经"的女人曾深爱他的时候，立刻就气得暴跳如雷，那副神情看上去倒好像是她偷走了他的好名声、上等人的体面、个人的荣誉，这些对他来说生命中最宝贵的东西。

他的妻子也跟他一样恼羞成怒，不住地骂着："这个臭要饭的！这个臭要饭的！这个臭要饭的！"似乎再没有别的话来解气了。

他怒气冲冲地站了起来，在桌子后面踱来踱去，那顶睡帽歪到一边的耳朵上。他嘟嘟囔囔地说："大夫，您知不知道这件事的严重性？对一个男人来说，这实在是太可怕了！怎么办呢？哦！怎么办？要是在她活着的时候让我知道这件事，我一定叫警察把她抓起来，扔到监狱里。我可以向您保证，她一辈子都别想出来！"

我愣住了，没想到自己的好心却落得这么个结果。我简直无言以对，不知所措。可是受人之托，忠人之事，于是我又说："她托付我把她这一生的积蓄交给您，总共是两千三百法郎。不过既然刚才的谈话似乎使您很不愉快，也许最好还是把这笔钱施舍给穷人。"

他们夫妻俩被惊得目瞪口呆，直直地望着我。

我从口袋里掏出钱，这一大堆可怜巴巴的钱，有各个国家、各个地区的，有各种花纹的，金币和零子儿混杂在一起。清点完毕，我又问："你们怎么决定的？"

舒盖太太先开口了："既然是这个女人最后的遗愿……我看，我们也很难拒绝了。"

她的丈夫有点儿难为情地接下去说："我们总可以

【语句理解】
这句话写出了舒盖听说自己被一个穷女孩喜欢时愤怒的表情，表现了这个世界的冷漠和等级观念。

【动作、语言描写】
对于一个曾深爱过他的女人，舒盖竟然会如此气愤，可见他的虚伪与冷酷。

【神态描写】
夫妻俩的反应表现出这件事情是完全出乎他们的意料的。

【语言描写】
"我"说话的态度表明了"我"的立场。

【语句理解】
连那辆车子也要占用去，可见这个男人是多么贪得无厌和薄情。

【语言描写】
有用的就要，没用的就不要。舒盖丝毫没想到这些东西原来的主人，更突出了他的无情。

【语句理解】
医生用令人赞叹的事实表明了自己的观点。

【点明中心】
文章结尾用侯爵夫人的感叹揭示了文章的主题，那个女人真心爱着那个男人，即使他变成负心汉也不变更，赞叹了她的真爱。

使用这笔钱给我们的孩子买点儿东西。"

我冷冷地说："随你们的便。"

他又说："既然她托付给您，那不如还是把钱交给我们好了，我们也是可以想办法把钱用在慈善事业上的。"

我放下钱，行过礼就告辞了。

第二天，舒盖来找我，开门见山就问："那个……那个女人，是不是把她的车子也留在这儿了？您打算怎么处理呢？"

"我没什么打算，您要是想要，就拿去吧。"

"好极了，正合我意，我可以把它放在菜园里当个窝棚。"

他刚要走，我又叫住他："她还留下了那匹老马和两条狗。您要不要？"

他吃了一惊，停住脚步，说："哎呀，不要，不要。您想想看，我要它们有什么用呢？随您怎么处理吧。"

他笑着向我伸过手来，我只好握了握。能怎么办呢？都在一个镇上，低头不见抬头见，当医生的总不能跟药铺老板作对。

我把两条狗留在自己家里。神父有个大院子，所以他把马牵了去。车子变成舒盖家菜园里的窝棚；而那笔钱，则被他用来买了五份铁路债券。

这就是我一生中唯一所见的至死不渝的爱情。

医生的故事讲完了。

侯爵夫人的眼中噙满了泪水，叹息着说："女人，只有女人，才懂得爱！"

▍阅读小悟 >>>

　　这个故事讲述了一个到处流浪、以修软椅为生的女人，倾其一生所有只为了爱一个人，最后对方所感兴趣的，却只是她留下的钱和物。修软椅的女人所爱慕的对象是那种高高在上的人。面对她的热情，舒盖选择了放任，这比拒绝她更加残忍。这种放任带来的错觉让她产生了幻象，并且沉溺其中，她的一生都是为了这个人，让自己画地为牢、无怨无悔。也许人们都会感觉她不值、太傻，但她自己却乐在其中、浑然不知。反观舒盖，这个表面上的有钱人，心灵是何等丑陋，尤其是在得知她曾深爱着他和并为他留下了一些钱时，前后判若两人。故事中的两人一个为爱无悔地守护了一生，一个则无耻地索取了半世。在爱情的天平上，你能称出谁更高贵，哪个更低贱吗？

▍阅读思考 >>>

　　1. 文中哪些地方表现了舒盖的冷漠？（答题思路：长大当了医生后假装不认识修软椅的女人，还有就是当她死后，他听说她爱过他时，暴跳如雷。）

　　2. 你怎样看待这位修软椅的女人？她一生的付出是否值得？（答题思路：此题两问，都是主观性试题，第一问可以从"她坚持真爱"的角度来分析；第二问可以肯定，也可以否定，只要言之有理即可。如回答值得，就应该从她至死不渝的爱情方面谈起。）

▍写作加油站 >>>

▸ 写作素材积累

　　【主题】　真正的爱情是没有等级的

　　【适用话题】　轻视　地位　付出　真爱

　　【素材点拨】　当听到医生说这是持续了五十五年的爱情时，侯爵夫人十分期待；然而，当得知故事的主角竟是那个修软椅的老女人时，女人们的鄙夷之情溢于言表。在她们的心中,也许地位低下的人是不配拥有爱情的。人与人之间本是平等的,可是在很多时候,却被人为地分出了等级。我们应该摒弃这种论调,以平等的心态对待每一个人,无关他的财富或者所谓的地位。

好词好句积累

【好词】　刻骨铭心　矢志不渝　显赫　喜出望外　心醉神迷　千方百计

【好句】　他简直变了个人,个子长高了,相貌更俊秀了,穿着他那件有金色纽扣的学生装,显得神采飞扬。他装作没有瞧见她,高傲地从她身边走了过去。

两人都很富态,面色红润,身上散发着药味,一副心高气傲、自命不凡的样子。

他怒气冲冲地站了起来,在桌子后面踱来踱去,那顶睡帽歪到一边的耳朵上。

他吃了一惊,停住脚步,说:"哎呀,不要,不要。您想想看,我要它们有什么用呢?随您怎么处理吧。"

相关知识链接 >>>

债券是一种金融契约,就是政府、金融机构、工商企业等和投资人之间的一份债权债务合同。这是一种虚拟资本,它是经济运行中实际运用的真实资本的证书。在这份契约书里,这些部门承诺按一定利率支付利息,同时还要按约定条件偿还本金的凭证,受到法律保护。债券一般有如下的特征:债券一般都规定有偿还期限,发行人必须按约定条件偿还本金并支付利息;债券一般都可以在流通市场上自由转让;与企业绩效没有直接联系,收益比较稳定,风险较小。在金融市场发达的国家和地区,如美国、法国等,债券可以上市流通。在中国,比较典型的政府债券是国库券。文中所提到的"铁路债券"应该是由铁路部门向大众发行的债券。

第11篇

绳　子

献给哈里·阿利斯

"人言可畏"这句话我们都听过,但"人言"到底会"可畏"到什么程度?这篇小说所讲述的故事可能会超出你的想象。

通往哥代维尔镇的每一条路都人满为患,到处是拖家带口的农民,这一天正是赶集的日子,所有人都向镇上奔去。

男人们不紧不慢地迈着步子,长长的罗圈儿腿每走上一步,整个上身就向前探一探。长年累月的辛苦劳作使他们的腿变成了这种奇怪的样子。

春耕的时候,他们要用身体去压犁,左肩就得耸起,同时身子就要歪着;到了收割麦子的时节,要想站稳,双膝就要向两旁叉开,才能保持平衡。再加上那些没完没了的繁重农活,日复一日,他们的腿就都变成了这副模样。

他们身上的蓝布罩衫,浆洗得笔挺发亮,就像是上了一层漆,领口和袖口还用白线绣着花纹。衣衫罩在他们瘦骨嶙峋的身上,整个上半身鼓得圆圆的,活

【动作描写】
"罗圈儿腿"的描写,生动形象地写出了农民们的外部形态,表现了他们平日的辛苦。

【动作描写】
细致的动作描写,说明了造成他们双腿变形的原因,表现出农民劳作的繁重、生活的艰辛。

【比喻】

运用比喻把这些农民的身体比作飞上天的气球,生动形象,让读者仿佛看到他们"畸形"的身体。

像要飞上天空的气球,只是从这"气球"里又露出一个脑袋,两条胳膊和两条腿。

有些人用绳子牵着一头母牛或者牛犊。他们的妻子跟在牲口后面,用还带着叶子的树枝抽打在牲口的身上,催它们快走。

妇人们胳膊上挎着个大篮子,篮子里不时钻出几只小鸡或者小鸭子的脑袋。

【外貌描写】

通过典型的农妇形象表现出了社会底层人民的贫苦。

妇人们的步子要比男人的小,但速度可是急促的。她们骨瘦如柴的身子挺得笔直,身上披着又窄又小的披肩,拿别针别在扁平的胸前;紧贴着头发裹着块白布,上面再戴一顶没有帽檐的便帽。

路上驶来一辆大车,是那种放置着长凳、可以载人的马车。

拉车的那匹矮马颠簸着快步向前跑,车身来回摇摆,把并排坐着的两个男人和单独坐在一排的一个女人弄得东倒西歪。那个女人的双手紧紧地抓着车子,以此减轻剧烈的晃动。

【场面描写】

生动的语言展现出集市的热闹场面,读来如身临其境。

哥代维尔的广场上,人群的吵嚷声和牲畜的叫声交织在一起,混乱不堪。到处可见牛的犄角。富裕农民的长毛绒高帽子和乡下女人的便帽在集市上攒动。尖锐刺耳的喊叫声汇成一片持续不断的喧嚣声。偶尔,一个心情愉快的乡下汉从健硕的胸膛里发出的一阵大笑声,或者是被拴在墙脚下的母牛发出的一声大叫,会从这片嘈杂声中飞出,盖过了那一片喧嚣声。

集市上弥漫着牲口圈、牛奶、厩肥、干草和汗水的气味,特别是庄稼汉身上那种带着汗液的酸臭味儿,更是刺鼻难闻。

第11篇 羊脂球

布雷奥泰村的奥希科尔纳老爹一到了哥代维尔，就径直朝广场走去。无意间他看见地上有一小根绳子。

他是个地地道道的诺曼底佬，节俭成性，认为凡是有用的东西都应该捡起来。于是他很吃力地弯下腰，因为患有风湿病，这动作对他来说可不怎么轻松。

他从地上捡起了那根绳子，正准备把它卷好，却发现马具匠玛朗丹正站在自家店门口盯着他。他们曾经搭伙做生意，后来竟为一点儿芝麻绿豆大的事闹翻了。

这两位都是锱铢必较的人，心眼儿小得很，至今也没有握手言和。想到自己在一堆烂泥里捡一根小绳子，却偏偏让死对头看见了，奥希科尔纳老爹觉得丢透了脸。他连忙把捡到的东西塞进罩衫，紧接着又藏进裤子口袋；然后假装在地上找什么东西却没有找到的样子，最后才佝偻着害风湿病的腰，向前探着脑袋，继续朝市场走去。

一会儿工夫，他就融入人群之中了。赶集的人熙熙攘攘，缓慢地向前移动，讨价还价的声音此起彼伏，没一秒安宁。

那些乡下人用手摸摸奶牛，走出几步又走回来，犹豫不决，生怕上当受骗；还偷偷地瞄着卖家，想要通过察言观色来识破卖主的诡计，挑出牲口的毛病。

农妇们把大篮子放在她们的脚边，将那些眼神慌张、涨红了冠子、被捆得结结实实的家禽从里面捉出来，搁在地上。

她们对于买家的还价，显得无动于衷，冷冰冰地坚持着卖价；也有时她们会突然间决定同意对方还的

【读读想想】

为什么奥希科尔纳老爹弯腰都很吃力？（根据后文可知他患有风湿病，同时也写出他生活的艰辛。）

【心理描写】

奥希科尔纳老爹的内心活动说明了他下面一系列动作的原因，也表现了人物心胸狭窄的性格特点。

【动作描写】

通过一系列的动作描写表现了买奶牛的人生怕被骗的心理。

【语句理解】
"教堂午祷的钟声响起"点明了时间已经到了中午;"客店"点明了故事发生的地点已经转换。

【排比】
表现出车子的多种多样,从侧面说明到集市的人很多。

【解词】
"垂涎欲滴"的意思是嘴馋得口水都快要滴下来了。形容非常贪馋或羡慕。

【侧面描写】
通过对食物的描写说明了店里的顾客之多。

价钱,叫住向那个正在慢吞吞走开的买主,喊道:"就按你说的吧,安第姆大爷,我卖给你了。"

当教堂午祷的钟声响起,广场上的人渐渐散去,远道而来的人们纷纷聚集到了各家客店里去。

茹尔丹的客店的大堂里挤满了来吃饭的客人,宽敞的院子放满了各式各样的车子,有平板车,有两轮篷车,有带长凳的坐人的四轮车,有双人马车,还有一些叫不出名的车。

这些车上都沾满了黄泥,车身都变了形,走了样,东拼一块,西补一块,有的车辕像两条胳膊似的朝天举着,还有的车头着地,车尾朝天。

来吃饭的人都已经就座,壁炉离得很近,炉火烧得正旺,把靠右面坐着的那排客人的脊背烤得暖烘烘的。

三根插着小鸡、鸽子和羊腿的铁棍在炉火上转着;烤肉淌着油汁,阵阵诱人的香味从炉膛飘出来,刺激着人们的食欲,叫人垂涎欲滴。

那些庄稼汉里的有钱人都在茹尔丹老板这儿吃饭,茹尔丹开着这家客店的同时还贩卖马匹,此人做生意八面玲珑,也算是个富户。

菜一盘一盘地端上来,每上一盘就会立刻如风卷残云般见了底,黄色的苹果酒一罐接着一罐地被喝光。

每个人都在谈着自己的生意,卖出去些什么,又买进来什么。他们也打听庄稼的收成。现今这天气对草料来说的确不坏,可对麦子来说雨水就有点儿过头了。

突然,屋前的院子里响起了一阵咚咚的鼓声。除了少数几个漠不关心的人以外，大家都立刻站起来，纷纷挤到门口或者窗口，手里拿着餐巾，嘴里塞满了还没来得及咽下的饭菜。

宣读公告的差役敲了一通鼓以后，就用抑扬顿挫的语调，断断续续地宣读起来："兹特通知哥代维尔居民，以及所有前来赶集的乡亲们，今天上午九点至十点之间，有人在伯兹维尔的大路上遗失了一个黑色皮夹，内装五百法郎及商业票据。如有拾得者，请立即送交镇政府或马纳维尔的福尔菊内·乌尔布雷克先生家。拾到者将获酬金二十法郎。"

说完，差役就走了。不一会儿，从远处隐约传来了又一次鼓声和差役的宣读声。

于是人们开始议论起这件事，都在猜测乌尔布雷克先生还有没有机会找回他的皮夹，大家众说纷纭，莫衷一是。

午餐已毕。

正当大家喝到最后一口咖啡的时候，警长出现在门前。

他问道："布雷奥泰的奥希科尔纳老爹在这儿吗？"

坐在桌子那一头的奥希科尔纳老爹应道："我在这里。"

警长对他说："奥希科尔纳老爹，劳驾跟我到镇政府走一趟，镇长有话要跟您谈谈。"

这突如其来的状况让奥希科尔纳老爹惊讶不已，他将自己那一小杯酒一饮而尽，站起身来，他的腰现在比早上弯得更厉害了，因为每次歇息以后，再站起来时，他都会觉得头几步走得特别吃力。

【动作描写】
新消息驱使着人们的好奇心，他们都想在第一时间知道发生了什么。

【语句理解】
"远处""隐约"，都说明事情告知的范围十分广。

【解词】
"莫衷一是"的意思是不能断定哪个对，哪个不对。也指意见纷纭，分歧很大，不能得出一致的结论。

【神态、动作描写】
警长的到来显然让这个平日里卑微的奥希科尔纳老爹有点紧张和害怕，描写生动形象。

他一边走,一边唠叨着:"我在这儿呢,我在这儿呢。"

他跟在警长后面来到镇政府。

镇长正坐在靠背椅上等着他。镇长是当地的公证人,他身体肥胖,神情严肃,说起话来喜欢夸大其词。

"奥希科尔纳老爹,"他说,"有人看见你今天早晨在伯兹维尔的大路上,拾到了马纳维尔的乌尔布雷克先生遗失的那个皮夹。"

【神态描写】
这一切都是出乎意料的,因此奥希科尔纳老爹才会有这些反应。

这个乡下老头被镇长的话惊得目瞪口呆,他怔怔地望着镇长,这个嫌疑居然就这么莫名其妙地落在他的头上,这令他手足无措。

"我,我,您是说,是我捡到了那个皮夹?"

"是的,就是您。"

"我连那皮夹的影子都没见过,真的,我以人格担保。"

【读读想想】
奥希科尔纳老爹说根本没看见皮夹的影子,他有没有撒谎呢?(根据上下文可知,他没有撒谎,他真的没有捡到皮夹。)

"但的确是有人看见你捡到了。"

"有人看见?是谁看见的?"

"玛朗丹先生,那个马具匠。"

这时候老人才猛然想起来,他恍然大悟,脸气得通红,说道:"啊!原来是这个混蛋!他看见我捡到的,是根绳子,您看,镇长先生,就是这一根。"

说着,他在口袋里翻摸了半天,掏出了细绳子。

【神态、语言描写】
生动形象地写出了奥希科尔纳老爹的愤怒和急于辩解的状态。

但是,镇长摇摇头表示不相信:"奥希科尔纳老爹,你怎么能让我相信您的话呢?玛朗丹先生可是一个值得信赖的人,他会把这根绳子当成一个皮夹?"

这个乡下老头愤怒了,他举起手,又向旁边啐了一口,表示以他的人格起誓没有捡到皮夹。他又重复了一遍："这是毋庸置疑的，镇长先生，绝没有半句假话。我可以拿我的灵魂和我灵魂的救赎再次起誓。"

镇长又说道："在捡起皮夹后，你甚至还在烂泥里找寻了好久，想看看还有没有遗漏的钱。"

这个老实巴交的乡下老头又是愤恨又是惶恐，几乎喘不过气来了。

"怎么可以……怎么可以说……这种谎话，来栽赃一个无辜的人！怎么可以说……"

然而对方依然不相信，他的抗议丝毫没起作用。

于是，镇长把玛朗丹先生叫过来和奥希科尔纳老爹对质。玛朗丹先生言之凿凿地重述了一遍他的证词。他们两人相互指责，足足对骂了一个钟头。

镇长按照奥希科尔纳老爹自己的要求，在他身上搜了一遍，结果是一无所获。

这使得镇长也无计可施，最后只好把奥希科尔纳老爹打发走，但是告诉他这个案子要上报检察院，镇政府听候上面下达的命令后再作处理。

这时，新闻已经传得沸沸扬扬。奥希科尔纳老爹刚一走出镇政府大门，人们一窝蜂地围了上来，拉着他问东问西。

有的确实是没有恶意，只是出于好奇心，有的语气里则带着嘲弄的味道，但就是没有一个人为他说句公道话。

奥希科尔纳老爹把捡到绳子的经过和大伙讲了一遍。可是谁也不相信他的话，反倒都觉得他很可笑。

他往前走着。一路上，不是他被人拦住，就是他截住熟人，一遍又一遍地讲他那个关于绳子的故事，

【前后照应】
照应前面奥希科尔纳老爹发现自己捡绳子被玛朗丹看到的情节。他自作聪明的举动却给自己带来了大麻烦。

【语言描写】
奥希科尔纳老爹受此冤枉又不能辩解，所以说话断断续续。可以看出他委屈到了极点。

【语句理解】
人们的这种不该有的态度对这场悲剧的上演起到了很大的推动作用。

表达他的不满和牢骚,还把衣服的口袋翻过来给人看,向人证明自己的清白。

可那些听到故事的人几乎都是一样的反应:"行了吧,你这老油条!"

他无法平息心中的怒火,没有人相信他的话,他不知道如何是好,快要发疯了。于是他又继续一个劲儿地逢人便讲他的故事。

天色渐晚,是回家的时候了。他跟三个乡邻搭伴儿一起往回走,经过他白天捡到绳子的那个地方,他拉住他们,指给他们看,一路上没完没了地讲着他的这个遭遇。

晚上,他在布雷奥泰村走了个遍,挨家挨户地诉说自己的经历,可村子里也没人相信他的话。

他一整夜辗转难眠,如大病缠身。

第二天,午后一点钟光景,依莫维尔村有个名叫马里尤斯·波梅尔的长工,把皮夹连同里面装的东西送还给了失主乌尔布雷克先生。

据这个长工说,他的确是在大路上拾到这个皮夹的,因为不识字,他就带回去交给了东家。

这个消息很快传遍了十里八乡。奥希科尔纳老爹当然也听说了。他立刻到处转悠,把他那个终于真相大白的故事讲给大家听。

"叫我痛心啊,"他说,"并不是这件事情本身,而是有人一派胡言。要知道,谎话这东西会让你饱受指责,再没有比这更坑害人的了。"

他整天都在讲这次的遭遇,倒心里的苦水。路上遇到的熟人、酒馆里喝酒的客人、星期日在教堂做弥

【解词】

老油条是一种习惯用语,北方俗语,往往用来形容久经磨难(就像油条在油锅里滚来滚去,炸过多少遍了)、经验老到、刁钻圆滑、世故老练的人。

【语句理解】

奥希科尔纳老爹的执着并没有换来想要的结果。

【语句理解】

长工的话洗清了奥希科尔纳老爹的"冤屈",他确实没有拾到皮夹。

【语句理解】

奥希科尔纳老爹倾吐的对象的范围越来越大,他已经到了不加选择的地步,急于要证明自己,希望会有人相信他。

撒的人、甚至是素不相识的人，都成了他倾吐的对象。

现在他踏实了，但总觉得好像还有什么地方不对劲儿。

听他讲故事的人，神情看上去好像都不大相信，似乎他讲的不是个故事，倒像是个笑话，而且他还觉得总有人在他背后嘀嘀咕咕。

到了下一个星期二，他又特地赶往哥代维尔的集市，一心想在要在那里把他的事解释清楚。

他又路过玛朗丹的店，那家伙正站在自己门口，看见他走过，就笑了起来，玛朗丹又在打什么鬼主意？

奥希科尔纳老爹遇到克利格多村的一个农庄主人，又开始讲起自己的故事，可是对方不容他说完，就在他心口上拍了一下，冲着他的脸喊道："老滑头，算了吧！"说着，那人转身就离开了。

奥希科尔纳老爹呆住了，并且越来越坐立不安。为什么人家说他是"老滑头"？

他到了茹尔丹的客店，刚一坐下，他又开始解释起来。

蒙蒂维列埃的一个马贩子朝他高声嚷道："得了！得了！又是你那根绳子！你这老狐狸。"

奥希科尔纳老爹结结巴巴地说："那个皮夹不是已经找着了吗？"

那马贩子又说："快打住吧，我的老爹，一个人去捡皮夹，另一个人再还回去，神不知，鬼不觉，还真是滴水不漏啊！"

这把这可怜的老头气得说不出话来。

他这才如梦方醒：原来人们都认定是他捡到皮夹

【读读想想】
那些听故事的人相信奥希科尔纳老爹说的话吗？（根据后文的内容，可以看出人们根本就没有相信他，还是认为皮夹是他捡的。）

【动作、语言描写】
此处用听者的动作、语言表现人们对奥希科尔纳老爹的不信任。

【语言描写】
马贩子的话解开了奥希科尔纳老爹心中的疑问，很多人都抱着和马贩子一样的看法。

后,又唆使一个同谋把皮夹还了回去。

他还想继续说清事实,可是大堂里却是一片哄堂大笑声。

他没办法再装作若无其事地吃完他的这顿饭,便起身在一片嘲笑声中离开了。

他羞愤交加地回到家里,怒火和羞耻压在他的胸口,憋得他透不过气。

最令他痛苦的是,他有着诺曼底人的狡猾,人家指责他的那种事,他原本完全是可以做得出来的,甚至还会在事后扬扬自得,吹嘘自己手段高明呢。他模模糊糊地感到,他的不白之冤是跳进河里也洗不清了,因为所有人都认定他是老奸巨猾的人。一想到自己所遭受的委屈,他的心简直像被刀割一样。

于是他又继续到处讲他的遭遇,一遍又一遍,每次都要使这个故事添枝加叶,还要补充一些新的解释,他在讲述时一次比一次更激动,赌咒发誓也一次比一次更严重。

这些都是他独自一个人的时候琢磨出来的。

现在他的脑子里只剩下这一件事,就是那根绳子!只是,他的辩解越是周密,理由越是充分,大家就越是不相信他。

每次当他刚又重复讲完他的故事,人们就会在他背后说:"那已经是再明白不过的事实了,他还硬要狡辩什么!"

他可以明显地感觉到这一切,这使他饱受煎熬。

他仍旧使出浑身解数去辩白,可除了把自己弄得筋疲力尽,根本就是于事无补。

【语句理解】

这件事让奥希科尔纳老爹承受着巨大的心理压力,他所有的想法都紧紧围绕着这一件事。他深陷其中,无法自拔。

【语句理解】

奥希科尔纳老爹现在唯一关注的就是捡到的那根绳子,表明了他的神经已经到了崩溃的边缘,为下文埋下伏笔。

【语句理解】

奥希科尔纳老爹一心想着要为自己洗清冤屈,却从没想过要换一种心态来对待这个问题。

眼看着他日渐枯槁。

现在那些好事的人为了拿他取乐，总是逗引他去讲那个关于绳子的故事，就像人们请退伍的老兵讲述战场上的经历一样。

在这种毁灭性极大的打击下，他的精神最后彻底崩溃了。

十二月底，他病倒在床上。

第二年的一月初，他死了，在弥留之际他还在不住地念叨着："一根绳子……一根绳子……瞧，它就在这儿呢，镇长先生。"

【语句理解】

即使是临死之前奥希科尔纳老爹还念念不忘捡到的是一根绳子，可见这次他被冤枉的事件要了他的命。

阅读小悟 >>>

《绳子》讲述的是一件令人心酸的事。奥希科尔纳老爹在赶集时捡到了一根绳子，偏偏被死对头玛朗丹瞧见。巧的是，有个人丢了一个皮夹，玛朗丹便造谣说是奥希科尔纳老爹捡到的。虽然那只皮夹找到了，但是人们还是不相信奥希科尔纳老爹。他百口莫辩，最终精神崩溃，一命呜呼。

读了这个故事，你是否有一种似曾相识的感觉？没错，文中的主人公让我们想起鲁迅笔下的祥林嫂。奥希科尔纳老爹和祥林嫂的命运如出一辙。所谓"众口铄金，积毁销骨"，玛朗丹为泄私愤，制造谣言固然可恨，但不辨是非的官员、人云亦云的众人，他们哪一个逃得了干系？

小说中还有一个悲剧的制造者——奥希科尔纳老爹自己。太过在意别人的看法，钻进牛角尖里出不来，最终只会一步步将自己逼进深渊。他人的态度也许会推动事态的发展，但最终能把握命运的，往往还是自己。

阅读思考 >>>

1. 奥希科尔纳老爹一直在不停地诉说着自己的冤屈，可是为什么没有一个人肯相信他？（答题思路：因为平时他表现得太圆滑、世故，所以大家都不相信他。）

2. 从奥希科尔纳老爹与镇长的对话中可以看出他怎样的心理活动？镇长在其中又扮演了怎样的角色？（答题思路：可以从他的神态、语言、动作体会出他的心理活动，从害怕到愤怒到无奈。镇长是这场悲剧的始作俑者，他代表的是政府，他的疏忽造成了大众的误会，最终谣言逼死了奥希科尔纳老爹。）

■ 写作加油站 >>>

▍写作素材积累

【主题】 身正不怕影子斜，脚正不怕鞋子歪

【适用话题】 执拗 纠结 谣言 嘲笑

【素材点拨】 制造和传播谣言者享了一时口舌之快，却给他人带来了无法弥补的痛苦。奥希科尔纳老爹就是谣言的受害者。他无数次地讲述着自己的故事，无人相信，他反被人嘲笑。他越是坚持，人们越是看笑话。最终，一个偏执的可怜老头被一群冷酷的人送上了绝路。谣言止于智者。风从耳边过，无法确定的传闻还是不要为它的散播推波助澜为好；若是身陷谣言中心的人是自己，那就抱定"身正不怕影子斜"的信念，何必为了些莫须有的事折磨自己呢？身正的人，心灵一定是纯净的，而这里的身正，其实，指的就是一个人的为人处世、待人接物、工作生活等等不贪利，不求名，不做任何对不起自己良心的事情。

▍好词好句积累

【好词】 抑扬顿挫 莫衷一是 垂涎欲滴 毋庸置疑 莫名其妙 惶恐 熙熙攘攘

【好句】 衣衫罩在他们瘦骨嶙峋的身上，整个上半身鼓得圆圆的，活像要飞上天空的气球，只是从这"气球"里又露出一个脑袋，两条胳膊和两条腿。

这突如其来的状况让奥希科尔纳老爹惊讶不已,他将自己那一小杯酒一饮而尽,站起身来,他的腰现在比早上弯得更厉害了,因为每次歇息以后,再站起来时,他都会觉得头几步走得特别吃力。

他羞愤交加地回到家里,怒火和羞耻压在他的胸口,憋得他透不过气。

第二年的一月初,他死了,在弥留之际他还在不住地念叨着:"一根绳子……一根绳子……"

■ 相关知识链接 >>>

诺曼底佬(人),文中出现的这个形容奥希科尔纳老爹的"专属名词"不是仅仅点明他生活的地点,还有特定的特点。这个不妨从莫泊桑的另一篇短篇小说《一个诺曼底佬》说起。这部小说里的主人公是玛蒂厄,"酒坛子老爹"是大家送给他的"雅号",是个退伍回乡的上士。他聪明能干、幽默风趣、好酒贪杯、玩世不恭、善于玩弄欺骗的手法。怎么形容呢?就是这个人物身上集兵油子的油腔滑调、吹牛说谎与诺曼底人的狡黠奸诈于一身。而文中的奥希科尔纳老爹就是这类人物的代表。

第02篇

幸 福

在荒芜的孤岛上,只有狭长阴暗的深谷、险峻陡峭的悬崖、破旧简陋的小屋……生活在这样的地方,人们还会感受到幸福吗?只要和爱人相守在一起,就像故事中的这对老夫妇一样,那就会感到幸福。

【比喻】
将海面比喻成金属平板,形象地描绘出夕阳下的美丽景色。

到了傍晚喝茶的时间。别墅居高临下,下面是大海,落日染红了漫天的晚霞,像是铺上了一层金粉。风平浪静的地中海水平如镜,在残阳映照下的海面闪闪发亮,好似一块巨大无比、整洁光滑的金属平板。

在远处靠右边的地方,如锯齿形的山峰层层叠叠,在颜色逐渐变深的晚霞中现出黑黢黢的身影。

【烘托】
温馨的气氛烘托出了温情的主题,为下面的故事定下平静而感人的基调。

饮茶的众人又在提起"爱情"这个亘古不变的话题,说来说去不过是些毫无新意的老生常谈。落日的余晖慵懒地洒下,空气中散发着淡淡的忧伤,谈话的气氛舒缓而温和,这让每个沉浸其中的人都心潮涌动。在这个小小的客厅里,"爱情"这个词儿不断地重复出现在男人们浑厚的嗓音和女人们轻柔的软语中,像小鸟在翩翩起舞,又像是幽灵在盘旋游荡。

一个人的爱会历久弥新、经久不变吗?

第12篇 羊脂球

"会的"，在座的有些人这样认定。

"不可能"，另一些人则如此断言。

于是，大家区分出不同的情况，设定出种种界限，举出一些事例。所有在座的人，不论是男人还是女人，都陷入到各自的回忆之中，一桩桩往事涌入脑海，拨动人的心弦，令人欲言又止，他们满怀着不易察觉的激情，带着浓厚的兴趣，谈论着这个凡俗而又高尚的主题，谈论着这个男女之间神秘而温柔的关系。

突然，有一个人眺望着远处，大声嚷道："嘿！快看，那是什么？那边！"

在接近地平线那头的海面上，浮现出一个灰蒙蒙的庞然大物，轮廓模糊不清。女人们都站起身来，疑惑地直盯着那个她们从未见过的惊人的东西。

有一位客人解开谜团："那是科西嘉岛！那里常年被水蒸气形成的雾霭遮掩，但偶尔当天气异常晴朗的时候，它就会出现在人们的视野中，每年也就只有那么两三次吧。"

那岛上的山脊隐约可辨，有人还觉得自己看到了山峰上的积雪。这个突然从海上冒出的幽灵，使众人惊诧之余不免感到些许恐惧。恐怕只有那些像哥伦布一样踏足过未知海域涉险的人，才会见识过这样的奇异海景。

这时，有一位还不曾开口的老先生说道："这个岛在此时浮现在我们面前，也许就是来为我们刚才所讨论的问题给出答案，它令我想起我在这个岛上的一段奇特见闻，那是一个关于爱情的故事，一个矢志不渝、让人难以置信的幸福的爱情故事。现在就请允许我讲

【引出下文】
通过一个人的语言引出了"科西嘉岛"这个世外桃源，"我"也得以去那里并见到苏姗，推动了情节的发展。

【语言描写】
借客人介绍科西嘉岛的话点出了故事发生的地点，读者可以从侧面感受到这个小岛的偏远，也衬托出主人公与众不同的形象。

【引领下文】
总述下文将要讲述的是一个怎样的故事。

给各位听听。"

五年前，我曾到科西嘉岛上做过一次旅行。虽然站在法国的海岸上有时可以看到这个蛮荒的小岛，就像现在这样，但是对于我们来说，它可算得上比美洲还要遥远和陌生的地方。

诸位可以想象一下一个还处于混沌状态的世界会是什么样子。那里到处都是连绵起伏的山峰，山与山之间夹着无数狭窄险峻的沟壑深渊，水流沿着沟壑奔涌而下，汇成湍急的水流。在这里，你见不到平原，有的尽是形如巨浪的巨型花岗岩，还有一样起伏不平的大地，上面密布着栗树、松树等组成的林莽。这是一片荒芜、未经开垦的处女地，人迹罕至，零零散散的几个村落也只像是光秃秃的山巅上的一堆岩石。没有农田耕耘，没有工艺制品，没有艺术文字，找不到一根加工过的木头，或是一块雕琢过的石头。你永远也别想发现一件文物可以证明这岛上有过的历史，或是对美好优雅的艺术的热爱。然而，令人最为不解的是，在这块壮丽而原始的土地上，人们竟世世代代对这些保持着冷漠的态度，从不在乎。

在意大利，每一座拥有无数艺术珍品的宫殿，本身就是一件艺术杰作。在那里，大理石、木头、铜、铁等，都在展现着人类的艺术才华。在那些宫殿中所陈列出来的古老文物，哪怕是最不起眼的，都附着了人们对美的无限渴望。因此，意大利对我们每个人来说，就是神圣的国家，我们爱它，是因为它向我们展示了人类伟大的智慧和这智慧所创造的崇高艺术。

【环境描写】
详尽的环境描写展现了一个远离文明的蛮荒之地，突出了科西嘉岛的落后。

【读读想想】
为什么意大利对我们每个人来说，就是神圣的国家？（因为它向我们展示了人类伟大的智慧和这智慧所创造的崇高艺术。）

第12篇 羊脂球

这科西嘉岛就与意大利隔海相望，可它却是蛮荒不化的，似乎还处在人类的婴儿时期。那里的人住在简陋粗糙的房子里。凡是与自己的生活或者家庭的纠纷无关的人或事，他们都漠不关心。未开化民族的所有缺点与优点都在他身上原原本本地保留下来。他们性格暴烈，睚眦必报，下意识地凶残冷酷，自己对此还浑然不觉。然而，他们却又十分好客、慷慨大方、忠实可靠、单纯热情。他们的家门，时刻为每一个路过的旅人敞开，你只要表现出些微的善意，他们便会给你赤诚的回报。

嗯，我在这个景色壮观的岛屿上足足逗留了一个月，那感觉像是置身世界的尽头，恍如隔世。岛上没有旅店、没有酒馆，连公路也没有。我只能沿着骡子走的小道前进，来到建于半山之间、正对着深谷悬崖的村落。晚上，耳边回响着深渊底下传来的隆隆响声，那是湍急的水流在谷底悠长的咆哮声。随便你敲开哪一所房子的门，请求借宿一夜并得到一些食物，你都会得到主人的热情款待，安稳地睡在他们简陋的房子里。翌日清晨，主人会坚持把你一直送到村口，再同你握手道别。

岛上有一些峡谷。峡谷两边陡峭的崖壁上，密密地覆盖着参天的丛林和坍落的岩石，就像两道阴森的高墙。我在峡谷中穿行着。

有一天，我差不多走了十个钟头的路，在傍晚的时候来到了一所孤零零的小房子跟前，这所小房子就盖在一条狭窄的峡谷之中，峡谷之外不远的地方便是大海。

【用词准确】
"婴儿时期"准确形象地说明了科西嘉岛的"蛮荒不化"。

【转折】
先是将科西嘉岛居民们的缺点一一罗列，接着以"然而"转折，又展现了他们的可贵之处。

【读读想想】
为什么说"那感觉像是置身世界的尽头，恍如隔世"？（根据下文可以知道，岛上没有旅店、没有酒馆，连公路也没有。）

【语句理解】
这些句子表明了这里的人们特别淳朴，热情好客。

第12篇 羊脂球

房子周围种了几株葡萄，有一小片菜园，稍远处还有几株高大的栗树，这些已经足够维持生计。在此穷乡僻壤，这些可算得上是一份家当了。

接待我的是一位上了年岁的老妇人，她衣着得体，仪态端庄，这在当地是很少见的。房子的男主人坐在一把椅子上，站起来向我点头打了个招呼，随后就又坐了回去，始终没有吭一声。他的老伴儿对我说："很抱歉，请原谅他，他现在耳聋了，他今年八十二岁。"

接待我的老妇人操着纯正的法国本土口音，这使我感到十分惊讶。我问她："您应该不是科西嘉岛当地人吧？"

她答道："对，我们是法国本土人，但已经在这里住了五十年了。"

竟然抛弃繁华的都市，生活在如此荒僻的角落，并且一过就是五十个年头，这实在是让人感到恐惧和不安的。这时，一个老牧人回来了，大家开始吃晚饭，一顿只有一道菜的晚饭，是用土豆、肥肉和卷心菜一起炖的一锅浓汤。

吃完这样一顿简简单单的饭是不需要多少时间的。晚饭后，我来到门前坐下，眼前凄凉景色的忧郁情调使我的心情因此而低沉，出门在外的旅人身处异乡，每遇凄清之夜，每至荒僻之处，总是会愁绪满腔，仿佛这个世界与自己的人生、连同宇宙中的万物都快走到尽头了。突然之间，可怕的人世苦难、无依的孤单落寞，万物的虚无渺小，内心的惶恐不安，都一股脑地涌来，打破了一直到死都借梦想来自我陶醉、自我欺骗的幻境。

【环境描写】
落后的条件尽显这里生活的清贫。

【悬念】
这样远离陆地的地方竟然有人操着法国本土口音，这会是一个什么人？她或许有着不寻常的故事。

【读读想想】
是什么让人感到恐惧和不安？（根据前文的介绍，可以知道他们本来生活在繁华的都市，竟然为了爱情来到如此偏僻的角落过着简单的生活，时间长达五十年，这是难以理解的。）

【语句理解】
荒凉的景致让人深受感染，愁情烦绪莫名地袭来。这是平常人所理解的、身处这种环境中会有的心境。

每个人的内心深处都隐藏着难以抗拒的好奇心,即使是最听天由命、随遇而安的人。这驱使那老妇人来到我跟前问道:"您是从法国来的?"

"是的,我出来四处旅行。"

"也许您是来自巴黎?"

"不,我来自南锡。"

我觉得她似乎特别激动,至于我这么觉得的理由是什么,我自己也说不清楚。

【读读想想】
为什么老妇人得知"我"来自南锡特别激动?(根据下文可以知道,南锡是她的故乡,阔别家乡多年,再次见到家乡的人内心激动。)

她慢吞吞地重复了一遍:"您来自南锡。"

那个男人出现在门口,像所有耳聋的人一样,面无表情。

她接着说:"没有关系,他听不见。"

过了几秒钟,她又问:"这么说,您在南锡应该有很多熟人吧?"

"是的,很多人我都认识。"

"您知道圣阿莱兹家族的人吗?"

"当然,他们是我父亲的朋友。"

"请问您贵姓?"

【语句理解】
难得遇到来自家乡的人,老妇人难以抑制心中的激动。

我报了我的姓氏。她的眼睛直盯着我,然后用充满回忆的那种喃喃低语说:"是的,是的,我记起来了,布利瑟玛尔一家,他们现在怎么样了?"

"已经全都故去了。"

"啊!那西尔蒙一家,您认识吗?"

"认识,那一家中,最小的那位现在是将军了。"

【语句理解】
她心里的话太多,藏得太久,因此才有了这样复杂的心理变化。

听到这里,她的情绪变得激动而不安,显现出了一种不知从何而来的神圣、强烈而又复杂的感情。说不清是哪一种心境,让她有了想要倾诉的需要,想要说说那些长久以来一直深藏在心底的往事，还有那些打破了内心平静的名字。她的心潮澎湃。因此，她说起话来就浑身都在颤抖了："对，那位就是亨利·德·西尔蒙，我知道的，他是我的亲弟弟。"

这使我错愕不已，我抬起头来看着她，猛然间想起了一件陈年往事。

曾经，发生过一件轰动了整个洛林地区上层社会的大事，一个拥有青春与美貌的富家女孩——苏姗·德·西尔蒙，被人诱拐了，诱拐她的人就是她父亲麾下的轻骑兵士官。

那个胆敢引诱上司千金的士官，是个英俊漂亮的小伙子。

他虽然是农家子弟，但穿上漂亮的轻骑兵军服，也很神气。

大概是在某次骑兵列队行进的时候，苏姗小姐无意间瞥见了他，几番留意之后便倾心于他。至于小姐怎么跟他搭上话、二人何时开始约会、如何互诉衷肠，而她又是怎样鼓起勇气向他表露芳心的，那一切就无人知晓了。

两人的恋情，没有被任何人察觉，也没有引起任何人怀疑。就在那位士官服役期满的那天晚上，苏姗小姐就与他一道消失了，大家四处搜寻，但没能找到他们，从此以后两个人就杳无音信，久而久之，人们认为小姐已经死了。

谁能想到，今天我竟在这个荒凉阴暗的山谷与她不期而遇。

于是，我对她说："是的，我记起来了。您就是苏

【插叙】
运用插叙介绍了主人公苏姗与一个农家子弟相爱的故事，点明了在此见到苏姗的原因。

【读读想想】
那位士官和苏姗小姐到哪里去了呢？（根据上文可知，他和她为了真爱"私奔"了，来到了现在这个荒芜的山谷里。）

【巧妙过渡】
作者仅用简短的一句话，就将叙述自然地从前多年拉回到了旅行之时。

姗小姐。"

【神态描写】
她的落泪可见她对亲人是十分怀念的,只是为了心爱的人,她舍弃了一切。

她点了点头,大颗大颗的泪珠从她眼中滚落。她的目光投向呆坐在屋门口的那个苍老的身影,对我说:"就是他。"

我明白,她仍旧爱着他,直到现在,她看他时的眼神依然充满着依恋。

我问道:"至少,您一直很幸福吧?"

【语言描写】
老妇人的话充分表达了她对男主人五十年来不变的深深的爱。

她以一种发自内心的声音回答说:"啊!是的,很幸福,他使我一直过着幸福的生活,我从来没有后悔当初的决定。"

我凝视着这个老妇人,既感到悲哀和意外,更慨叹于爱情的力量竟会如此之大!一个贵族千金,跟随了这样一个乡野村夫,这把她也变成了一个整天与泥土打交道的农妇。她让自己适应他那种没有魅力、不奢华、不风雅的生活。她深爱着这个男人,无数的日子过去,她变成了一个头戴便帽、身穿布裙的乡下女人。她坐在粗木桌子前的椅子上,用瓦盆喝着卷心菜土豆肥肉汤。她依偎在这个男人身边,睡在一条草垫上。

【对比】
她曾经拥有的奢华生活,与现在的清苦日子相比,有着天壤之别。可以看出她为了这份爱情做出了多大的牺牲。

除了他以外,她什么都不在乎!她从不惋惜那些珠环翠玉、绫罗绸缎、华美软榻、流苏帷幔、香暖闺房,还有那温暖舒适的鸭绒被子。她不需要,除了这个男人,她什么也不需要。只要有他在身边,她别无所求。

她在年轻的时候,就放弃了奢华的生活,抛下了繁华世界,离开了养育她、爱着她的亲人。她独自一人跟着这个男人,来到了这个蛮荒的山谷。对她而言,这个男人就是一切，就是她所需要的一切，所梦想的一切，朝思暮想的一切，寄托一生希冀的一切。这个男人使她一生都充满了幸福，从最初直到结束。

她不可能比这更幸福了。

那整整一夜，我听着那位老兵的鼾声不绝于耳，他躺在那张简陋的床上，身边睡着的是那个不惜天涯海角随他私奔而来的女人。而我，则想着这个传奇而又简单的故事，沉思着这样完美又圆满的幸福，而其索取竟是如此之少！

第二天早晨，我与这一对老夫妻握手告别，动身离去了。

讲故事的老先生结束了他的叙述。

在座的一位妇女大发高论说："无论怎样，这个女人的愿望未免太肤浅，她的梦想太卑下，要求太简单。她只不过是个傻瓜。"

另一位女人则慢吞吞地说："那又有什么要紧的！只要她自己幸福。"

这时，那远在天边的科西嘉岛在夜幕的怀抱之中又渐渐隐去，重新消失于海面之上，似乎它刚才的短暂现身，只是为了来讲述居住在它上面的那一对卑微情人的故事。

【排比】
用排比的手法反复强调了他对她的重要。

【点明主题】
用"我"的内心感受直接点明了主题，揭示了什么才是真正的幸福。

【前后照应】
照应前面科西嘉岛出现的场景。只是当它消失的时候，在人们眼里它已经不再只是可怕的"幽灵"，因为它承载着一个动人的故事。

阅读小悟 >>>

这是一个让人深受感动的爱情故事，其中蕴含着最真挚的深情。女主人公苏姗心甘情愿地放弃千金小姐的舒适生活，离开养育自己的亲人，跟着一个穷小子到蛮荒的孤岛上生活，一过就是五十年，而她认为自己得到了幸福。

一间破屋凝聚了欢乐,一张简陋的木桌见证了无数的美好生活。在世人的眼中,苏姗是个十足的傻瓜,可也许幸福其实不在于得到的有多少,而在于是不是能紧握住手中所拥有的。只要爱人在身边,那就是幸福;只要有了对方,那就是一切。爱情的力量竟如此之大。这种简单、平淡却别无所求、无法取代的幸福,恐怕只有身处其中的人才能真正体会到。

阅读思考 >>>

1. 文中分别描写了充满艺术气息的意大利和蛮荒的科西嘉岛,作者为什么这样安排?这种写法有什么好处?(答题思路:环境的对比,突出表现了爱情的伟大。为了追求真爱,女主人公苏姗心甘情愿地放弃千金小姐的舒适生活,跟着一个穷小子到蛮荒的孤岛上生活。)

2. 文章结尾处两个女人对故事的主人公有着截然不同的评价,你赞同谁的观点?你眼中的幸福又是什么?(答题思路:这是道主观性试题,可以根据自己的理解回答,言之有理即可。如我同意第二个女人说的话,幸福就是要和相爱的人在一起。)

写作加油站 >>>

写作素材积累

【主题】 简单、真爱才是真正的幸福

【适用话题】 偏僻 遥远 原始 简单

【素材点拨】 山峰连绵起伏,峡谷陡峭险峻,河流急速奔涌,岩石形如巨浪,荒地、丛林、零散的村落时而出现,难觅艺术的踪影,没有历史的痕迹……这就是一座远在海天尽头的孤岛,居住于此的人们野蛮、单纯,却又与这个孤岛和谐统一,共同构成了这个另类的世界。作者将一个看似不可思议的爱情设置在这样一个岛上,是否因为只有远离尘世的喧嚣,人们才能回归纯净呢?莫让世俗与偏见玷污了原本纯洁的心灵,简单有时才是最温暖、最美好的。

好词好句积累

【好词】　不绝于耳　心潮澎湃　随遇而安　奢华　希冀　天涯海角

【好句】　在这个小小的客厅里,"爱情"这个词儿不断地重复出现在男人们浑厚的嗓音和女人们轻柔的软语中,像小鸟在翩翩起舞,又像是幽灵在盘旋游荡。

听到这里,她的情绪变得激动而不安,显现出了一种不知从何而来的神圣、强烈而又复杂的感情。

她从不惋惜那些珠环翠玉、绫罗绸缎、华美软榻、流苏帷幔、香暖闺房,还有那温暖舒适的鸭绒被子。

对她而言,这个男人就是一切,就是她所需要的一切,所梦想的一切,朝思暮想的一切,寄托一生希冀的一切。

相关知识链接 >>>

洛林是法国的一个旧省名,在法国东北部地区,与比利时、卢森堡、德国接壤。洛林一词源远流长,应该追溯到公元 10 世纪前的"洛泰尔王国"时期,洛林是这个古老国家的法语称谓。现今的洛林辖区有四个省,包括默兹省、孚日省、摩泽尔省和默尔特-摩泽尔省,大区首府为南锡市。地形以高原占优势,南北向谷地(摩泽尔河、默兹河)切入,地形是特有的断崖式。洛林大区有占地 35 万公顷的地区级自然公园 3 个,87% 的土地(占地 1180000 公顷土地)被农田覆盖,森林面积占 972000 公顷。

第17篇

西蒙的爸爸

人们常说"父爱如山",父亲是孩子最可信赖的依靠。当你习惯于享受着父亲给予的保护和关爱时,你一定无法想象一个没有父亲的孩子会过着怎样艰难的日子,承受远不该他承受的压力。有没有人能救他离开泥潭,让他拥有令自己骄傲的爸爸呢?

【语句理解】
开篇就写出孩子们不同以往的表现,说明一定是有什么事情发生,激起读者的好奇。

正午十二点的钟声刚刚响起,学校的大门打开了,孩子们你推我挤一窝蜂似的冲了出来。但是,他们今天并没有像平时那样马上四散着各自跑回家去吃午饭,而是聚集在校门口不远的地方,三三两两地围在一起窃窃私语。

原来,今天是布朗肖特的儿子西蒙第一天来上学的日子。

【读读想想】
为什么孩子们都不认识西蒙?(从后文可以知道,他从不出门,更没有和他们一起到村中的路上或是小河边玩耍过。)

同学们都从家人的议论中听说过布朗肖特的事情,虽然她在公开场合时还算是个受欢迎的人,但那些母亲们对她总是怜悯中带着些许的轻蔑,这种态度使孩子们也受到感染,尽管他们并不明白其中的缘由。

孩子们都不认识西蒙,因为他从不出门,更没有和他们一起到村中的路上或是小河边玩耍过。因此他们都谈不上喜欢他。

第13篇 羊脂球

对于这个新同学的到来，他们的愉快中还掺杂着不小的惊奇，都在传着一个十四五岁的大孩子说过的话，这个大孩子带着神秘兮兮的神情，好像他早就了解了所有的事情。

"嘿，你们知道吧？那个西蒙，他没有爸爸。"这个大孩子大声地说道。

布朗肖特的儿子这时也来到了学校门口。

他大概有七八岁的样子。他穿着整洁的衣服，脸略显苍白，样子羞怯而拘谨。

他正朝家的方向走去，这时，孩子们还在三五成群地交头接耳，不怀好意地看着他，然后慢慢地聚拢过来，把他团团围住。

他像根木头一样站在那里，惊慌而又不安，不知道他们要干什么。

那个传播消息的大孩子看到自己已经得逞，便扬扬得意地问："你叫什么？"

他回答："西蒙。"

"西蒙什么？"那个大孩子继续追问。

他哆哆嗦嗦地回答："西蒙。"

那个大孩子朝他嚷道："西蒙后面还要有点儿什么……这不是姓。"

西蒙快要哭了，他第三次回答："我就是叫西蒙。"

那些淘气的孩子全都笑了起来。

那个大孩子越发得意了，他威风地抬高了嗓门："你们都听明白了吧？他没有爸爸。"

大家一下子安静了下来。一个小孩居然没有爸爸，这太不可思议了。

【语言描写】
这个大孩子的话揭开了所有的秘密，也开始了西蒙受欺负的遭遇。

【神态描写】
刚刚入学的西蒙就受到了这样的惊吓，心里一定是忐忑不安的。

【神态、语言描写】
大孩子的神态和语言挑起了大家对西蒙"没有爸爸"的嘲讽，引出下文。

他们把他看成是一个不合乎常理的怪物,他们从母亲那里所感受到的对布朗肖特的轻蔑越来越强烈,即便其实他们并不明白那是为什么。

【动作描写】
一个幼小的孩子面对这样的围攻,这让他无法承受。

西蒙紧靠在一棵树上才没有跌倒。他被吓呆了,就像正在面临一场无法弥补的灾难。

他想争辩,却找不出任何理由去否认他没有爸爸这个可怕的事实。

最后,他面色惨白,不顾一切地大声喊道:"不,我有一个爸爸。"

"哦?他在哪儿呢?"那个大孩子问道。

西蒙答不上来,他也不知道爸爸在哪里。孩子们兴奋地哄笑起来。

【比喻】
独特的比喻形象地表现出了孩子们对待西蒙的态度及其可能造成的伤害。

这些野蛮的孩子表现出一种残忍的欲望,如同鸡窝里的某一只鸡被发现受了伤,其他所有的鸡都会群起而攻之,立刻要了它的命。

西蒙突然看见邻居家一个寡妇的儿子也在那里,西蒙记得总看见那小孩和自己一样,只有母亲带着他过日子。

"你也一样,"西蒙指着那个孩子说道,"你也没有爸爸。"

"不,"那个孩子回答道,"我有爸爸。"

"他在哪里?"西蒙问。

【神态、语言描写】
即使是自己的爸爸死了,也可以自豪地说出来,暗示了西蒙是个私生子的事实。

"他死了,"那孩子自豪地说,"他在坟墓里。"

一阵赞许的声音从这些孩子中间传出,好像有一个葬在墓地里的爸爸这个事实抬高了那个孩子的地位,使他们足以打垮这个没有爸爸的西蒙。

这些顽皮的孩子的父亲多半是恶棍、酒鬼、窃贼之类的人，而且都常虐待妻子。现在这些合法的孩子一起挤过来，将包围圈越缩越小，仿佛一定要压倒西蒙这个私生子一样。

这时站在西蒙对面的一个孩子突然怪里怪气地朝他伸了伸舌头，大声喊着："没有爸爸！没有爸爸！"

西蒙一把揪住了他的头发，用力不停地踢他的双腿，那个孩子也一口咬住了西蒙的脸。

两个人互不相让，一场恶斗开始了。

当这两个打架的孩子被其他人拉开时，西蒙已经挨揍了，他鼻青脸肿地倒在了地上，那些小无赖则围着他拍手叫好。

当西蒙重新站起来，用手机械地拍拍沾满泥土的衣服，又有个孩子朝他叫喊："去告诉你爸爸好了！"

这下子，他彻底泄了气。

他们人多势众，他一败涂地，最重要的是，他无法回答他们的问题，因为他明明白白地知道自己是真的没有爸爸。

他努力忍住眼泪，可是这憋得他喘不过气，终于不由得抽泣起来，浑身抖个不停。

这时他的敌人那边爆发出狂欢一样的大笑，他们像商量好了一样，开始手拉手围着他一边跳一边叫嚷着："没有爸爸！没有爸爸！"

可是西蒙突然停止了哭泣。他被气得快要疯了。在他的脚下刚好有许多石块，他把石块捡起来，用力朝他们扔过去。有几个被打中了，大叫着逃走了。

他的样子十分恐怖，那些孩子慌了神，吓得四散奔逃，就像一群乌合之众面对一个被激怒的人成了胆小鬼。

【读读想想】
为什么说这些孩子是合法的？（因为这些孩子都有自己的爸爸，唯独西蒙没有，这样说是为了说明这些孩子嘲笑西蒙的原因。）

【动作描写】
"揪""踢""咬"等动词的运用，生动传神地写出了两个孩子打架时的激烈状态。

【语句理解】
西蒙受了委屈，却无力反抗，一方面他寡不敌众，另一方面这些孩子的话让他找不到任何理由反驳。

【动作描写】
用石块扔嘲笑自己的小伙伴，表现了西蒙极度的愤怒。

【插叙】
交代了西蒙小小年纪会产生投河自尽的想法是从何而来的。

【语句理解】
流淌的河水和游来游去的鱼儿也能吸引西蒙的注意,表现了他天真可爱的一面。

【环境描写】
身边美好的景色让身处其中的西蒙也会暂时忘却心中的痛苦。

【拟人】
运用拟人的修辞,把青蛙人格化,形象生动地写出了青蛙想奋力挣脱的样子。

现在只剩下他一个人了,他拼命向田野那边奔跑,因为一件往事使他下定了决心——他想要投河自尽。

他想起一个礼拜以前,一个以乞讨为生的穷鬼因为身无分文而跳了河。乞丐被打捞上来的时候,西蒙就在旁边。那个平时可怜而肮脏的乞丐,当时竟是一副安详的神态:苍白的脸、湿漉漉的长胡子和未闭上的非常平静的眼睛。这使西蒙受到了震撼。有人说:"他死了。"有人补充了一句:"现在他很幸福了。"

西蒙也想像那个人一样去投河,因为他没有父亲,就像那个可怜虫没有钱一样。

西蒙来到河边,看着流淌的河水。鱼儿在水中来回穿梭,不时跃出水面来捕食飞过的小虫子。

他看得出神,甚至忘记了哭泣,因为它们的表演深深吸引了他,使他对此产生了很大的兴趣。

然而,就像暴风雨中的短暂平静不会阻止狂风把树木刮得噼啪作响一样,"我要淹死在河里,因为我没有爸爸"这个念头伴随着剧烈的痛苦盘旋在他的脑海。

天气晴朗而舒适,阳光照耀着青青的草地,河水像面镜子一样闪闪发光。

西蒙在哭泣后的疲倦中感受到了稍纵即逝的幸福,这使他想躺在被太阳照得暖暖的草地上睡上一觉。

一只绿色的小青蛙跳过来。他很想捉住它,可是它向远处跳去。

他紧追不舍,最后终于逮住了它。他抓着青蛙的两条后腿,看着这个小东西拼命挣扎着想要逃走,他笑了起来。它缩起后腿,然后用力蹬开,硬得像两根直挺挺的棍子。它的眼睛瞪得滚圆,两条前腿像两只手一样在空中挥舞。

这让他想起一种用许多又长又窄的小木片做成的玩具,这些木片被钉成"之"字形,拉动它们,就能借助像青蛙那样的伸缩力,使钉在上面的士兵木偶整齐划一地进行操练。想到这儿,他又想到了家,想到了他的母亲,伤心地哭起来。

他浑身抽搐,跪在地上,念念有词地做着祷告,就像临睡前那样。可他没办法做完,因为他又不由自主地哭了起来,他急促地抽泣着,无法控制自己。

他什么也不想了,什么也不顾了,只是一个劲儿地哭。

突然,一只沉重的手落在了他的肩上,一个人问他:"为什么这么伤心呀,小家伙?"

西蒙回过头,只见一个留着胡子、一头卷曲的黑发、身材高大的工人正和蔼地看着他。

西蒙眼睛里满是泪水,伤心让他几乎说不出话来:"他们打我……因为……我……我没有……爸爸……没有爸爸……"

"怎么?"那人微笑着说,"每个人都是有爸爸的啊。"

这孩子在伤心的抽泣中断断续续地说着:"我……我……我真的没有爸爸。"

这时,这个工人的神情严肃起来,因为他认出这是布朗肖特的儿子。虽然他在本地是初来乍到,但她的情况他隐隐约约知道一些。

"好了,"工人说道,"别难过了,我的孩子,我送你回家,你会有一个爸爸的。"

【联想】

孩子的天性还是爱玩儿的,可短暂的快乐让西蒙通过青蛙又产生了一步步的联想,勾起了他的伤心事,那些孩子们对他的伤害产生了太大的影响。

【外貌描写】

寥寥数笔就清晰地勾勒出工人的形象。

【语言描写】

西蒙抽抽噎噎的话,表现了他因为没有爸爸遭人嘲笑而伤心难过。

【动作描写】

简单的动作,却表达着最真诚的关爱,特别是对于这个刚刚受过伤害的孩子来说。

说着,他们就上路了,大手牵着小手。那个工人的脸上带着笑容,因为去见见那个布朗肖特并不是一件令人不愉快的事,据说,她可是本地最漂亮的女子之一。或许在他心里还有这样的想法:一个曾经失足的女子可能会再犯错误。

他们俩走到一栋干净的房子前。

"到了,就是这儿,"那孩子说完,又叫了一声,"妈妈!"

一个女人走出来,这个工人立刻收起了笑容,因为他很快就明白想要跟这个面色苍白的高个子女人开玩笑绝对是个极其错误的想法。她神情严肃地站在门口,仿佛在禁止男人踏入这间屋子,在这间屋子里曾经有一个男人辜负了她。

【语句理解】

这句话交代了她曾经的遭遇,点明了西蒙没有爸爸的缘由,同时她的表情也表明她是个正经的女人。

这个工人胆怯了,紧紧攥着手里的鸭舌帽,结结巴巴地说:"我把您的孩子送回来了……太太……他在河边迷了路……"

可是西蒙搂住母亲的脖子,一边说着一边哭起来:"妈妈,我是想去跳河,因为那些孩子都打我……打我……因为我没有爸爸。"

【神态、动作描写】

布朗肖特的神态、动作表现出她内心的自责与痛苦。

女人心如刀割,脸颊一下子涨得通红。她紧紧地抱住自己的儿子,眼泪簌簌往下淌。

那个工人站在那里,他被感动了,不知道该怎么走开。

【动作描写】

西蒙当着妈妈的面要一个陌生的男子做爸爸,作为西蒙的妈妈当然会很尴尬,此处用动作描写表现了她的羞涩和尴尬。

不料西蒙突然朝他跑过来,对他说道:"你愿意做我的爸爸吗?"

空气凝固了。布朗肖特无言以对,她倚在墙上,双手捂着胸口,羞愧难当。

那孩子见没有得到想要的回答,又说道:"您要是不答应,我就回去淹死。"

那名工人把这事当作开玩笑,笑着回答道:"当然,我答应你了。"

"那您叫什么名字?"那孩子继续问,"当别的孩子再问我,我就可以告诉他们了。"

"菲力普。"工人回答说。

西蒙沉静了片刻,把这个名字牢牢记在心里,然后他张开双臂,满足地说:"太好了!菲力普,你是我爸爸啦。"

【语句理解】
西蒙对于菲力普成为自己爸爸的这件事是非常认真的。

那名工人把西蒙举起来,猛地亲了亲他的脸蛋,很快工人大步流星地走了。

第二天,当西蒙走进学校时,迎接他的仍是一片满怀恶意的嘲笑声。

在放学的时候,那个大孩子又想开始新一轮的攻击,可是西蒙像丢出一块石头一样,劈头抛出一句话:"我的爸爸,他叫菲力普。"

兴奋的哄笑声从四面八方响起:"菲力普?菲力普什么?菲力普是什么玩意儿?你从哪弄出个菲力普来?"

西蒙并不回答。

【语句理解】
此时的西蒙已经和之前完全不同,因为他认为,自己也是有爸爸的,这让他觉得充满了力量。

现在西蒙可是怀着不可动摇的信心,用蔑视的眼光看着他们,宁可受伤也不愿逃走。

最后是老师为他解了围,他才得以回家。

一连三个月,菲力普经常从布朗肖特家附近经过,有几次看见她在窗前做针线活,他便鼓起勇气同她说话。她每次都礼貌地回答,但始终一脸正色,从来也没有对他笑过，也不让他跨过她的门槛。然而，和别的男人一样，他也有些自命不凡，总觉得她每次同他说话的时候脸比平时红。

可是，一个女人的名誉一旦败坏了，要想恢复可没那么简单，即便是恢复了，只要一点点风吹草动，她就会再次名声扫地。所以，尽管布朗肖特事事谨小慎微，还是惹来许多风言风语。

而西蒙非常喜欢他的新爸爸，几乎每一天傍晚都要在菲力普收工后，跟他去散步。西蒙坚持去学校，神气十足地从同学们中间走过，从不搭理他们。

有一天，那个带头欺负他的大孩子对他说："你在撒谎，你没有一个叫菲力普的爸爸。"

"凭什么这么说？"西蒙非常激动地问。

那个孩子得意地搓着手说："假如有，他就应该是你妈妈的丈夫。"

面对这个理由充分的推论，西蒙有些窘迫，但他还是坚持说："反正他就是我的爸爸。"

"这也许有可能，"那孩子嘲笑道，"但他还不完全是你的爸爸。"

西蒙低下了头，他心事重重地朝卢瓦宗大爷的铁匠铺走去，菲力普就在那里干活。

铁匠铺子深藏在树林之中。铺子里面的光线很暗，只有一座巨大的炼铁炉闪着红光，火光照着五个赤膊的铁匠在那里叮叮当当地打铁。

他们的眼睛紧盯着那块烧红了的铁，它就像是满身火焰的魔鬼。他们迟钝的思想也在跟着手中的铁锤一起一落。

【解词】
"自命不凡"的意思是自以为很了不起，不平凡。它的近义词有自诩不凡、自命清高。

【语句理解】
西蒙发生了巨大的变化，他变得坚定而自信，而这一切都是菲力普给他带来的。

【读读想想】
为什么西蒙已经有了爸爸却还心事重重？（根据上文可以知道，他也相信那孩子的话，菲力普不完全是自己的爸爸。）

【动作描写】
生动形象地写出了这些铁匠打铁的情态，表现了他们的专注和力量。

【动静结合】
喧闹的铁匠铺因西蒙的到来而有了难得的安静，因为有了这样的安静，才能突出西蒙的声音。

【读读想想】
菲力普当时在想些什么？（成为西蒙的爸爸很容易，毕竟是针对小孩子；可是要成为他妈妈的丈夫，那就要承担照顾一家子的责任，需要深思熟虑。）

【语言描写】
这是菲力普的同伴们对布朗肖特的评价，对比那些村民们对她的偏见，他们是多么公正、善良。

西蒙走了进来，谁也没有注意到这个小小的身影。他轻轻地拉了拉菲力普的衣角。菲力普回过头来，他们立刻停下了手中的活，所有的人的注意力都集中到了西蒙的身上。

在这少有的寂静中，响起了西蒙尖细的声音："菲力普，米肖家的孩子刚才告诉我说，你不完全是我的爸爸。"

"他为什么这么说？"菲力普问。

西蒙一脸天真地回答："因为你不是我妈妈的丈夫。"

大家都沉默了。

菲力普一动不动地站在原地，两只粗壮的大手撑着铁砧上的锤柄。他陷入了沉思。他的四个伙伴都看着他。西蒙焦急地等待着，站在这些"巨人"中间，他显得更加小了。

忽然，其中一个铁匠对菲力普说出了大家的意见："无论怎样说，布朗肖特都是一个正经的好女人，即使曾经遭遇过不幸，但她仍很坚强，很守规矩。一个正直的男人如果娶了她，就会得到一个品德高尚的妻子的。""的确如此。"另外三人附和道。

那名工人接着说："倘若说她失过足，那怎么能怪到她的身上？那人可是答应过要跟她结婚的，并且，我认识不止一位如今备受尊敬的女人过去也有过同样的遭遇。"

"不错。"另外三人齐声答道。

那名工人又继续说道："这个可怜的女人，独自一人拉扯这个孩子长大，要吃多少苦头！还有她除了上教堂外,就再也不迈出大门半步,这使她又流过多少眼泪!恐怕只有上帝才知道。"

"这话也一点儿不假。"其他人说道。

这时,只剩下了风箱吹动炉火的呼呼声。

菲力普忽然弯下腰俯身对西蒙说:"回去转告你妈妈,说我今天晚上有话要对她讲。"

说着,菲力普推着西蒙的肩膀把他送到外面,然后菲力普又回来继续干活。五把锤子又立刻落到铁砧上。他们就这样打铁,一直打到天黑,一个个像结实有力的铁锤一样精力充沛、满怀快乐。

不过,正如节日里,主教堂的大钟一定会比其他的钟敲得更响一样,菲力普一锤一锤地落下去,震耳欲聋的声音盖过了其他人的铁锤声。他站在四溅的火星中,眼睛里闪着火红的光芒,干劲十足,浑身充满热情。

当菲力普来到布朗肖特的屋前叩响门板时,已经是满天星斗了。

他穿着过节时才会穿上的外套和洗得干干净净的衬衣,胡子也剪得整整齐齐。

那位年轻的女人来到门口,有些为难地说:"菲力普先生,这样晚的时候您来到我家里恐怕不大合适。"

他想回答她,却结结巴巴地不知说什么好,有些尴尬地站在门外。

她接着说:"我想您一定可以理解,不能再让别人有议论我的理由了。"

此时,他突然说:"您愿意做我的妻子的话,就不用担心了!"

【语言描写】
铁匠们的一致意见表现出了他们的善良。

【动作描写】
菲力普的动作表现出他心情的愉悦,也表明了他的心里已经做好了决定。

【语言描写】
布朗肖特时时刻刻都是十分小心谨慎的。

他没有听到回答，可他确信听到黑暗的房间里有人倒下去的声音。他快步走进去。

已经睡在床上的西蒙听到了接吻的声音以及有人和他母亲低声说的几句话。

然后，西蒙突然感到自己被抱了起来，菲力普用巨人般的手臂举着他，对他大声说道："你告诉他们，你的同学们，你就这样说：'我的爸爸是铁匠菲力普·雷米，要是谁再欺负我，他就会揪谁的耳朵。'"

第二天，西蒙来到学校。快要上课时，小西蒙站起来，脸色苍白，嘴唇发抖，用响亮的声音宣布着："我的爸爸是铁匠菲力普·雷米，要是谁再欺负我，他就会揪谁的耳朵。"

这一回，再也没人笑了，因为大家都知道铁匠菲力普·雷米——一个无论谁拥有都会感到自豪的爸爸。

【语言描写】
菲力普的话无疑是对孩子最大的鼓励和安慰。

【神态、语言描写】
通过西蒙的神态和语言描写，生动形象地写出了他终于有了爸爸的自豪感。

■ 阅读小悟 >>>

单身母亲布朗肖特带着儿子西蒙相依为命。因为没有爸爸，西蒙在第一天入学时就饱受同学们的欺侮。他因此想到要投河自尽，幸而他遇到了菲力普，并请求菲力普能成为自己的爸爸。这个善良的铁匠决定不理会流言蜚语，承担起保护西蒙母子的重任，给西蒙带来快乐的生活。

西蒙的同学们并没有什么炫耀的资本，却出奇一致地去欺负西蒙，对此，大人们有着不可推卸的责任。看看这些孩子的爸爸都是些什么人，他们会有如此行径也就不难理解了。在这样的一个混乱的社会，还是有菲力普这样的人，他虽然只是个铁匠，可他善良、有担当，这是多么可贵的品质啊！他正是社会底层贫苦却高尚的普通人的代表。

阅读思考 >>>

1. 学校的孩子们为什么欺负西蒙？他们这样做是受到了谁的影响？（答题思路：西蒙没有爸爸，是个私生子，所以大家欺负西蒙。主要是受了家长态度的影响。）

2. 菲力普是一个怎样的人？你认为他是否能成为一个好爸爸？（答题思路：从菲力普的行为可以看出他是一个善良、正直、宽容、有担当的好人。从他的品行和对西蒙的关爱来看，他能成为一个好爸爸。）

写作加油站 >>>

写作素材积累

【主题】 己所不欲，勿施于人

【适用话题】 欺负 矛盾 围攻 反抗

【素材点拨】 西蒙没有做错任何事，没有得罪任何人，却因自己的身份而受到了其他孩子的欺侮。他们用语言羞辱他，用野蛮的暴力围攻他。寡不敌众的打斗让西蒙的身心都受到了很大的伤害。这些孩子是不懂事的，欺负别人本就不对，何况还是在自己都没太弄明白是怎么回事的情况下。当这些孩子们从围攻一个无辜之人的无耻行径中获得满足的时候，他们有没有想过，若是换了自己，又会是什么感受呢？己所不欲，勿施于人，多多换位思考，相信这样不友好的事情自然就不会发生了。

好词好句积累

【好词】 窃窃私语 得逞 扬扬得意 自命不凡 大步流星 谨小慎微 风言风语

【好句】 他努力忍住眼泪，可是这憋得他喘不过气，终于不由得抽泣起来，浑身抖个不停。

他们的眼睛紧盯着那块烧红了的铁，它就像是满身火焰的魔鬼。他们迟钝的思想也在跟着手中的铁锤一起一落。

他站在四溅的火星中,眼睛里闪着火红的光芒,干劲十足,浑身充满热情。

快要上课时,小西蒙站起来,脸色苍白,嘴唇发抖,用响亮的声音宣布着:"我的爸爸是铁匠菲力普·雷米,要是谁再欺负我,他就会揪谁的耳朵。"

相关知识链接 >>>

法国人的姓名排列次序跟我们中国人不一样,法国人的姓名是名在前,姓在后。例如居伊·摩勒,第一个词为名,第二个词为姓。很多法国人除本人名字外,还有长辈起的名字,有时多达四五个。姓一般只有一个词,名一般由一个词或两个词构成,通常选取第一个名字或姓之前的名。例如亨利·勒内·阿尔贝·居伊·德·莫泊桑,一般称居伊·德·莫泊桑。法国人起名字也有男女区别,就像我们国家女孩一般叫"玲玲""芳芳",男孩子一般叫"磊磊""鑫鑫"。法国人为男子专用的名字有 Jacques(雅克)、Pierre(皮埃尔)、Georges(乔治)等,而为女子专用的有 Rosc(萝丝)、Irène(伊雷娜)、Anne(安娜)、Louise(路易丝)等。法国妇女婚后一般姓夫姓,尤其当其被称呼为某某夫人时。

第14篇

在一个春天的夜晚

> 温暖的春风,淡淡的花香,幽静的月亮,潺潺的流水,软软的草地……这一切美好的事物构成了春天的夜晚。这样美妙的环境下,会发生怎样的故事呢?听,莫泊桑正娓娓道来。

让娜就要跟自己的表哥雅克结婚了。大家都认为这是意料之中的,让娜年轻貌美,雅克英俊潇洒,这是天生一对,地设一双。最主要的是因为他们从小彼此熟识,他们的爱情一点也没受到沾染。他们从小一块长大,是青梅竹马,双方对爱情是深信不疑的。

一直以来,让娜觉得雅克心地善良、和蔼可亲,对她呵护备至,是个不折不扣的"暖男"。每次见面时,他们都会情不自禁地拥抱,让娜从不勉强自己,她很自然地拥抱他,可是从来没有体验过别人所说的那种战栗,那种因为爱情所带来的独有的、从指端到脚尖,使身体颤抖的战栗。

"我的小表妹真是娇媚可爱。"雅克总是这样说。

他的脑海中浮现她时,他心里总是充满一种出自本能的柔情,那是一位男子对一位漂亮姑娘的自然反应。除此以外,他对让娜没有太多的想法。

【引起下文】

两小无嫌猜的一对年轻人终于要结成连理,引出下文两人亲密无间的关系和相关情节。

【语言描写】

通过母亲的言语点播，让娜对雅克有了爱慕之情，语句起到了过渡的作用。

【动作、语言描写】

雅克的真情告白明确了两人的恋人关系，为下文两人如胶似漆地相处做铺垫。

【语句理解】

两人形影不离，一同漫步在大自然里，表现了他们亲密无间的感情。

有一天，让娜不经意间听到母亲在对姨妈说：

"我敢保证，他们马上就会坠入爱河的，我能看得出来这两个孩子的心意。至于我，雅克绝对是我梦寐以求的女婿。"

让娜听了这话，若有所思，想起表哥对自己的温柔和照顾，内心涌出一股暖流。很快地，让娜对自己的表哥雅克开始产生了爱慕之情。于是当她再次见到他时，她的脸羞红了；当她遇见他的目光时，她会垂下眼睛，避开他的目光，就连见面时的拥抱她也要摆好姿势，给表哥一个深刻的印象。这一切，她做得那么明显，敏感的年轻人发觉了。真是"心有灵犀一点通"啊！他懂了，于是，他怀着一种冲动——其中既有虚荣心得到满足的成分，也有真情实感——，一下子抱住了表妹，和以往的拥抱不同，他怀着满满的爱，手臂要加大了力度，在她耳边悄悄地说："我爱你！我爱你！"

从这天起，喁喁私语、甜言蜜语之类响遍庭院的每一个角落，种种爱的方式不定时地展示在亲人面前，他们过去就十分亲近，现在更加不拘束。

雅克常常邀请自己的未婚妻去散步，就单独的两个人，他们如胶似漆，互相依偎着。整天整天地漫步在树林里，徜徉在小河边，穿越野花盛开的湿漉漉的草地，好像有说不完的话，叙不完的情。喜结连理的时刻笃定了，他们等待着那幸福时刻的到来，不像年轻人那样急不可耐，而是相当自然地互相爱恋着，被包裹在一种美妙的温情里。

三位老妇人总是笑眯眯地望着这对年轻的恋人，她们由衷感到幸福。尤其是利松姨妈，只要一看见他们，好像很动情，甚至有些激动，幸好没人知道这个变化。

这是一位个子矮小的女子，就是一个平凡的女子。她寡言少语，很少和人交谈，她的态度总是很谦让。不管做什么事情都不出一点声响，只有在吃饭时才露面，然后又上楼回房，总是把自己关在里面，这个世界上没人关心她的死活。她慈眉善目而有些显老，目光温和而忧郁，在家庭里几乎不受重视。

两位姐姐都已孀居，因为在社交界曾经有过一席之地，而利松姨妈生性怯懦，不敢出入公共场合，她几乎没在社交圈里露过面，所以有点认为她是一个微不足道的人物。大家对她很随便，无所顾忌。因为是出生在贝朗瑞在法国盛行的时期，她本来也有一个美丽的名字，叫利丝。大家见她不结婚，而且大概不会结婚了，便把利丝变成了利松。现在她是"利松姨妈"，一位谦和整洁的老太太，她甚至和自家人在一起时都腼腆得要命，而他们对她的爱，则掺杂着习以为常和一种善意的轻视。

家人的潜移默化，使得孩子们也受到这样情绪的影响，从不到她房间里去，也不会主动拥抱她。家人要是有话要对她说，就派女仆去找她。那房间在一个小角落里，和那主人一样可怜巴巴、流逝孤独岁月的房间，要说大家知道在何处，也只是勉强知道而已。她就像空气一样，不占什么地方。她不在场时，大家决想不到她。她属于那种无个性之人：即使对他们的

【埋下伏笔】
此句写了利松姨妈对一对恋人亲密行为的态度，她其实是羡慕的，因为她没有受到过关心。为下文她激动得哭泣埋下伏笔。

【语句理解】
通过对利松姨妈的描写，可见她是个很普通的腼腆的人，也点出了她在家庭中不受重视的特点。

【读读想想】
为什么她会变成微不足道的人物？（根据上文回答，最主要的原因是她在社交圈没有一席之地。）

【用词准确】
"善意的轻视"是人们对利松姨妈的态度，他们从来没有真正关心过利松姨妈。

【语句理解】
特别指出她的房间的位置和人们对她房间的忽视，再次点明利松姨妈的不受重视的地位。

【语句理解】
虽然生活在一个屋檐下，也有着血缘关系，但是她们之间的关系是冷漠的。

【类比】
用随处可见的"水壶"和"糖罐"来类比利松姨妈，突出了她在这个家里是个不受重视的、可有可无的人物。

【拟人】
"姗姗来迟""害羞"把春天人格化，生动形象地写出了春天来得晚的特点，具有感染力。

亲人来说，她们也始终是陌生的，就像未经勘探的荒山似的；而她们的死，在一幢房子里不会造成空缺，他们是那种不会闯入自己身边人的生活、习惯和爱情的人。

她总是用细碎的、快速的、无声的步子走路，从不发出任何声响，也从不碰任何东西，像是在把不出声的特性传给周围的物件似的。她的手仿佛是用棉花做的一样，它们的动作是那样轻柔、那样仔细。

每当有人提到"利松姨妈"这四个字时，人们的头脑里并不能引起任何想法，一如人们提到"水壶"或"糖罐"，总之，她是个无足轻重的人。

母狗鲁特有着鲜明的个性，地位也比利松姨妈高很多。人们愿意不停地抚摸它，亲昵地叫它："亲爱的鲁特，漂亮的鲁特，小鲁特。"要是它遭遇不幸，大家哭它时，肯定会伤心得多。

两位表兄妹的婚礼大约会在五月底举行。两个年轻人每天都要见面，他们眼望着眼、手拉着手、思想连着思想、心连着心，恨不得一分一秒也不离开。这年的春天姗姗来迟，一直害羞地躲在夜间的白霜和清晨雾蒙蒙的凉意下，可是温暖的春风还是突然冒了出来。

终于有一天，天空艳阳高照，于是久违的暖意激起了大地全部的活力，树叶奇迹般地绿了起来，到处散发着蓓蕾和鲜花的芳香，空气中弥散着春天的气息，让人浑身感觉软绵绵的。

在一个午后，太阳终于成功地晒干了飘浮着的雾气，在平原上绽开笑脸，放射着光芒。它那明朗的欢快充斥了整个乡间，遍及各地，渗透到了所有生命当中。多情的鸟儿打着转，拍着翅膀，呼朋引伴地卖弄着歌喉。这时候的让娜和雅克，被美妙的幸福压得透不过气来，可却比往常羞怯，因为，随着树林的骚动，一种新的内心体验进入他们身体，这种新的战栗，令他们感到不安，于是他们肩并肩地坐在城堡前的一张长凳上，再不敢一起离去，目光茫然地望着水面上互相追逐的白天鹅。

【拟人】

通过鸟儿的欢快点明了春天的到来，同时也衬托让娜和雅克快乐幸福的心情。

后来，夜幕降临了，他们心情稍微平静下来，就会回家吃晚饭；等吃罢了晚饭，便一起倚着敞开的窗户，说开了悄悄话，没有海誓山盟却总是情意绵绵；与此同时，他们的母亲在灯罩形成的圆光下玩扑克牌游戏，而利松姨妈则在为当地的穷人织袜子，当时的情景是多么和谐温馨。

【解词】

"海誓山盟"的意思指男女相爱时立下的誓言，爱情要像山和海一样永恒不变。

一片高高的乔林延伸到远处池塘的后面，而在那耸立着的参天大树很细小的枝叶缝隙里，月亮一下子露面了。它越过层层树枝，慢慢地爬到空中，置身在被它隐去光芒的星辰大海之中。对于多愁善感的诗人和情意绵绵的情侣们来说，那飘浮着纯洁和幻梦的月光是那样珍贵。

【景色描写】

衬托了一片幽静祥和的气氛，衬托恋人的淡淡的幸福、甜蜜的心情，同时也暗示了已经很晚了。

两位年轻人先是赏了一番温柔的月色，然后手牵手漫步在朦胧的月光下。等赏够了，他们便款步走出去，在白色的大草坪上散步，一直到达那个闪闪发亮的水池边。

【做铺垫】

像每天晚上一样，两位母亲玩够了几圈牌后，便渐渐有了困意，好像随时要入睡了一样，她们忍不住要上床睡觉了。

两位母亲想去睡觉了，而留下利松姨妈等候，为下文利松姨妈真情流露的情节做铺垫。

【读读想想】
利松姨妈仅仅是为了欣赏迷人的夜色吗？（根据上下文可以推断，她不仅是欣赏夜景，更主要的是感受恋爱中的一对小青年之间的亲密和关怀。）

【读读想想】
利松姨妈是个很腼腆的人，当时她真的在看他们吗？（根据上文的内容，可以知道，当所有人离开了，她就站起来，偷偷地观察一对恋人。）

【动作描写】
利松姨妈"发抖的手指"显示了自己内心情绪的激动，她被两个年轻人亲密的动作感染了，这让她渴望别人关心自己的情绪高涨。

"得把孩子们叫进来。"其中一位说。

另一位扫了一眼窗外，只见两个人影在月色下散步，丝毫没有回来的意思，便接了一句：

"随他们去吧，外面天气那么好！利松会等他们的，对吗，利松？"

"当然，我会等他们的。"

两位姐姐上床去了。

于是，利松姨妈也站了起来，她把毛线和大棒针撂在了扶手椅的扶手上，走过去倚在窗前，凝望那迷人的夜色。

那一对情侣漫无目的地徜徉着，穿过草地，从池塘到台阶，又从台阶到池塘，相互勾着手指，不再说话，像是摆脱了自身，和从大地上散发出来的诗意融成了一体。让娜无意间在窗框里瞥见了老姑娘那被灯光突显的身影。

"瞧，"她说，"利松姨妈在看我们呢。"

"是的，"他重复着说，"利松姨妈在看我们呢。"

而他们继续走着，两人都没有回家的意思，反而越走越远。

草地渐渐布满露水，他们感到了凉意，让娜微微打了个战。

"我们回去吧，现在。"她说。

于是他们回来了。

等他们走进客厅，利松姨妈仍垂着脑袋在干她的活计，纤细的手指有点发抖，像是太累了似的。

让娜走了过去："姨妈，我们去睡觉吧，现在。"

老姑娘转过了脸，眼睛红红的，她像是哭过一般。

雅克和他的未婚妻还在道别，丝毫未留意到她的异样。可是年轻人发现少女精致的皮鞋上全是露水，他担心了，柔声地问：

"你那可爱的小脚丫一点不冷吗？"

蓦地，姨妈的手指猛烈地抖动起来，她手里的毛线和棒针脱落了。毛线球在地板上滚远了；而老姑娘突然用手捂着脸，大声地抽泣起来。

【神态、动作描写】
通过利松姨妈的动作和神态描写，表现了她激动不已的心情，她内心情感的起伏不言而喻。

两个孩子赶紧朝她冲了过去。让娜跪下来，用双手撑住姨妈的双肩，一副大惊失色的样子，她一再地问："你怎么啦，利松姨妈？你怎么啦，利松姨妈？……"

可怜的老妇人因悲伤而蜷缩着身子，用浸透了泪水的声音，结结巴巴地回答：

"是……是……当他问你：'你一点不冷吗……你那可爱的小脚丫？……'从没有……从没有人……对我说过这样的话，对我！……从没有！……从没有！"

■ 阅读小悟 >>>

文章唯美，充满诗意，表面上是写两个青梅竹马的年轻人恋爱的情景。实际上我们却在这甜蜜的情节中读到了淡淡的悲伤，那就是文中微不足道的人物——利松姨妈。她性格腼腆，不爱和人说话；做事轻手轻脚，从没有响声；她没有结婚，在社交场所没有一席之地。于是她成了可有可无的人物，即使是自己的亲姐妹也忽视她，从来没有人关心她，只把她当作"水壶"或"糖罐"，多么可悲的事实啊！而她是渴望被亲近、被关心的。最后小说达到高潮，也就是利松姨妈终于倾吐了自己的心声："从没有……从没有人……对我说过这样的话，对我！……从没有！……从没有！"让我们的心脏都为之一颤，要关心生活中的亲人，哪怕只是一个小人物。

■ 阅读思考 >>>

1. 文章中写了母狗鲁特,这好似与文章无关,能去掉关于母狗鲁特的那段文字吗?(答题思路:结合这段内容,从人们对于母狗鲁特的关心程度与对利松姨妈作对比,并进行分析。)

2. 这篇小说的主题是什么?你能总结一下吗?(答题思路:从文中人们之间冷漠的亲情中寻找答案,对于利松姨妈这样的小人物,家庭尚且如此对她,何况那个冷漠的社会呢?)

■ 写作加油站 >>>

▍写作素材积累

【主题】 人们不关心利松姨妈

【适用话题】 亲情 关怀 小人物

【素材点拨】 文章中利松姨妈是个可悲的"小人物"。她成了这个家庭中无足轻重的人物,甚至得到的关注度都不如那条母狗。当人们都沉浸在一对小青年甜蜜的爱情当中时,利松姨妈也被感染,最后呐喊出自己的心声。其实生活中,在我们的身边甚至我们的亲人中就有很多这样的"小人物",他们虽然很平凡,但一样有自己的情感,一样需要大家去关怀。我们一定要给予他们亲情的关怀,让他们的世界不再孤独。关怀身边的小人物们,你的心也会进入一个个精彩的世界。

▍好词好句积累

【好词】 青梅竹马 梦寐以求 笃定 海誓山盟 姗姗来迟

【好句】 终于有一天,天空艳阳高照,于是久违的暖意激起了大地全部的活力,树叶奇迹般地绿了起来,到处散发着蓓蕾和鲜花的芳香,空气中弥散着春天的气息,让人浑身感觉软绵绵的。

一片高高的乔林延伸到远处池塘的后面,而在那耸立着的参天大树很细小的枝叶缝隙里,月亮一下子露面了。

两位年轻人先是赏了一番温柔的月色,然后手牵手漫步在朦胧的月色下。等赏够了，他们便款步走出去，在白色的大草坪上散步，一直到达那个闪闪发亮的水池边。

那一对情侣漫无目的地徜徉着，穿过草地，从池塘到台阶，又从台阶到池塘，相互勾着手指，不再说话，像是摆脱了自身，和从大地上散发出来的诗意融成了一体。

■ **相关知识链接** >>>

青梅竹马

这是一个成语，指男女幼年时亲密无间。说起来是有典故的，这要追溯到盛唐时期，大诗人李白有一首五言古诗《长干行》，开头回忆一对恋人小时候在一起游戏的情景："郎骑竹马来，绕床弄青梅。同居长干里，两小无嫌猜。"这就是"青梅竹马"和"两小无猜"的来历，后人就以"青梅竹马"称呼小时候在一起嬉戏的男女朋友，尤其后来走到一起的恋人。

第15篇

戴奥菊尔·萨波的忏悔

中国有句老话：有钱能使鬼推磨。这句话一点不假，萨波一个信誓旦旦的无神论者，因为一点小小的利益就"倒戈投降"了，而且还变成了虔诚的教徒。想知道事情的来龙去脉吗？请欣赏莫泊桑的这篇短篇小说吧！

【设问】
采用设问的修辞引出了萨波这一人物，并且突出了他与神父之间的关系是势不两立的，设下悬念。

【读读想想】
具体说说戴奥菊尔·萨波的"别有用心"是指什么事情？（根据下文的内容，可以知道他故意在大家做弥撒的时候劳动，在圣难周宰一头猪，为了一直到复活节都可以吃上猪血灌肠。）

只要萨波一走进马丹维尔的那家小酒店，满屋子都充满着快活的空气。这么说来，萨波这家伙一定是个喜剧天才吗？让人失望了他不是，但至少，他可算得上一个跟神父不对劲的主儿！啊，不对劲得很哩！这个无法无天的家伙恨不得把神父一口吞下。

木匠师傅戴奥菊尔·萨波在当地代表着激进派。他个子高挑，身材瘦削，灰色的眼睛里透出狡黠的光芒，头发紧贴在脑壳上，嘴唇薄如刀片。当他以阴阳怪气的腔调称呼"咱们的酒仙圣父"时，旁边的人无不捧腹大笑。他别有用心，故意在礼拜天大家望弥撒的时辰开工干活。每年圣难周的礼拜一，他会宰一头猪，这样一直到复活节他都可以吃得到猪血灌肠。每当他见本堂神父走过，就故意恶作剧地损上一句："瞧啊，这一位刚刚在自己的店铺里把他的天主吞掉了。"

神父长得又高又胖，总是一本正经的样子，他对萨波损人的玩笑话颇为畏惧，并用这种哗众取宠的话赢得了不少拥护者。马里第姆神父喜欢玩弄手腕，热衷于政治，是当地精明的中产阶层之友。神父与萨波之间的较量经年累月，已有十年之久，这争斗看似无形，实则非常激烈，并且从未停歇。萨波是市镇参议员，公众都认为他将会当选为镇长。他一旦当选，就意味着教会彻底失败了。

眼看选举迫在眉睫，马丹维尔的教会派为此而忧心忡忡。本堂神父在天未亮就动身去了鲁昂，他要去见主教寻求对策。

两天后，本堂神父回来了，喜形于色，得意扬扬。次日，大家得知，教堂里的圣坛要整修翻新了。竟然是主教大人自掏腰包，献出六百法郎作为修缮费。

所有用松木做的神职祷告席都要拆掉，换上用橡木做的新祷告席。这是个非常大的承包生意，当天晚上这个消息成为了家家户户茶余饭后议论的热点话题，大家都在猜测这个大生意会"花落谁家"。

戴奥菊尔·萨波没有心情再笑了。第二天，他出门后，左邻右舍，亲戚朋友，不论是友好的还是怀有恶意的，都开玩笑似的问他："听说教堂要翻修圣坛，你的'老朋友'没关照你去吗？"

他无言以对，憋了一肚子火，心里着实懊恼不已。那些精于算计的家伙还添油加醋地说："这可是一笔好生意，至少有二三百法郎可赚。"

过了两天，传言说翻修的工程将交给贝尔榭镇的塞莱斯丁·尚布朗木匠。后来，又有人说这消息不准确，接着，又有人说，教堂里所有的长凳都要翻新。

【语句理解】

此句说明了萨波和神父的斗争不是一天两天的事情，而是十年之久。暗示了萨波要是改变自己无神论的思想是不可能的，增加了文章的讽刺效果。

【神态描写】

神父喜形于色，可见他已经从主教那里得到了解决问题的方法，设置悬念，吸引读者。

【读读想想】

为什么戴奥菊尔·萨波没有心情再笑了？（根据上文可以知道，教堂的那笔大生意一定不会落到自己头上，他有点不甘心。）

【心理描写】

运用心理活动描写，表现了萨波在听到神殿要翻新而自己却无缘赚到钱时的懊悔心情。

【语句理解】
传言急剧升级，萨波预感到自己真的失去赚钱的机会而彻夜难眠，他想方设法地争取这次赚钱的机会。

【读读想想】
为什么戴奥菊尔·萨波要趁天黑去，白天不能去吗？（因为他怕别人知道了他这个口口声声不信神的人会去神父的住处而笑话自己。）

【语句理解】
在此设计这个场景也暗示了圣母节即将到来，想要得到这个生意，萨波必须加快速度。

【神态描写】
通过两个修女的神态描写，表明萨波的造访很是让人吃惊。

这项工程就需要两千法郎，这笔经费已呈报政府当局待批。这件事更是引起了轩然大波。

戴奥菊尔·萨波当然也听到了这个消息，他彻底失眠了。在人们的记忆里，当地的木匠从没有承包过如此大的工程，要是能承揽这个生意，就能变成小富翁了。很快，又有了新的传闻。人们私下里在说，本堂神父实在是无法抉择，要把这项工程承包给外地人。但萨波则持反对意见，不同意将工程交给外镇人。

萨波风闻此传言，赶紧趁天色暗下来的时辰去了本堂神父的住处。女仆告诉他："你来得不巧，神父在教堂。"他心急火燎地赶到教堂去。

两个许愿终身侍奉圣母的酸溜溜的老姑娘，正在神父的指导下布置祭坛，以迎接圣母节的来到。神父站在祭坛的中央，挺着大肚子，指挥两个修女，她们正爬上椅子，在圣体柜的周围摆放一束束花朵。

萨波像是走进了与自己势不两立的"死敌"家里一样，觉得浑身不自在。但赚钱的欲望灼烧着他的自尊心，他放下架子，凑上前去，手里紧紧握着鸭舌帽，全然没有在意在场的修女，她们见他屈尊来到教堂，甚感惊讶，一时站在椅子上发呆。

萨波怯懦地问候："您好！神父先生。"

神父正忙于祭坛上的活儿，没正眼瞧他，淡淡地回应道："您好，木匠先生。"

萨波一时语塞，不知说什么是好。他沉默了一小会儿，还是对付上一句："您在做准备工作？"马里第姆神父答道："是呀，圣母节快到了。"

萨波仍不知如何切入正题，只是应道："是的，是的。"又说不下去了。

他恨不得一字不提便扬长而去，但是，看了一眼祭坛，周围的鲜花化身为钱币不住地召唤他，他就不再有那潇洒的想法了，立即打消了甩手离去的念头。他瞥见那十六张要换新的神职祷告席，六张在右边，八张在左边，还有两张在圣器室的门口。十六张神职祷告席全换成橡木的，总得花三百法郎。一个人承包下这一批活计，只要不是笨蛋，把活干得仔细用心些，就准能赚到二百法郎。

于是，他嘟嘟哝哝道："我是来谈活计的。"

神父做出诧异的样子，然后一本正经地问："什么活计呀？"

萨波心里发慌，低声说："修缮翻新的活计。"这时，神父才转过身来，两眼紧紧盯着他，漫不经心地说："您是说我教堂里祭坛翻修的事？"

一听马里第姆神父说话时那爱理不理的口气，萨波感到不寒而栗，又一次恨不得扭头便走，但他看看周围的桌椅，还是忍住了，小心翼翼地答道："是的，神父先生。"以前那种洋腔怪调早已消失殆尽。

这时，神父将两手交叉在他的大肚子上，眼前这意想不到的局面让他措手不及，说话都有点语无伦次："您……您……您萨波……是为这件事来找我……您……您是我这个教区唯一不信教的人……把修缮教堂的事交给您，会成为一桩丑闻，公开的丑闻。主教大人会惩处我，说不定还会撤换我。"

因为有些激动，所以他说得太快，有些吞吐。他喘息了一小会儿，拍了拍胸口，平复了一下心情。接

【语句理解】
　　在萨波眼中，鲜花也能变成钱币，生动地表现了他贪财的特性，并且也是他去做忏悔的原因。

【动作、神态、语言描写】
　　神父没有想到萨波会来此问教堂修缮的事，让他震惊，同时他想萨波根本不会承包这项工程。

【读读想想】
　　为什么把修缮教堂的事情交给萨波是一桩公开的丑闻？（因为萨波是无神论者，他不可能为教堂服务；况且大家知道教堂的翻新是一个不信奉教会的人做的，一定会嘲笑神父的。）

着，以比较平静的口气说："我理解，您看到如此重大的一项工程交付给邻近教区的木匠，心里的确不是滋味。但是，我没有别的办法呀，除非……不……那绝不可能……您不会同意的；您要是不同意，那就只能把工程交给外人了。"

萨波一边说一边用眼睛盯着那些一直排列到大门口的凳子。他心想：见鬼！要是把所有这些凳子全都更新呢？赚头不是更大！他直截了当地问："您需要我干什么，您只管说吧。"

【心理活动】
通过萨波的心理活动揭示了他之所以改变初衷的原因就是为了多赚钱。

神父犹豫了一下，然后以不容置疑的口气回答说："我需要您做一个公开的保证，保证您对教会的诚意。"

萨波低声道："我不能做这种保证，也许，我们之间可以另外达成协议。"声音小得连他自己都听不到。

神父坚决地说："在下个礼拜天做大弥撒时，您必须公开领圣体。"

【神态描写】
运用神态描写，生动形象地表现了萨波听到自己要公开参加宗教活动时内心的纠结。

木匠师傅的脸色刷的一下变得煞白，感到自己的血液都凝固了。他没有正面回答神父的问题，反而提问道："那些长凳什么时候翻修更新？"

神父给了他一个肯定的答复："要晚一些。"

萨波又说："我不能做出任何保证，但对教会而言，我绝不是顽固不化的，我是千真万确赞成宗教的，真的。我受不了的，仅仅是那些宗教仪式，但是，在现在这种情况下，我绝不会倔强到底的。"

【动作、神态描写】
运用动作、神态描写生动形象地写出两个修女听见萨波要信奉宗教时的吃惊的神情，衬托萨波改变信仰的出人意料。

两个修女已经从椅子上下来，她们躲在祭坛后面，偷偷听着神父和木匠的话，她们激动得浑身颤抖，脸色发白。

神父眼见自己占了上风，突然变换了一张面孔，从刚才的针锋相对变得和蔼可亲了："好极了，好极了。识时务者为俊杰，您是个聪明人，今天你的决定是很明智的。您所说的事情，就瞧好吧。"

萨波尴尬地笑了笑，问道："我还有个不情之请，可以想办法把领圣体的事稍为推迟几天吧？"

一听此话，神父又板起了面孔，严肃地说："从工程委托给您的那一刻起，您就必须用行动证明您已经皈依了上帝。"接着，他把口气又缓和一点，说：<u>"您明天就来做忏悔，因为我必须至少审查您两次。"</u>萨波跟着重复了一遍："两次？""是的。"神父微笑着说："您知道，您必须进行一次全面的清洗，从里到外的洗礼。因此，我明天等您来这里。"

木匠有些急了，他再次询问："您在什么地方来清洗？"

"当然……是在<u>忏悔室</u>里。"

"在……在那边墙角那个小木屋子里吗？"

"是呀。"

"可是……可是……您那个小木屋，对我不合适。"

"为什么？"

"因为……因为，我不习惯。而且，<u>我的耳朵有点背</u>。"他终于找了一个冠冕堂皇的理由。

神父显得通情达理，平易随和："好吧，您就上我家来吧。在我的客厅里，我们两人面对面，单独进行，您看怎么样？"

"好，这种方式对我挺合适，如果是您那间小木屋，那绝对不行。"

【过渡】

此句是神父说的话，承接上文萨波的问话，同时也引出后面萨波忏悔的情节。

【解词】

教堂里的忏悔室是一间很小的房间，小房间里面有个窗户，窗户里面有牧师，忏悔者可以把心中的想法全部说出来与牧师交流，但是看不见牧师。

【读读想想】

萨波先生的耳朵真的有点背吗？（当然不是，他不想当着别人的面做忏悔，这是他为自己的尴尬找的借口。）

【语言描写】
运用语言描写生动形象地表现了萨波先生决心已下,为了钱放弃自己的无神论的思想。

【语言描写】
戴奥菊尔·萨波的自言自语可以看出他其实没有从内心中信奉宗教,而是想要做成生意。语言描写表现了他内心的矛盾。

【解词】
"惶惶不可终日"的意思是惊慌得连一天都过不下去。形容惊恐不安到了极点。

【肖像描写】
生动传神地写出了神父郑重其事的态度,表示这个忏悔是严肃的。

"就这样吧,明天,傍晚,六点钟。"

"一言既出,驷马难追。说话算数,明天见,神父先生。谁要是变卦赖账,谁就不得好报!"

他伸出自己粗糙壮实的手,神父则将手迅速使劲地往他手上一拍一握,一拍定音,铿锵有声。这拍击声响彻了教堂的大厅,一直消逝在墙边的管风琴后面。两个修女也激动地互相拍手。

次日,戴奥菊尔·萨波整天都心神不定,他像将要拔牙的人一样感到恐慌。"我今晚要去做忏悔"这个念头,时时在他脑海里闪现。"不就是个形式吗?有什么大不了的!可是……"他嘴里这么说着,可是他自己很清楚他那无神论的灵魂,虽已受辱但仍不服输,已是乱了方寸,现在,又面临着奥秘的神明所带来的压力与恐惧,更是惶惶不可终日了。

他一干完活,就朝神父的住宅走去。神父在花园里等着他,正沿着一条小径漫步,边走边读一本经书,看上去春风得意,他满脸堆笑向萨波走过来:"好啊,咱们又见面了。请进!请进!萨波先生,放心吧,没有人会吃掉你的。"

萨波走在前面,结结巴巴地说:"如果您方便的话,我想马上就把咱们的事办完。"

神父答道:"听从尊便。我的道袍就在跟前。一分钟之后,我就可以听你忏悔了。"

木匠心思慌乱,顾不上想别的事了,他看着神父披上白色的道袍,那上面烫出了密密的褶子,看起来庄严而又高贵。

本堂神父朝他做了个手势:"跪在这个垫子上。"

萨波仍站着未动，他耻于下跪，嗫嗫嚅嚅地说："有这个必要吗？"

神父换上一张严厉的面孔："做忏悔非跪下来不可。"萨波不情不愿地跪了下来。

神父说："请背诵悔罪经。"

萨波问："什么？"

"悔罪经。如果你不会背，我念一句，你跟着重复一句。"神父抑扬顿挫地念起了经文，木匠跟着一句句地重复。然后神父说："现在忏悔吧。"但是，萨波一声未吭，他不知从何说起。

神父只好助他一臂之力："我的孩子，既然你不懂如何进行，那就由我来发问吧。咱们按上帝戒律的先后次序，一条一条来问答。仔细听我说，莫要慌张。要说老实话，不要怕讲得过多过火。'汝应奉天主，爱主用全心。'您是否爱过某个人或某样东西如同爱主一样强烈？您是否全心全意，以全部的爱心、全部的精力、全部的坚毅去爱主？"

萨波绞尽脑汁，急得满头大汗，答道："不。哦，不，神父先生。我尽我的可能去爱主。是的，天主，我是挺爱他的。但要我说我不爱自己的孩子，不，我说不出口。要说必须在我的孩子与天主之间做个选择，这个我也没法办到。要说为了主就必须损失一百法郎，那我也没法说。不过，千真万确，我是爱天主的，非常非常爱主。"

神父神情庄重，告诫道："爱主应该胜过一切。"

萨波满心虔诚地表白："神父先生，我会努力去做。"

【语言、动作描写】

写出萨波矛盾的内心，说明他并不是出自内心地走进教堂。

【解词】

"抑扬顿挫"是指高低起伏，停顿转折。形容音乐悦耳动听或文章、诗文可读性强，朗朗上口，音调铿锵有韵。

【神态、语言描写】

通过对萨波的神态、语言描写，生动形象地表现了他言不由衷的尴尬情态。

【语言描写】
萨波毫不犹豫的回答是莫大的讽刺,后面他的话就验证了这一点。表现了他虚伪的特点。

【读读想想】
萨波真的在家干活,侍奉天主吗?(根据前文的内容,不难回答,他是在干活,可是他是在杀猪灌血肠吃,跟他口里的"侍奉天主"截然不同。)

【语句理解】
萨波虽然一再强调自己没有骗过别人的钱,但是他还是不打自招了,他是个好占便宜的人。

马里第姆神父接着说:"天主不可渎,万物不可侮。您可曾有时说过渎神的话?"

"没有。哦,这个可没有。我从不说渎神的话。偶尔,我发起火来,当然也说过'他妈的天主'!但我这话并没有渎神的意思。"萨波有点心虚。

神父大声喝道:"这就是渎神的话。"然后,他板着脸说:"以后不许再犯,我继续下去:'主日应歇业,事主须虔诚。'您礼拜天干什么来着?"

经此一问,萨波搔了搔耳朵,说:"我嘛,我尽最大的努力侍奉天主,神父先生,我在……在家里。我礼拜天在家干活,侍奉天主……"萨波内心在打战,他知道自己在撒谎。

神父宽宏大量,不予深究,打断他说:"我知道啦,您以后要改邪归正,要行事得体。下面有三条戒律我且跳过去,因为我相信头两条你是没有犯过。我们且来说说第六条与第九条。我先念一下:'他人之财不可夺,巧取亦非主所容。'您可曾使用什么手段,骗取他人钱财?"

戴奥菊尔·萨波一听此话,火冒三丈,嗓门也提高了:"啊!绝对没有。绝对没有。我是个诚实人,神父先生。对此,我可以发誓,千真万确没有。要说有没有在某些时候向雇主虚报几个工,我不敢说没有,要说有没有在某些时候在账单上多开几个生丁,我也不敢说没有,不过是几个生丁而已。但要说到盗窃,那是绝对没有的,绝对没有过。"

神父正色指出:"即使只骗取一个生丁,也要算盗窃,以后可不许再犯。'不应打诳语,撒谎不可宥。'

您撒过谎吗?"

"没有,没有撒过谎,我压根就不是个说谎的人,这是我的人品。要说我有没有讲过什么笑话,那我不敢说没有。要说我有没有在事关自己切身利益时,使别人信以为真,上当受骗,那我不敢说没有,但说到撒谎,我可绝不是个爱撒谎的人。"萨波不住地重复着,好像这样就能证明他说的都是真的。

就这样,戴奥菊尔·萨波如愿以偿地得以承包了教堂的修缮工程;从此,他每月都去教堂领圣体。

【语句理解】

从萨波的话中,我们也不难体会出他竭力为自己不撒谎而辩护,表现了他虚伪的本质。

■ 阅读小悟 >>>

本文的主人公戴奥菊尔·萨波是一个无神论者,他与当地教会的神父马里第姆"水火不容",阴阳怪气地讽刺神父,这是众人皆知的事实。萨波不仅说说而已,并且付诸行动,故意在礼拜天大家做弥撒的时辰开工干活。每年圣难周的礼拜一,他偏要宰一头猪,为了一直到复活节都可以吃上猪血灌肠。足可以看出他是个彻底的无神论者。但就是这样一个跟神父斗争了十年的木匠,因为教堂翻修能赚到钱,他背叛了自己的初衷,接受了洗礼,并且每月都去教堂领圣体,忏悔自己。这一彻头彻尾的转变让我们认识了萨波,也认识了当时法国的一些人的本质——虚伪、贪婪、唯利是图。

■ 阅读思考 >>>

1. 萨波先生是不是发自内心地改变了自己无神论的初衷?他改变的原因是什么?(答题思路:从文中相关的情节中去找到答案。)

2. 你认为文中的萨波先生有什么特点?(答题思路:从他看重钱财而改变自己的观念,以及其忏悔的内容来分析。)

■ 写作加油站 >>>

▶ 写作素材积累

【主题】 戴奥菊尔·萨波接受洗礼

【适用话题】 诱惑 坚守 信仰

【素材点拨】 萨波是个无神论者,同时也是一个木匠,他平时和神父作对,对教会的一些烦琐的仪式不屑一顾,就是这个坚守自己无神论信仰的人,在教堂需要翻新的时候放弃了自己的坚持,原因只有一个,那就是金钱的诱惑。其实每个人都应该有自己的信仰,不应该为了外界的影响而随意改变。尤其是利益当前,不要被金钱冲昏头脑。当然我们所坚守的信仰需是积极向上的,如老葛朗台式的金钱至上是不可取的。只要我们的信仰积极向上,并且不遗余力地坚持下去,就能获得成功。

好词好句积累

【好词】 捧腹大笑 狡黠 忧心忡忡 扬长而去 直截了当 抑扬顿挫 惶惶不可终日 如愿以偿

【好句】 他个子高挑,身材瘦削,灰色的眼睛里透出狡黠的光芒,头发紧贴在脑壳上,嘴唇薄如刀片。

但赚钱的欲望灼烧着他的自尊心,他放下架子,凑上前去,手里紧紧握着鸭舌帽,全然没有在意在场的修女。

他伸出自己粗糙壮实的手,神父则将手迅速使劲地往他手上一拍一握,一拍定音,铿锵有声。这拍击声响彻了教堂的大厅,一直消逝在墙边的管风琴后面。

我和名著的故事

虚荣的代价 丢失的善良

——读《骑马》有感

在莫泊桑的作品中,有很大一部分是当时社会生活的微缩图,作者通过颇具戏剧性的故事,使读者读来心生慨叹。《骑马》就是这样一篇代表作。

故事的开头描述了"没落贵族"这一特殊群体,这是一群家世曾经显赫、资金曾经雄厚、曾经被普通百姓仰慕的人,时代并不想抛弃他们,但是他们却主动抛弃了时代,固守在自己的精神世界里,留恋在曾经辉煌的贵族世界里。主人公海克托正是其中的一分子,他有着与他们一样的身世背景,一样的等级观念,于是他迅速地加入到这个群体里来,甚至物色到一位"门当户对"的爱人,接着就是生活变得更加窘迫。

故事中间部分,作者赐予了海克托全家一次额外的惊喜,一笔计划外的收入让这个长久以来没有休闲生活的家庭沸腾了。由于骑马这项运动在欧洲人心目中是一种高贵的运动,有时甚至成为一种身份的象征。正因为这一特殊意义,海克托做出了令他后悔不已的决定。海克托的喋喋不休,女佣的随声附和,孩子和太太的吵闹,还有那不曾听到的马儿的嘶叫……他们无疑都是欢乐的。一家人在享受了期盼许久的郊游后,按计划来到香榭丽舍大街展现这久违的"荣耀"。

运气从来都是有好有坏的,当好运气用完了,坏运气自然会回来找你聊天。当坏运气找上海克托的时候,他正策马快速行驶在街上。在马与一位老太太发生碰撞的刹那,故事的悲喜剧开始交替上演:当海克托被众人抓住的时候,他和老太太都是悲剧的;在得知老太太没死并且送到了药房,海克托认为可以很快摆脱这件事情的时候,两人又都是喜剧的。故事到这里结束的话，老太太可能会康复，继续过她"幸福"的生活，而海克托则继续盘算剩下的钱该如何展示他的贵族身份。

但作者不想就这样放过可怜的海克托。当老太太得知自己只要继续"病"下去就可以无偿地享受食物和与同伴聊天的乐趣时，毅然抛弃了那可能曾经拥有过或者从来就没存在过的善良，她要继续享受，这似乎是天经地义的。

作者将故事浓缩在仅有的几个场景之中，以一个旁观者的角度，冷静地叙述着，并不过多评论，但所要表达的思想却透过故事本身展现了出来。

造成海克托一家可悲结局的"罪魁祸首"就是"虚荣"。正如莎士比亚所说，轻浮和虚荣是"不知足的贪食者"，在吞噬一切之后，"结果必然牺牲在自己的贪欲之下"。这种虚荣心起初也许并无大碍，但若是任其无限制地疯狂滋生，人早晚有一天会失去自我，付出不可预计的代价。

每个人的家庭背景与人生经历都是不同的，所以每个人都有自己的长处与短处，横向地去跟他人比较，心里永远都无法平衡，只会促使虚荣心越发强烈。因此，不要将自己的短处与别人的长处比。要知道，内在美才是真的美，一个内心强大的人，是不会通过不正当的手段来炫耀自己的。所以，多提高自己的内在美才是最重要的。还要珍惜自己的人格，培养自己的高尚人格，因为高尚的人格可以使虚荣心没有机会抬头，可以让自己获得人生真正的满足。

名著过关

一、选择题。

1. 莫泊桑第一篇具有爱国主义思想的短篇小说，也是他的成名作是
（　　）
   A.《小狗皮埃罗》　　B.《月色》　　C.《羊脂球》　　D.《幸福》
2.《修软椅的女人》的主题是（　　）
   A. 感恩　　　　B. 爱情　　　　C. 探险　　　　D. 爱国
3. 以普法战争为题材的小说是（　　）
   A.《我的叔叔于勒》　　　　　B.《西蒙的爸爸》
   C.《修软椅的女人》　　　　　D.《两个朋友》

二、将人物角色与相应的作品连起来。

舒盖　　　　　　《西蒙的爸爸》

菲力普　　　　　《修软椅的女人》

马里尼昂长老　　《幸福》

苏姗　　　　　　《月色》

三、填表格。

作品	人物	典型事例	性格特点
《小狗皮埃罗》	勒费弗尔太太		
《雨伞》	奥莱依太太		
《羊脂球》	羊脂球		

四、简答。

1.《我的叔叔于勒》中"我"的父母在最初期盼于勒归来时和后来偶遇于勒时有哪些不同表现？这些表现反映出他们内心有着怎样的想法？
2. 你如何评价《项链》中的路瓦栽夫人？

五、阅读选文并回答问题。

他整天都在讲这次的遭遇，倒心里的苦水。路上遇到的熟人、酒馆里喝酒的客人、星期日在教堂做弥撒的人、甚至是素不相识的人，都成了他倾吐的对象。

现在他踏实了，但总觉得好像还有什么地方不对劲儿。

听他讲故事的人，神情看上去好像都不大相信，似乎他讲的不是个故事，倒像是个笑话，而且他还觉得总有人在他背后嘀嘀咕咕。

1. 这里的"他"是谁？是哪篇小说中的人物？
2. 这里的描写表现了人物怎样的心理？

参考答案：

一、1. C 2. B 3. D

二、舒盖——《修软椅的女人》 菲力普——《西蒙的爸爸》 马里尼昂长老——《月色》 苏姗——《幸福》

三、抛弃小狗皮埃罗，送它去"啃泥巴" 冷酷、无情 为了一把雨伞的损失去找保险公司赔付 吝啬、爱贪小便宜 主动将食物分给同伴，拒绝敌人军官的无理要求 善良、自尊、爱国、为别人牺牲自己

四、1. 起初，父亲和母亲非常期盼于勒归来，每个星期日都去港口看看；当父母在船上偶遇落魄的于勒时，他们吓得脸色苍白、语无伦次。之前对于勒的"想念"，是因为他的归来会改善一家人的生活；遇到于勒后的逃走，是害怕于勒会拖累他们，表现出他们的冷酷无情。

2. 路瓦栽夫人是爱慕虚荣的，她想要过豪华的生活，沉醉于众星捧月的荣耀。她也是善良的、敢于担当的，当发现项链丢失的时候，她毅然选择了要赔偿给朋友，哪怕要过上十年艰辛的生活。

五、1. 奥希科尔纳老爹；《绳子》。 2. 表现了他急于要证明自己，希望会有人相信他；看到听他讲故事的人的表情，他又感觉不对劲儿。

致读者

  亲爱的读者朋友，感谢您购买并使用我们的图书，感谢您对我们的支持与厚爱！为进一步提高我们图书的品质，为增进我们与读者之间的互动，期待您的积极参与。

扫码反馈有惊喜

想把对本书的意见或建议最快地反馈给我们吗？请扫描左侧二维码，在二维码页面中填写反馈意见及个人资料并上传，就会有意外惊喜哦！

扫码关注收获多

想深度了解本套图书的相关信息吗？想"认识"梓育少儿其他阅读类图书吗？想获取更多的知识及学习方法吗？想让你的阅读变得高效而有趣吗？请扫描左侧二维码，关注"梓育少儿图书"微信公众平台，更多惊喜和收获等待您！

电子版考试手册下载链接：www.jlzgjy.com/upimages/ 增值服务 /2018 年 / 少儿图书 / 语文新课标必读经典文库 .rar

上官网 www.jlzgjy.com，获取更多教考资源。

图书在版编目(CIP)数据

羊脂球 / (法) 莫泊桑 (Maupassant,G.) 著; 孟勋主编. -- 长春: 吉林人民出版社, 2013.10
(语文新课标必读经典文库)
ISBN 978-7-206-10099-4

Ⅰ.①羊… Ⅱ.①莫… ②孟… Ⅲ.①短篇小说-小说集-法国-近代-缩写 Ⅳ.①I565.44

中国版本图书馆 CIP 数据核字(2013)第 253494 号

羊 脂 球

吉林人民出版社出版发行(中国·长春人民大街7548号　邮政编码:130022)
网　　址:www.jlzgjy.com　　　　　电　　话:0431-85208981

原　　著:莫泊桑	本册主编:孟　勋　杜小宁
责任编辑:孙　昶　储可玉	执行策划:王　斌
责任校对:张春雷	装帧设计:李思雯

印　　刷:天津梓和印刷有限公司
开　　本:880 毫米×1230 毫米　1/32
印　　张:7
字　　数:194 千字
版　　次:2014 年 1 月第 1 版
印　　次:2018 年 8 月第 4 次印刷
标准书号:ISBN 978-7-206-10099-4
定　　价:22.80 元

如发现印装质量问题,影响阅读,请与印刷厂联系调换。联系电话:(022)22520577
图书质量反馈电话:(0431)85208981
版权所有　侵权必究